어쩌면,
진심입니다

어쩌면, 진심입니다

인쇄 · 2017년 6월 30일
발행 · 2017년 7월 5일

지은이 · 심아진
펴낸이 · 한봉숙
펴낸곳 · 푸른사상사

주간 · 맹문재 | 편집 · 지순이, 홍은표 | 교정 · 김수란
등록 · 1999년 7월 8일 제2-2876호
주소 · 경기도 파주시 회동길 337-16 푸른사상사
대표전화 · 031) 955-9111(2) | 팩시밀리 · 031) 955-9114
이메일 · prun21c@hanmail.net
홈페이지 · http://www.prun21c.com

ISBN 979-11-308-1200-7   03810
값 15,900원

이 도서의 국립중앙도서관 출판예정도서목록(CIP)은 서지정보유통지원시스템 홈페이지
(http://seoji.nl.go.kr)와 국가자료공동목록시스템(http://www.nl.go.kr/kolisnet)에서 이용하실
수 있습니다.(CIP제어번호: CIP2017015004)

푸른사상 소설선 13

어쩌면, 진심입니다

심아진 장편소설

푸른사상
PRUNSASANG

성경에 나오는 유다에 대한 보르헤스의 파격적인 해석은 "그(예수)가 치른 희생을 한 오후에 겪은 십자가의 고통에 한정시키는 것은 신성모독에 해당된다."*는 문장으로 대변된다. 즉 보르헤스는 그리스도가 인간의 죄를 대속하기 위해 완전히, 영원히 멸시를 받는 존재여야 한다면, 그는 예수가 아니라 예수의 이름 뒤에 숨어 있는 유다여야 한다고 본 것이다. 물론 소설이다. 그런데 나는 늘 이런 소설만이 재미있었다. 누구도 상상해본 적이 없는 어떤 관점, 혹은 드러난 사건의 전혀 다른 이면을 슬그머니 내비치곤 하는 이야기들이 없었다면, 내 삶은 지금보다 훨씬 초라했을 것이다. 아니, 어쩌면 살 수 없었을지도 모른다.

　세상에 온기를 던져주었던 우직한 대통령이 우리 곁을 떠난 후, 어이없는 두 정권을 경험하면서, 이 소설은 시작되었다. 이 나라의

||||||||
* 　보르헤스, 『알렙』, 민음사, 1994, 252쪽.

국민으로 살지 않을 수 없었기에, 내가 이야기에 다가가는 속도보다 이야기가 내게 다가오는 속도가 더 빨랐다. 인간으로서, 작가로서 내가 할 수 있는 최선은 이희락의 진심과 씨름하는 것이었다. 이희락은 내 주변에서 흔하게 볼 수 있는 누군가이고, 동시에 나 자신이다. 나는 인간에 대해, 인간의 영혼에 대해 조금 더 알 수 있게 되기를 희망했다.

흔히 우리가 진심이라 부르는 것이 어떤 형태를 갖고 있는지, 동시에 얼마나 다른 형태로 바뀔 수 있는지 알아내야만 했다. 광장에 나간 사람이든 나가지 않은 사람이든, 또 촛불을 들었든 태극기를 들었든 모두가 진심이라 얘기하고 있었으니까. 사투의 시간이었다. 안다리, 바깥다리, 잡채기 등 온갖 기술을 동원해도 이희락의 진심과 나의 씨름은 결론이 날 것 같지 않았다. 하지만 애초부터, 이기기 위해 누군가의 진심과 맞붙은 게 아니었다. 나는 결론이나 해답 등이 오히려 불필요한 부유물일 뿐이라는 생각을 하게 되었다.

진심에는 진심 아닌 것이 반드시 내포되어 있다. 마치 전지전능한 신이 불완전함과 무능함을 갖고 있지 않다면 결코 완전하지 않은 것처럼. 희망은 그 목표에 도달할 수 없어야 희망이라지 않는가! 사랑하는 모든 이유들을 열거할 수 있게 되는 순간, 더 이상 사랑이 아니라지 않는가! '보고 싶다'는 말에 '보고 싶지 않다'는 말이 이미, 항상 들어 있지 않은가! 나는 진심과 진심 아닌 것의 간극 자체가 진심에 내재한다는 사실을 겸허히 받아들였다.

카잔자키스 『전쟁과 신부』의 주인공 야나로스 신부는 외세의 침입, 동족상잔의 비극 등을 겪게 만든—겪도록 허락한—자신들의 신을 결코 원망하지 않았다. 신부는 자신의 뒤에서 소총을 장전하는 소리를 들은 후 "오른쪽으로 손을 뻗어 그리스도의 손을 잡아 총탄으로부터 막아주려고 그리스도를 자신의 앞에 세웠다."* 나는 그런 힘을, 자랑스럽게도, 내가 태어난 나라에서 보았다.

하필, 먼 나라에 있었다. 광장에 가보고 싶어 발만 동동 굴렀다. 무명 작가의 원고를 꼼꼼히 읽어봐준 푸른사상사가 아니었더라면, 오래 앓고 많이 닮은 광장에 미안한 마음도 전하지 못할 뻔했다.

『어쩌면, 진심입니다』는 가슴 설레게 하는 사랑 이야기도 아니고, 배꼽 빠지게 하는 우스운 이야기도 아니다. 그러나 하필, 인간의 진심에 관심이 있는 독자라면 기꺼이, 즐겁게, 씨름할 수 있으리라 믿는다.

약간 쓸쓸해져서 이런 생각을 한다. 어쩌면 상처 받아서 다행이고, 어쩌면 진심이어서 다행이라고.

2017년 여름
심아진

llllllll
* 카잔자키스, 『전쟁과 신부』, 열린책들, 2008, 391~392쪽.

차례

2부 무덤 언저리에서 포대기 언저리까지

차례

4부　길

서장

씨름 한판 붙자.

이희락의 진심이 내게 말한다. 마치 자신에게 샅바를 걸 수 있는 근육질의 허벅지와 튼실한 허리가 있기라도 한 듯 당당하다. 내가 무형의 그와 씨름 따위를 할 수 없을 것이라거나 씨름에 익숙지 않으므로 뒤로 물러설 것이라 생각하면 오산이다. 나는 그에게 젊은 시절 탄탄했던 이희락의 몸을 입혀준다.

좋아. 못 할 거 없지.

이희락의 진심과 나는 서로를 부여잡고 모래밭에 무릎을 꿇는다. 지나가던 작은 새가 호각을 대신해 찌르릉, 신호음을 불어준다. 누가 먼저랄 것도 없이 거의 동시에 무릎을 세우고 일어나는 순간, 이희락의 진심이 양손을 갑자기 풀더니 내 무릎 뒤쪽 오금을 당긴다. 그는 내가 미처 그 손을 피할 수 없도록 어깨와 머리로 내 상체를 거세게 미는 것도 잊지 않는다. 나는 그대로 엉덩방아를 찧으며 주저앉고 만다.

씨름 경험이 풍부한 그가 기습 공격이나 그 공격에 대한 방어에 미숙한 내게 제대로 한 방을 먹인 것이다. '그럼, 시작해볼까?'라며 각오를 다지기에 바빴던 나는 각오가 끝나지도 않은 지점에서 멍해진다. 어이없어하는 나를 향해, 그가 만족스럽게 웃는다. 나는 그가 나를 일으켜 세우기 위해 내미는 손을 잡지 않는다.

싱겁게 한 판이 끝난다. 이희락의 진심 승!

우리는 다시 어깨와 어깨를 맞댄 채 무릎을 꿇고 앉는다. 이긴 자의 여유 있는 호흡과 진 자의 다급한 호흡. 그저 샅바를 잡고 있을 뿐인데도 온몸이 떨리고 땀이 줄줄 흐른다. 무릎에 모래 알갱이의 까슬한 감촉을 느끼며 나는 두 가지 경우를 예측한다. 이희락의 진심은 방금 전과 똑같은 기술을 쓸 수도 있고 전혀 다른 기술을 쓸 수도 있다. 내가 그러면……

그러나 나는 생각을 오래 할 수가 없다. 이희락의 진심 스스로 '시작!'을 외치며 몸을 일으키는가 싶더니, 조금 전과 마찬가지로 다시 양손을 모두 풀어 내 오금에 손을 댔기 때문이다. 나는 당황한다. 하지만 내 왼쪽 다리가 이미 그의 오른쪽 다리 뒤쪽으로 가 있다. 나는 그의 손이 내 오금에 닿지 못한 틈을 이용해 다리샅바를 높이 들어 올린 후 허리샅바를 시계 방향으로 돌려 당긴다. 두 손을 모두 풀어버린 이희락의 진심에게 절대적으로 불리하다. 오른발로 그의 장딴지를 세게 걷어차자, 그는 순식간에 중심을 잃고 나동그라진다. 두 번째 판은 나의 승리다.

씨름의 모든 기술은 공격함과 동시에 공격받을 가능성을 내포한다. 웬만큼 씨름을 해본 사람이라면 공격 기술이 들어올 때 어떤 방어 기술을 펴야 하는지 이미 알고 있다. 나는 그의 오금당기기에 차돌리기 기술로 멋지게 대응했다.

나라면, 두 번째에도 첫 번째와 마찬가지 공격을 하지는 않았을 것이다. 두 번 연속 똑같은 시도를 하는 것을, 허를 찌르는 공격이 아니라 오히려 진부한 발상으로 여겼을 것이기 때문이다. 하지만 이희락의 진심은 진부하다 여기는 게 더 진부할 수 있다고 생각한 모양이다. 그는 처음과 똑같은 공격을 시도했다. 어쩌면 그는 내가 예측하고 있는 바를 얼마간 읽은 것인지도 모른다. 그가 나보다 더 오래 이 세상을 겪어왔다는 사실이 내게 얼마간 불리하다는 것을 인정하지 않을 수 없다.

그럼에도 불구하고 나는 이겼다. 나는 나도 모르게 발부터 들이밀었다. 그가 양손을 모두 풀건 풀지 않건, 최대한 내 자세를 안정적으로 유지하면서 공격을 가할 수 있는 포지션이었을 것이다. 내가 어떤 전략으로 그렇게 했는지는 알 수 없다. 경험이나 연륜을 아무것도 아닌 것으로 만들 수 있는 어떤 힘이었을 텐데, 그게 무엇인지 지금으로서는 알 수가 없다.

이희락의 진심도 나도 가쁜 숨을 몰아쉰다. 순간적으로 빠르게 큰 힘을 내야 하기에, 씨름에서는 에너지가 많이 소모된다. 직접 경기를 해보지 않은 사람들은 겨우 두 경기를 치른 선수들이 어째서 마라톤을 완주한 사람들처럼 지쳐 보이는지 이해하지 못할 것이다(선수들의 살에서 번들거리며 흐르는 땀을, 과다한 지방으로 인한 단순 분비물이라 여기는 사람들은 결코 씨름을 제대로 알지 못하는 자들이다). 한 번씩 이긴 혹은 진 상태로 세 번째 경기에 임한 우리의 긴장감이 모래판을 절절 끓게 만든다.

콩꺾기. 이희락의 진심이 다시 한 번 내 앞무릎을 치는가 싶더니 오금을 꺾으려 든다. 누렇게 익은 콩 대를 낫으로 꺾는 모양을 닮았다고 해서 이름 붙여진 콩꺾기, 이 역시 오금을 끌어당겨 공격하는 기술이다. 세 번 모두 같은 기술을 사용하다니……. 나는 잠시 어이가 없지만 곧 자세를 낮춘 그의 위에서 뒷목덜미를 누른 채, 다리샅바를 잡은 왼손을 끌어올린다. 그의 몸이 대번에 왼쪽으로 기우뚱거린다. 하지만 그는 내 왼손에 힘이 풀리는 순간을 틈타 다시 안정적으로 자세를 잡는다(그는 내가 왼손잡이가 아님을 알고 있다). 나 역시 그와 비슷하게 허리를 낮추지 않을 수 없다. 어느 틈엔가 그의 오른손이 내 허리샅바를 잡고 있다. 그의 다리샅바와 허리샅바 모두를 잡고 있는 내가 이번엔 그를 통째로 들어 올리려고 해본다. 그보다 덩치가 약간 큰 내게 유리한 들배지기 기술이다. 무릎 위까지 들어 올린 후 그의 오른쪽 무릎이 밖으로 나오도록 유도해 던져버릴 계획이다. 하지만 그의 오른 다리가 재빨리 내 왼 다리를 밖으로 건다. 내 무릎이 부주의하게 벌어져 있었던 것이다. 어느새 그의 왼손이 내 다리샅바까지 거머쥔

다. 덧걸이에 걸려들었다. 하지만 다행히 상체가 충분히 들어오지 않았다. 나는 꺾이려는 허리를 간신히 수습하고 다시 안정적인 자세를 취한다. 그의 더운 입김이 내 귓불을 간질인다. 내 입김 역시 그의 얼굴을 간질이고 있을 것이다. 미끈거리는 그의 피부가, 아마도 비슷하게 미끄러울 내 피부와 찰싹 달라붙어 있다.

약간 후회스럽다. 나는 왜 하필 몸과 몸을 지나치게 밀착시켜야 하는 씨름을 하겠다고 선뜻 승낙했을까? 발차기를 한 후 재빨리 멀찍이 떨어질 수 있는 태권도도 있고, 상대의 피부에 결코 손이 닿을 일 없는 권투도 있는데 말이다. 씨름은 정말이지, 지나치게 살과 살이 붙는 경기다. 얼마나 따뜻한 피가 도는지, 숨결에서 어떤 냄새가 나는지, 피부의 감촉은 어떤지를 모르려야 모를 수가 없다. 이러다 영혼까지 들러붙어버리면 어쩌나 하는 걱정이 든다.

돌연 이희락의 진심이 웃음을 터뜨리며 말한다.

이러고 구부정하게 있으려니 허리 아프지 않냐? 다리에도 쥐가 나. 이건 양변기 없이 양변기에 앉아 있는 자세다.

이희락의 진심이 국가대표로 나간 것도 아니면서 무어 그리 심각하게 용을 쓰고 있느냐는 듯 실실거린다. 나는 대꾸하지 않은 채 우리들의 자세를 상상하지 않으려고 애를 쓴다. 이희락의 진심에게 휘말려 나 역시 웃음을 터뜨리는 일은 결코 만들고 싶지 않다.

그의 말처럼 양변기 자세를 하고 있으려니 허리와 다리가 절로 떨린다. 그러나 그가 경계를 푼 듯 보이는 이 순간을 놓쳐서는 안 된다. 나는 오른손으로 그의 오른 무릎을 짚고 온 힘을 다해 그를 밀어뜨린다. 앞으로 나온 오른쪽 무릎을 깊이 구부리고, 뒤로 빠진 왼쪽 무릎을 앞쪽으로 세게 민다. 털썩, 그가 주저앉는다. 나는 나도 모르게 괴성을 지른다. 이 경기마저 단순한 놀이에 지나지 않는 것으로 만들려는 그의 의도를 얼마간 저지했다는 느낌에 유쾌하다.

나는 국가대표로 나가 이겼다고 해도 이보다 자랑스러울 수는 없을 것이라 생각하며 여유 있게 한 손을 내민다(그러나 손을 내민 순간 곧 후회한다. 왜 손 따위를 내밀었을까?). 완전히 다리를 벌리고 주저앉은 그가 선뜻 내 손을 잡고 일어난다. 전혀 패배감을 느끼지 않는다는 듯 그가 짓는 천진스런 미소 때문에, 승리감이 일시에 사라진다.

한 번 졌으나 두 번 이겼다. 나는 마지막까지 갈 것도 없이 네 번째 판에서 승부를 보아야겠다고 결심한다. 그는 이번에도 또 오금을 꺾으려는 시도를 할지 모른다. 궁리에 궁리를 거듭해서가 아니라, 이희락의 진심이라면 단순히 '이번에 어떻게든 또 그 기술을 쓰겠다'고 고집을 부릴 수 있을 것이기 때문이다. 나는 가벼운 외형을 하고 있으나 필시 무거움에서 나왔을 그의 고집스러움을 모르지 않는다. 그게 얼마간 나를 불안하게 한다.

아닌 게 아니라 샅바를 쥔 그의 양손이 느슨해진 것도 같다. 그러나 씨름의 어떤 동작도 다음 동작을 예고하지 않는다. 한 동작은 전혀 다른 동작을 위한 연막전에 불과한 경우가 대부분이다. 나는 상대편의 행동을 예측하기보다 내가 쓸 기술에 더 집중하기로 한다.

뒷무릎치기! 나는 여태 그가 써왔던 오금을 공격하는 기술을 바로 내가 쓰기 위해 오른 손바닥으로 그의 왼쪽 다리 오금을 당기려 든다. 하지만 그가 더 빨랐다. 이희락의 진심이 자신의 손을 모두 풀고 내게서 풀쩍 떨어져 나가버린 것이다. 그의 오른쪽 다리샅바를 잡았던 내 왼손이 풀리는 통에, 오히려 내가 중심을 잃을 뻔한다.

허리 좀 펴고 하자고. 놀이 삼아 하는 건데, 우리가 무슨 오랑우탄도 아니고 말이야.

나는 해바라기라도 하듯 허리를 완전히 뒤로 젖혀 하늘을 보는 이희락의 진심을 멍하니 바라본다. 그대로 두면 70년대식 국민체조라도 할 판이다. 어쩐지 내 진심이 그의 진심에 농락당하는 기분이라 나는 와락 그에게 덤벼든다. 왼쪽 무릎을 쳐 반사적으로 그의 오른발이 튕겨 나오게 한 후, 재빨리 내 오른 다리를 길게 안으로 뻗쳐 넣는다. 내 허리가 그의 가슴 아래로 적당히 들어가 있으므로 무조건 내게 유리한 상태다. 하지만 내가 그의 다리를 감아 걸어 넘기려는 순간, 갑자기 그의 사타구니가 엄청난 힘으로 내 다리를 죄어온다.

남자는 뭐니뭐니 해도 사타구니 힘이지!

나는 압축기 같은 그의 다리 사이에서 나도 모르게 욕설을 내뱉는다. 그가 완전히 나를 장악했다는 사실이 치욕스럽다. 어마어마한 사타구니 힘이라니! 오른쪽 허벅지 전체를 누군가가 젖은 걸레를 짜듯 비틀고 있는 느낌이다. 그 순간에도 배지기나 잡채기를 할 요량으로 내가 그의 다리샅바까지 움켜쥔 것은, 어디까지나 타고난 정신력에 기인한 것이다. 하지만 나는 그의 두 샅바를 제대로 쥐고도 아무런 반격을 가하지 못한다. 그가 사타구니의 힘을 푸는가 싶더니 무지막지

한 힘으로 내 오른 발목을 차서 꺾어버렸기 때문이다. 나는 모래 바닥에 철퍼덕, 박히고 만다.

반칙이야!

나는 그가 발바닥이 아닌 발 안쪽으로 공격한 것이라 확신한다. 앞다리 차기 공격에서 발바닥이 아닌 발등, 발목 등으로 상대를 차는 것은 엄연히 반칙이다.

뭐가 반칙이라는 거야? 증거 있어?

물론 증거는 없다. 심판도 없이 우리끼리 시작한 경기다.

놀자고 하는 건데, 원한다면 내가 진 걸로 하지.

천만에! 나는 그와 놀고 싶은 생각이 전혀 없다. 어쨌거나 이희락의 진심은 내가 그의 제안을 받아들이지 않을 것임을 잘 알고 있다(그가 선심을 썼다고 여기게 하느니 차라리 지는 게 낫다). 싱글거리는 그의 얼굴에 모래 한 줌을 뿌려주고 싶은 욕구를 가까스로 누른 후, 나는 다짜고짜로 자세를 낮춰 그에게 덤벼든다. 그의 샅바를 확실히 그러쥐었다고 느낀 순간, 내 것 역시 그의 손에 단단하게 감긴 것을 느낀다. 동점 상태에서 마지막 한 판만이 남았다.

2 대 2인 상황에서의 마지막 경기. 사위가 어둠에 잠기고 있다. 겨우 네 번의 경기를 했을 뿐인데, 우리를 지켜보던 해가 이미 지친 모양이다. 내가 먼저 샅바를 힘껏 당기며 허리를 그의 몸에 바짝 붙인다. 땀으로 번들거리는 몸에서 쉰내가 풀풀 난다. 그 역시 나와 똑같은 동작을 취한다. 서로 잡채기를 하려는 통에 그야말로 징그럽게 몸

이 맞붙는다. 어깨와 팔, 쇄골과 가슴, 배와 배. 거의 동시에 힘이 빠졌나 싶은 순간, 그의 오른 다리가 내 오른 다리를 꽈배기처럼 꼰다. 나는 그의 어마어마한 허벅지 힘을 떠올리며 샅바를 놓은 왼손으로 재빨리 그의 오른쪽 허벅지를 내리친다.

아야, 아프잖아!

그가 어이없다는 듯 항의한다. 하지만 허벅지를 내리친 것은 적어도 반칙은 아니다. 나는 그가 떠드는 틈을 타 재빨리 그의 다리샅바를 다시 잡고 몸을 굽힌다. 그 역시 내 샅바를 다시 잡고 몸을 굽히자, 우리의 어깨와 어깨, 뺨과 뺨이 하릴없이 맞붙는다. 엎치락뒤치락, 그와 나는 씩씩한 황소들처럼 모래알을 튀긴다.

이희락의 진심은 여전히 얼굴에서 미소를 지우지 않는다. 그는 아직도 경기를 즐기는 듯 보이고, 한없이 여유로워 보인다. 그러나 나는 그렇지 못하다. 마음을 비울 수도, 자유로울 수도, 편안할 수도 없다. 경기는 끝날 것인가, 끝나지 않을 것인가? 이길 것인가, 질 것인가? 나는 아무것도 정리하지 못한 채, 모든 것을 그러쥔 상태로 아악, 소리를 내지른다. 동시에 혼신의 힘을 다해 그의 몸을 단번에 들어 올린다. 씨름의 꽃이라는 뒤집기 기술. 내 얼굴과 그의 얼굴이 허공을 바라보고, 내 허리와 그의 허리가 기역자로 완전히 꺾인다. 어쩌면 그보다 더 건장하고 더 젊고, 먼저 뒤집기를 시도한 내가 유리할 수 있다. 하지만 나보다 더 오래 씨름을 했고 더 경험이 많은 그가 이길 가능성도 배제할 수 없다. 뒤집기는 결코 승리를 장담할 수 있는 기술이 아니다.

팽팽한 낚싯줄 같은 긴장감이 공중에 떠 있는 그와 나를 장악한다. 찰나의 시간이 영원으로 늘어난다. 어두워져서인지 이희락의 진심의 실체도, 심지어 나 자신도 잘 보이지 않는다. 어두움만이 홀로 주인공이 된 듯하다. 나는 차라리 눈을 감는다. 희미하게 어떤 윤곽이 드러난다. 멀리, 진심으로 세상을 사랑한다는 한 사람이 서 있다.

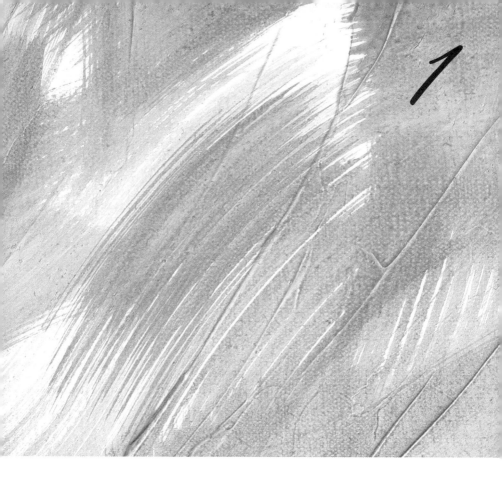

매사에 진심인 자가 세상을
사랑한 방식

하필, 수상 무대입니다

알전구의 환한 빛 때문에 검은 호수는 순식간에 나신을 드러내고 말았다. 주변의 나무들은 나른하게 늘어져 있던 그림자를 황급히 추슬렀고, 호수의 수면은 긴장한 군인처럼 파르르 몸을 떨었다. 잠시 동안, 그 어떤 것보다 당당해 보이는 인공 조명이 세상의 주인이 되었다. '진심' 같은 모호한 단어와는 상관없어 보이는 또렷한 조명 아래, 수상 무대가 모습을 드러냈다.

사람들은 은근히 감추어둔 비밀이나 묻어두고 싶은 상처 따위에 연연한 적 없다는 듯 도도하게 빛을 뿜는 무대에 압도당했다. 이희락이 벌이려는 일을 우려하고 반대했던 그들 중, 새삼 우려 가득한 말을 뱉거나 반대 의사를 표명하는 사람은 없었다. 그들이 평소 합리적 사고를 지향하고 그래서 나름대로 이론적 근거를 수집하는 자들이었다면, 틀림없이 얼마간이라도 처음의 태도를 고수하려 들었을 것이다.

하지만 '그들 대부분'은 자신이 어떤 경로로든 마련한 지혜의 총량에 끝없이 새로운 지식과 내적 수양을 더할 수도 있다는 사실을 결코 알지 못했고, 또 그래야 한다고도 생각해본 일이 없는 사람들이었다.

이렇게 표현하는 것은 그들을 저급하거나 한심한 인간이라고 폄하하기 위해서가 아니다. 그저 그랬다고 말이라도 하고 싶었을 뿐인데, 말하자면 나는 짚고 넘어가면 까다로운 자로, 따지고 들면 제 허물을 모르는 자로 낙인 찍히기 쉬운 세상에서 얼마간 용기를 낸 셈이다. 분명히 말해두지만, 그들을 비난하려는 의도가 아니다. 좁은 우물에서 자신이 보는 것만이 하늘의 전부, 세상의 전부라고 생각하는 개구리가 밖에 무엇이 있는지를 알고서도 웅크리고만 있지는 않을 것이기 때문이다. 개구리는 우물 밖의 거대한 강이나 푸르른 대지에 대해 전혀 알지 못하거나, 그게 아니라면 그저 우물 밖으로 도저히 뛰어오를 수가 없었던 것뿐이다(능력 부족은 악이 아니다. 물론 무능함과 무기력을 선하고 좋은 것이라며 스스로를 속이지는 않는, 속일 수도 없는 자들에 한해서만 그러하다).

어쩌면 이희락 역시 그러한 인간들과 크게 다르지 않았을 것이다. 그의 고집스러움, 천진함, 그리고 때로 훌쩍 경계를 넘어선 듯 보이는 상상력까지도 실은 너무 높고 지나치게 좁은 우물 탓인지 모른다. 처음부터 우물이 아닌 다른 곳에서 살았더라면, 그도 분명 얼마간 달라졌을 것이다.

여기까지 이야기를 마친 나, 이희락의 진심은 이희락은 물론 이희락이 한 일을 보러 온 사람들을 기꺼이 이해하고 동정하는 쪽으로 너그럽게 몸을 틀기로 한다. 그러나 잠시, 틀던 몸을 멈추고…….

작가 양반, 그럼 이제 수상 무대의 공연 장면을 좀 더 상세히 이야기해야 하지 않을까?

나는 이 글을 시작하기 전에 작가에게 이희락의 전성시대부터 이야기하는 게 좋지 않을까 하고 상의한 바 있다. 그것은 이 소설이 결코 알에서부터 시작하곤 하는 영웅 서사나 건국 신화가 아니기 때문이기도 하고, 어찌 되었든 우울해지기가 더 쉬운 인간사를 유쾌한 장면부터 전개하는 게 낫다고 여겼기 때문이다. 작가는 약간 젠체하는 태도로 호라티우스가 '알에서부터(ab ovo)'가 아닐 경우의 즉각적인 흥미에 대해 언급했다는 사실을 들먹였고, 피란델로의 '아무도 아닌, 동시에 십만 명인 어떤 사람' 류를 이야기하기에는 매우 적당한 출발이라며 찬성했다.

그러나 지금, 작가는 창세 전부터 신과 함께 있었다는 흑암과 혼돈, 공허에 빠져 있다. 가장 화려했던 시절부터 이야기를 한다 하더라도 그 세부를 어떻게 구분하고 선택할 것인지 결정하지 못했기 때문이다. 부분과 부분, 덩어리와 덩어리 사이에 누군가가 선명하게 그어놓은 선이라도 있어 그것을 따라 잘라내기만 하면 좋으련만! 인간의 삶이란 결코 칼이나 가위 등으로 잘리는 게 아니니 말이다. 당장 그는 이희락이 직접 대본을 쓴 〈주생전〉에 대해 긴 이야기를 먼저 시작해야 할 것인지, 아니면 수상 무대에 얽힌 이야기를 좀 더 상세하게 이어나가야 할 것인지도 정하지 못하고 있다. 쯧!

그러니 우물쭈물 생각만 하고 있는 작가는 그냥 내버려두어야겠다. 이희락의 진심인 내가 본 바로는 이랬다.

호숫가에 모인 모든 사람들은 그들이 다섯 척의 나룻배에 다 탈 수 없다는 데 생각이 미치자, 경쟁적으로 배에 오르기 시작했다(어떤 이유에서든 사람들이 몰려 있는 곳에서는, 이전에 아무런 시선을 끌지 못했던 상품이라 할지라도 장사꾼의 '마지막 다섯 개' 혹은 '단 세 개뿐인 행운'이라는 등의 외침과 더불어 과도한 주목을 받게 되는 경우가 있다). 그들 대부분은 이희락의 계획에 동의할 수 없다고 반대의 목소리를 높였던 사람들이다. 하지만 그들은 곧 이전의 입장 따위를 곱씹는 소인배가 되기보다 감정의 부름에 몸을 맡기는 대인이 되는 게 낫겠다는 듯 재빨리 태도를 바꾸었다.

나룻배는 무대가 잘 보이는 지점에서, 호수변의 계선주와 수상 무대의 난간 사이를 연결한 밧줄에 묶여 고정되었다. 배를 타지 못하고 호숫가에 남겨진 사람들은 불과 수 분 전까지도 이희락을 정신병자로까지 몰아붙였다는 사실을 잊었으며, 도지부의 예산 낭비에 대해 핏대를 올린 일 역시 까맣게 잊었다. 그들은 멋들어져 보이는 배에 올라타 좀 더 가까운 거리에서 공연을 볼 수 없는 상황에 대해서만 안타까워했을 뿐이다. 나, 진심만큼이나 일렁이기 좋아하는 나룻배들이 큰 소리를 냈던 사람들을 비웃으며 부드럽게 몸을 흔들고 있었다.

무대 한가운데에, 양가집 규수에게 사랑하는 사람을 **빼앗긴** 기생 배도가 등장했다. 그녀는 기생이 아니라 오히려 양갓집 규수처럼 보이는 품위 있는 자태를 하고 있었다. 사람을 죽게 만들 수도 있는 어설픈 희망일지라도 당장은 놓고 싶지 않다는 듯한 간절한 눈길……. 배도는 나룻배에 오른 관중들을 두루 돌아보며 애수 어린 시선을 던졌다. 조명이 다소 어두운 무대 뒤편에는 거문고를 뜯는 선화와 그 음에 꼭 어울릴 만한 시를 짓고 있는 듯 보이는 주생이 나와 있었다. 그들은 비탄에 빠진 배도를 조소라도 하듯 서로에게 장난을 걸고 있었다. 기생 배도는 쓸쓸히 읊었다.

화무십일홍(花無十日紅). 영원한 사랑이라는 건 없겠지요. 그러나 바로 그러하므로 저는 당신이 제게 다시 올 것을 믿습니다.

배도가 독백을 마치자, 기다렸다는 듯 선화의 웃음소리가 무대 뒤편에서부터 앞으로 번져 나왔다. 이어 풍악이 울리더니 화려한 옷을 입은 무희들이 등장했다. 그들의 폭넓은 치마가 각기 다른 붉은빛을 펄럭이며 수줍은 꽃봉오리, 화려하게 만개한 꽃, 쓸쓸히 지는 꽃을 표현해냈다. 관중들은 현란한 무대에서 눈을 떼지 못했다. 이희락은 공연의 수준에 상관없이 관중들을 만족시키는 방법을 잘 알고 있었다.

이 무대는 집권 여당의 도지부 사무국장 이희락이 지역 예술 활성화를 위해 그간 국장의 자리를 걸고 추진해온 사업이었다. 그가 안건을 처음 입에 올렸을 때, 도지부의 직원들은 다른 여러 안건에 대해서도 종종 그랬듯이 우려를 먼저 표했다. 이희락의 이런저런 '일 벌이기'에 나름 강력한 불만을 품어온 주영수 부국장이 적극 나섰다. 그는 소신을 갖고 일한다고 자부하는 지역구 의원들을 은밀히 포섭해 반대 여론을 모았다.

왜 하필 수상 무대지요?

가난한 예술가들을 후원하는 다른 방법은 많습니다.

막대한 예산을 도대체 어디서 끌어올 겁니까?

사람들은 대략 서른 가지쯤의 이유를 들어 이희락의 계획에 반대하고 나섰다(수상(水上) 무대가 아니라 수상(樹上) 혹은 공중 무대일 수는 없는 것인지, 가난한 예술가들에게 공연장을 제공할 것이 아니라 그저 쌀이나 라면 등을 배급하면 안 되는 것인지 등등의 본전도 못 건져 올릴 만한 반론을 제외하고도 정확히 스물여덟 가지의 이유가 집계되었다).

참, 잊기 전에 말해두어야 할 것이 있는데, 이희락의 이 수상 무대에 대한 아이디어는 한강의 둥둥섬인지 동동섬인지보다 무려 12년이나 앞서 나왔다. 그러니까 이희락은 아직 21세기에 진입하지도 않은 시대에, 지방 소도시로서는 감당할 수 없는 일을 벌이려 했던 것이다.

잘 알지 못하는 것에 대해 환영보다 반대를 더 많이 할 수밖에 없는 보수적인 사람들이, 이희락의 생각에 동조하지 않은 것은 어쩌면 당연한 일이었다. 수상 무대에 대한 염려는 작은 도시의 내로라하는 권력자들의 안사람 몇몇에게까지도 번져 입방아를 탔다. 기생 풍류를 복원하자는 것도 아니고! 안 그래도 놀고 먹는 문화가 넘쳐나는데! 다리도 무너졌고 건물도 무너졌는데 수상 무대가 웬 말이야! 부인들의 입을 타고 흐르던 험담은 이희락 같은 사람이 자신들의 남편이 아니라서 다행이라는 부분에서 정점을 찍더니, 집에 있는 남편들을 오랜만에 사랑스럽게 바라보는 경지로까지 나아갔다. 달리 열정을 쏟을 대상이 없어 심심해하던 참인 지방 소도시의 부인들은 곧, 이희락의 부인에 대해서도 떠들기 시작했다. 누군가의 아내인 입장에서 가장 표적으로 삼고 싶은 사람은 역시 누군가의 아내이기 때문이었다. 그들은 오징어를 씹을 때 땅콩을 집어 먹는 빈도로 이희락의 부인을 입에 올렸다. 사치스럽다지! 표독스럽대!

그런데 이 이야기는 계속할 수가 없겠다. 작가가 나를 제지했기 때문이다.

이희락의 아내에 대한 얘기는 나중에 하는 게 좋겠어.

나, 이희락의 진심은 세심하거나 주도면밀하지 않아서 대부분 그때그때 기분이 내키는 대로 사는 편이다. 사실 나는 지금 이희락의 아내에 대해 말하고 싶다. 기왕 말이 나오지 않았느냐 말이다. 하지만 능력도 의욕도 어딘가에 담보로 잡힌 사람마냥 축 처져 있던 작가가 갑자기 저리 정색을 하고 나서니……. 무시를 할 수도 없고 안 할 수도 없고, 거 참!

그럼 당신이 직접 이야기하든지.

나는 내가 작가의 약점을 잘 알고 있으므로 내게 섣불리 대해서는 안 된다는 것을 일깨울 수 있는 적절한 어조로 말한다. 작가가 나를 노려본다. 그가 나를 좋아하지 않는다는 것을 알 수 있다. 나도 그가 썩 마음에 들지는 않으니 피장파장이다.

작가 따위!

마음과 내장이 뒤바뀌든
심장과 내장이 뒤바뀌든

이희락의 진심 따위!

나는 한동안 이희락의 진심이 주절거리는 이야기나 들어보며 복잡한 생각들을 정리해보려 했었다. 객관과 주관 사이의 경계를 설정하는 일이 어려웠다. 내 질문은 '객관과 주관을 구분하는 것이 가능할까?'로부터 나아가 '왜 그런 것을 구분해야 하는가?'라는 데에까지 이르고 있었다. 객관이든 주관이든 결국 누군가의 '관점'을 배제할 수 없다는 생각이 들었기 때문이다. 나는 아직 답을 구하지 못하고 있다.

하지만 적어도 나는 어떤 이야기가 나오거나 나오지 말아야 할 시점에 관해서는 할 말이 있다. 이희락의 아내에 관한 이야기는 한참 더 뒤로 미뤄져야 할 것이다. 그녀는 아직도 지나치게 흥분해 있다. 지금 그 빨간 얼굴을, 핏대 선 목을 다 드러내게 할 수는 없다. 내키지 않지만 내가 나서는 수밖에 없을 듯하다.

신이 나서 떠들다가 막상 입을 닫게 된 이희락의 진심은 꽤나 서운한 모양이다. 그러거나 말거나!

수상 무대에 대한 반대는 예상보다 심했다. 이희락은 언제나 그래왔던 것처럼 이 모든 반대 여론에 단 한 번도 반박을 하지 않았다. 즉 이희락은 '그렇지요' '알겠습니다' '네네'라고만 응대했던 것이다. 사실 그는 누구에게도 싫은 소리를 하지 않고 자기만 옳다고 주장하지도 않으면서 조용히 자신의 생각을 밀고 나가는 데 천부적인 재능이 있는 사람이었다. 이희락은 어떤 경우에도 비난을 겸허하게 또 긍정적으로 받아들인다는 태도를 취했는데, 주영수 부국장의 주장에 의하면 바로 그런 점이야말로 '사람을 환장하게 하는' 면이었다. 환심장(換心腸). 즉 이희락은 마음과 내장이 바뀌어 뒤집힐 정도로 상대방을 미치게 만들 수 있는 사람이라는 것이었다(이에 대해 정신적이고 불가시적인 마음과 육체적이며 경우에 따라 가시적일 수 있는 내장이 뒤바뀐 게 아니라, 그저 심장과 내장이 바뀌어 뒤집혔을 뿐이라고 주장하는 사람도 있을 것이다. 어쨌거나 심장과 내장이 바뀌어 뒤집힌다고 해서 큰 일이 아닌 것은 아니다).

실제로 이희락은 타인들의 반응과는 철저히 별개로 끈기 있게 자신의 일을 밀고 나갈 수 있는 사람이었다. 신기한 것은 세심하지도 주도면밀하지도 않은 그가 어떻게든 그러한 일을 해내고야 만다는 점이었다('세심하지도 주도면밀하지도'가 위에서 한 번 언급된 사실이라는 점을 기억해주기 바란다. 중언부언하는 것은 딱 질색이지만 '진심'을 이야기하기 위해 잊지 않아야 할 것들이 있기 때문이다).

언제 시작됐는지 알 수도 없는 일들이 부지불식간 끝나 있을 때면, 조금 예민한 편에 속하는 사람들은 그제야 자신들이 그 일을 반대했다는 사실을 떠올리며 놀라곤 했다. 그들은 억울한 기분을 떨치지 못했다. 하지만 예민하지 못한 편에 속하는 더 많은 사람들은 그가 어떤 형태로든 추진력을 발휘했다거나 카리스마를 행사했다고는 느끼지 못했다. 그들은 눈에 보이는 대로, 막연히 추상적으로만 이희락을 보고 있었으므로 막상 그가 의지를 실현하고 있을 때조차도 그것을 크게 실감하지 못했던 것이다.

무슨 일이든 이 국장님께 가면 흐리멍덩해지고 말아요. 술에 물 탄 듯, 물에 술 탄 듯.

실제로 술에 물을 타거나 물에 술을 타보지 않고 다만 입으로만 이런 말을 주억거린 사람들은 사실 예리하지 못한 축에 속했다. 그들은 드러나지 않게 자신이 목표한 바를 향해 나아가는 이희락을 결코 제대로 보지 못했다. 그들은 다음과 같이 비아냥거리기도 했다.

이희락은 되는 일도 안 되는 일도 없는 사람입니다.

그러나 이 말 역시 이희락의 행적과 견주어볼 때 명백히 모순된 것이었다. 이희락은 늘 그가 하고 싶은 일을 어떻게든 해내고야 말았으므로 그의 입장에서는 안 되는 일이 거의 없는 셈이었기 때문이다. 되는 일도 안 되는 일도 없다는 평가는 이희락이 일을 추진하는 과정만을, 그것도 건성으로 지켜본 사람에게서만 나왔다. 당사자들은 나중에 가서야 자신들의 생각이 틀렸다는 것을 어렴풋이 깨닫곤 했다(하지만 자신이 틀렸다는 것을 인정할 수 있는 사람은 많지 않았다).

애초에 이희락의 의견이 거의 묵살되다시피 한 후로 도심 공원 한가운데 수상 무대를 설치하는 일은 다시는 거론되지 않을 듯 보였다. 그가 모든 반대 의견을 수렴하겠다는 듯 고개를 끄덕인 데 대해 불안감을 느낀 사람은 거의 없었다. 이희락을 모르지 않았음에도 불구하고, 그들은 자신들의 가치관과 경험에 의해서만 세상을 보는 편안한 태도를 쉽게 버리지 않았다.

사람들에게 고개를 끄덕인 직후, 이희락은 직접 수상 무대를 설계하기 시작했다. 그는 전문적인 건축가나 선박 업자의 도움이 필요하다고 생각지 않았다. 그는 돈을 받지 않고도 호의를 제공해줄 여러 사람들에게 연락을 취했다. 별 뜻 없이 이희락의 아이디어에 호감을 표명한 화가와 그의 부탁이라면 거절할 수 없는 입장인 무대 감독이 세밀한 도면을 완성하는 일에 지목되었다.

이희락은 지체하지 않고 수소문을 해, 한때 넘쳐나는 일감으로 주체를 하지 못했으나 지금은 그저 대팻밥 사이에서 졸다 깨다를 반복할 뿐인 목수를 만났다. 과거에 배를 만들기도 했다는 증거는 어디서도 찾을 수 없었지만, 이희락은 그에게 무한한 신뢰를 보였다.

실력 있는 분이 이렇게 쉬고 계셔서야 되겠습니까?

드러븐 세상이라, 혼자서는 암것도 몬한다 아이요.

팀을 이루어야 큰 작업을 할 수 있다고 들었습니다. 하지만 조직에서 목수의 위상은 예전 같지 않지요.

내 말이 바로 그기요. 목수들이 미장이캉 타일공들캉 우 몰려 댕기니께 똑같은 급이 되는 거 아이요.

선생님 같은 분이 이러고 계신 것은 국가적 차원에서도 손실입니다.

이희락의 한마디 한마디가 목수의 자존감을 드높였다. 목수는 수분간 이희락에게 물 한 잔도 권하지 않았다는 사실에 미안해하며 다급히 믹스커피 두 봉을 풀었다.

그는 시대의 요구에 재빨리 편성한 다른 목수들을 성토하기 시작했다. 자신이 이웃집 세탁실 선반을 얹어주거나 의자를 수선하는 일 등으로 간신히 담뱃값 정도만 벌고 있는 이유가, 무엇보다 자신이 무뢰배 같은 그런 무리에 동조하지 않아서라는 사실을 피력하고 싶어 했다. 이희락은 어느 누구도 보인 바 없는 열정적인 태도로 목수의 이야기를 경청했다. 목수는 자신의 열망에 의해서가 아니라 순전히 이희락의 열망에 의해, 스스로에게 고귀한 가치를 부여하고 있을 뿐이라는 사실을 인식하지 못했다. 이희락과 잠시 이야기를 나누는 동안, 목수는 자신이 분명 여느 목수들과 얼마간 다른 존재라고 확신하게 되었다. 그는 실력 면에서 월등했고, 보다 고차원적인 일을 추구하는 것이 분명했다. 목수는 꽤 기분이 좋아졌다. 그는 당장 일부터 시작해달라는 이희락의 제안을 선뜻 받아들일 것처럼도 보였다.

하지만 목수는 선수금을 받지 못한다는 현실적인 문제를 외면할 수 있을 만큼 완전히 이희락에게 넘어가지는 않았다. 자신의 실제적인 처지를 떠올리지 않을 수 없었던 것이다. 목수는 돌연 '왕년에'를 운운하기 시작했다. 조금 전 제 입으로 폄하한 무뢰배와 같은 사람처럼 이해타산을 따지기는 민망했으므로, 아무 일에나 연장을 들이댈 수 없고 일은 혼자 할 수도 없다는 취지로 길게 설명을 이어나갔다. 그는 목재의 유통 문제라든지 인력의 부족 등 좀 더 자신을 사심 없는 사람으로 비치게 할 수 있는 구체적인 이유들을 내세웠다. 세상에 온갖 사기꾼이 다 있다는 사실을 모르지 않는 목수는 속으로 '아뿔싸!'를 외친 후 어떻게든 이희락을 떼어내려 애를 썼던 것이다. 그러나 복잡한 목수의 마음은 너무나 직접적이면서도 단순한 이희락의 대응으로 순식간에 정리되고 말았다.

우선 이희락은 비용을 사후 처리할 수 있다고 장담하며 자신의 명함을 내밀었고, 이어 도당의 업무 지원용 차량에서 대기하고 있던 기사를 불러 이희락 자신의 사진이 인쇄된 신문을 목수에게 보여주었다. 목수는 그 지역에서는 꽤 유명한 지방지 2면에서 대통령과 악수를 나누는 이희락을 발견할 수 있었다. 명함에 나온 직함과 신문에 인쇄된 직함이 같다는 것도 순식간에 파악했다. 얼굴도 둥글고 몸도 둥근 대통령과 작대기처럼 삐죽 마른 이희락은 지나치게 대조적이었다. 그러나 두 사람은 친해 보였다. 목수는 사진 속의 대통령이 악수를 하지 않는 다른 손을 이희락의 어깨에 올리고 있는 것 또한 놓치지 않고 보았다. 그는 자신에게 손해 날 일이 생기지는 않으리라 믿으려 '애쓰며' 태도를 바꾸었다(애를 쓴 이유는, 그럼에도 불구하고 여전히 찜찜한 기분이 완전히 가시지는 않았기 때문이다).

바로 다음 날, 이희락이 불러들인 많은 예술가들이 목수가 안내한 작업장으로 모여들었다. 이희락의 제안을 결코 거절할 수 없었던 그들은 무지근한 심경을 드러내지 않기 위해 한껏 명랑한 체하며 일에 뛰어들었다. 국전을 마친 화가는 어릴 때 해본 적이 있다며 대패를 손에 들었다. 목이 쉬어 하루나 이틀은 연습을 할 수 없다는 국악인도 손지레를 들고 목수를 따라 다녔다. 그 밖에도 인대가 늘어나 당분간 연습에 참여할 수 없는 발레리나와 공연장의 대관료를 내지 못해 지루하게 연습만을 반복하고 있던 연극인들 대부분이 무대를 만드는 현장으로 달려왔다. 가장 열심히 못을 박고 톱질을 한 사람은 물론 이희락이었다. 주변의 누구도 그가 소탈한 척하는 정치가 코스프레를 하고 있다고 느끼지 않았다. 그는 무대를 만드는 일에 그야말로 신명이 나 있었다. 엉거주춤하게 일을 시작하긴 했으나 께름칙한 기분을 완전히 떨쳐내지는 못한 목수마저 그를 칭찬했을 정도였다.

목수를 했시도 참말 잘했실 사람이구먼!

사실 작업장에 모인 모든 예술인들이 이희락의 수상 무대 아이디어에 동의해서 온 것은 아니었다. 지켜야 할 의리는 지킨다고 자부하는 일부 사람들은 그간 이희락이 사준 밥과 술을 기억해서 그 자리에 나왔다. 자신에게 얼마나 이익이 될 것인지를 먼저 가늠해보는 사람들은 이희락이 예술위원회 등 각종 단체에서 한동안 더 영향력을 발휘할 수 있는 위치에 있다는 점을 계산하고 달려왔다. 그러나 보다 많은 사람들은 일단 와보라는 이희락의 전화 한 통에 영문도 모르고 달려왔다. 그들은 이래도 침체, 저래도 침체인 지방 예술을 끌어올리기 위해서 뭐라도 해봐야 하지 않겠느냐는 이희락에게 설득 아닌 설득을 당했다. 그들은 강하게 자신의 생각을 주장하기보다 부드럽고 간곡하게 사정하는 이희락을 당해낼 수가 없었다.

허드렛일을 싫어하는 권위적인 사람들은 실컷 일을 한 후 집에 돌아와서야 분을 내었다. 어쩐지 억울했지만 뒤늦게 자신의 노동력에 대한 보상을 해달라고 떼를 쓸 수도 없는 노릇이었다. 예술가의 자존심에 대해 생각하는 보다 순수한 사람들은 자신이 그 자존심을 지킨 것인지 훼손시킨 것인지 알 수 없어 잠자리에서 잠시 뒤척였다. 하지만 낮의 피로가 그들의 생각을 집어 삼켰고, 다음 날 아침 그들은 아무런 결론도 없이 다시 현장에 나가 있는 자신들을 발견했을 뿐이었다. 어쨌든 수상 무대를 만드는 일은 많은 사람들이 참여했기에 빨리 진척되었다.

도당 사무실의 직원들은 한동안 이희락이 매우 일찍 퇴근을 하고 아슬아슬하게 출근을 한다는 사실을 이상히 여겼지만, 그가 직접 무대를 만들고 있으리라고는 꿈에도 생각지 못했다. 수상 무대는 빠르게 완성되었다.

무대가 호숫가로 옮겨졌을 때 이를 직접 목격한 시민들은 당연히 당국의 허가하에 이루어진 일이라 여겼고, 몇 년째 호수 입구의 주차장만 관리하느라 나태해진 두 명의 경비 역시 도당 사무국장이라 신분을 밝힌 이희락의 명료한 설명을 믿어 의심치 않았다. 그들은 상위 부서에 연락을 취해 확인을 하는 단순한 절차도 밟지 않았다. 호수에 수상 무대를 띄우는 거대한 일이 일개 개인의 생각에 의해 이루어질 수 있다고는 상상도 하지 못했던 것이다. 요즘처럼 기관 관계자를 사칭하는 사기 행각이 만연하지 않았으며, 아직 IMF도 겪지 않은 데다, 어디까지나 국민 소득 1만 달러를 돌파한 것이 대단한 성장이라 착각하던 시대였기 때문에 가능한 일이었다.

어쨌거나 수상 무대는 느닷없이 사람들 앞에 떡하니 모습을 드러냈다. 일이 다 벌어지고 난 다음이긴 했지만, 똑똑한 몇몇 사람들은 다음과 같이 지적했다.

이희락은 의외로 허술한 구석이 어디인지, 정확히 파악하고 있었어.

참, 어처구니없는 일이야. 영악하다고 해야 할지!

영리하고 대범한 거야.

소수이긴 하지만 이희락을 제대로 보았던 사람이 있었다는 사실이, 나는 만족스럽다. 물론 이러한 평가에 대해 이희락의 진심은 다소 억울해하는 듯 보이지만 말이다. 그가 참지 못하고 나선다.

이희락은 자신이 목표로 한 것이 다른 사람들에게 누가 된다거나 혹은 어떤 것에 위배된다는 생각을 하지 않았어. 그는 누군가에게 해를 끼치려는 의도가 아니었다고.

나쁜 의도가 없었다고 도대체 누가 판단할 수 있는 거지? 생각을 못 한 것도 나쁘지만 아예 생각을 하지 않은 건 더 나빠.

무슨 차이가 있지? 나는 모르겠어. 그는 무대를 호수에 띄우는 과정에서 단 한 번도 자신의 신분이 아닌 것을 들먹인 적이 없었고, 거짓말을 한 적도 없었어. 개인적인 이익을 위해서 그런 것도 아니야. 뭐가 잘못되었다는 거야, 도대체?

그는 다만 신이 나 있었을 뿐이라고 말하고 싶겠지. 알아.

그것이 그가 세상을 사랑한 방식이야. 이희락은 허술한 구석을 파악하기 위해 애를 쓴 적이 없고, 영악하게 머리를 굴린 적도 없었어. 단 한 번도 말이야.

열정적으로 자신의 목표를 향해 나아갔을 뿐이라는 거지?

나는 분명 이희락의 진심이 마음에 들지 않는다. 그에게 엉덩이 따위가 없어서 갈겨주지 못하는 것이 유감스러울 따름이다.

이희락은 말이야…….

됐어. 그만해.

나는 엉덩이를 때려주는 대신 조심스럽게 그를 설득해보려 하지만 그는 심통 난 아이처럼 토라진다. 내 잘못이다. 어쩌면 나는 이희락의 진심을 끌어들이지 말았어야 했는지 모른다. 그는 내내 변명만을 일삼을 것이고 결코 내가 알고 싶어 하는 부분을 진솔하게 털어놓지도 않을 것이다. 그를 적당히 밀어내고 또 끌어당겨야 내가 원하는 것을 간신히 얻을 수 있을 것이다. 피곤이 몰려온다.

이희락은 무대와 다섯 척의 나룻배를 호수로 옮긴 직후, 각 단체장을 비롯해 지역의 유명 인사들에게 갑작스러운 초대장을 보냈다. 물론 항의가 쏟아졌지만, 그는 일단 와서 보고 평가해달라는 말만을 되풀이했다. 소리를 지르기 위해서든 고발을 하기 위해서든, 그들은 당장 호수가 있는 공원으로 달려오지 않을 수 없었다.

분노한 사람들 중 가장 격하게 날뛴 사람은 주영수 부국장이었다.

이건 정말 말도 안 되는 일입니다. 당장 상부에 보고해야 합니다.

하지만 경험 많은 여성부장이 이를 가는 주영수를 달랬다.

보고 올라가면 국장님뿐만 아니라 도당 전체가 도마 위에 오를 수 있어요.

특별히 이희락에게 우호적이지 않을 이유가 없는 청년부장도 여성부장을 거들었다. 그는 주 부국장이 어떤 부분에 취약한지 잘 알고 있었다.

이번 일로 좀 찍히기는 해도, 국장님이 바로 해임이 된다거나 하지는 않을 텐데요. 내부에서 보고한 걸 알면, 앞으로 같이 지내기가 많이 불편할 겁니다.

주영수는 두 사람의 말에 기가 한풀 꺾였다. 분했지만 그는 결국, 다른 많은 사람들처럼 공원으로 나가지 않을 수 없었다.

그리하여 역사적인 그날 밤, 사람들은 돈 한 푼 들이지 않고서 배를 띄우고 풍악을 울린 이희락의 환한 얼굴을 보게 되었던 것이다.

사실 그날 밤의 〈주생전〉은 이희락이 수상 무대를 언급하기 훨씬 이전부터 준비한 것이었다. 수년 전 이희락은 헌책방을 들락거리다 우연히 접하게 된 주생의 이야기에 강하게 매료된 바 있었다. 그는 「주생전」을 각색해 무대에 올려보겠다는 결심이 선 후 곧바로 극단 '홍학'의 대표를 만났다. 홍학의 대표 김성우는 이희락의 중학교 동창이었다.

주생전을 마당놀이로 만들어보면 어떨까?

배비장전처럼 사람들 웃게 만들고 참여하게 만들 여지가 없는데 무슨 소리야? 안 돼.

배꼽 빠지게 만드는 조연들을 넣으면 되지.

안 될 거야. 무엇보다 주생전을 아는 사람이 거의 없어.

알게 만들면 되지, 이 기회에.

대중성도 없고 연희성도 떨어져.

어떤 무대냐에 따라 달라질 수 있어. 내가 수상 무대를 만들 거야.

김성우는 이미 이희락이 여러 번 언급한 일이 있는 수상 무대에 대해 알고 있었다. 처음 이희락의 생각을 들었을 때, 그도 썩 괜찮은 아이디어라 여겼다. 그들이 사는 지역에는 소도시치고는 잘 가꾸어진 공원이 있었고, 그 공원 안에는 그 안에만 묻혀 있기에는 아까운 커다란 호수가 있었기 때문이었다.

하지만 〈주생전〉은 문제가 달랐다. 김성우는 흥행 참패를 가져올 게 뻔한 데다, 의상 대여도 어렵고 음악 선정도 까다로운 고전극을 공연할 수는 없다며 앓는 소리를 했다.

본격 멜로도 정통 코미디도 아니야. 오히려 신파에 가까운데, 요즘 누가 신파를 좋아해?

애정사잖아. 모름지기 남녀 사랑 놀음만큼 재미있는 게 없어.

사랑 놀음 나름이지. 틀림없이 관객으로부터 외면당할 거야.

……그런가?

이희락은 굴뚝에서 나는 것인지 하늘의 구름인지 분간할 수 없는 애매한 연기를 피워 올리며 잠시 뜻을 굽히는 듯도 보였다. 하지만 이 희락이 자신이 친구의 의견을 존중하고 극단 전체를 꾸려가야 하는 입장 역시 충분히 이해하고 있다고 말했을 때, 김성우는 깨끗이 마음을 접었다. 그는 이희락이 어떤 방식으로 일을 추진해나가는지, 중학교 때부터 봐온 사람이었다. 어쨌거나 김성우는, 이희락이 정계에 입문한 뒤 가장 혜택을 많이 받은 사람 중 한 명이기도 했다. 이희락이 진심으로 원한다면 도와주지 않을 수 없을 터였다. 그는 이희락을 설득하기보다 최대한 죽는 소리를 해서 후원금이라도 많이 받아내는 게 낫다고 판단했다.

주생전은 희곡이나 그 비슷한 것으로도 각색된 적이 없어. 전문 작가 쓰면 비용이 장난 아니야.

걱정 마. 내가 할 거야.

뭐라고?

사실, 이미 다 했어.

김성우는 예상은 했지만 예상보다 그 예상이 바짝 다가와 있다는 사실에 놀랐다. 그는 완전히 포기하고 자신이 해야 할 일을 했다. 새로운 것에 접근하는 법이 거의 없는 지방 극단으로서는 분명 이례적인 일에 대해, 그간 이희락의 전폭적인 지원을 받아온 단원들도 끝까지 반대를 하지는 못했다.

김성우는 전문 작가를 섭외해 세부적인 사항을 일일이 지적하고 보완함으로써 극을 준비했다. 이희락의 각색 원고를 받아 든 전문 작가는 백 퍼센트 흥행의 실패를 장담하면서도 그가 아주 자질이 없는 것은 아니라며 아리송하게 고개를 갸웃거렸다. 육체적인 사랑을 거부하지 못하나 정신적인 교감에도 끌리는 시인 주생의 갈등과 자기 합리화를 현대적으로 해석한 부분은 일단 높이 산다는 말도 덧붙였다.

김성우는 이희락의 〈주생전〉에 신선한 면도 있다고 좋게 생각하기로 마음먹었다. 물론 검증되지 않은 데에 좀체 운을 걸지 않는 지방 극단에게 부담이 되는 일임에는 틀림없었다. 그러나 살아오는 동안 연극보다 더 연극적인 일들을 수도 없이 겪은 김 대표는 이번에도 여지없이 반반의 얼굴을 한 운명에 기대를 걸어보는 수밖에 없다고 최종 결론을 내렸다.

나는 내게서 밀려나 얼마간 토라진 듯 보이는 이희락의 진심에게 여유 있는 미소를 보낸다.

이쯤에서 이희락이 각색한 주생전의 일부를 제대로 소개할 거야.

누구라도 지금은 그럴 수밖에 없을 시점에서 유레카를 외치는군.

그건 당신 전문이지.

너랑 내가 닮았다는 사실을 모르는 건 아니지?

나는 입도 없는 이희락의 진심이 띠고 있는 비웃음 때문에 몹시 기분이 상한다. 그러나 방법이 없을 것이다. 무시하고 면박을 줘도 그는 결코 기가 죽지 않을 테니까 말이다.

주생전은 내가 소개할게. 세세한 것까지 다 기억하고 있다고.

그가 선심이라도 쓰듯 말한다. 내키지 않지만 그에게 맡기기로 한다. 대본부터 연출, 감독까지 이희락이 모두 참여해서 이뤄낸 공연이니, 그보다 더 잘 알고 있는 이도 없을 것이다. 이희락의 진심이 기세 좋게 나선다.

주생전[*]

하인 : 아니, 선비님께서는 우리 아씨같이 허리 잘록, 가슴 빵빵한
　　　여인을 두고 왜 하필 비루먹은 나귀마냥 말라비틀어진 선화
　　　아씨에게 눈독을 들이시는 겁니까요?
주생 : 무식한 놈, 밥만 먹고 살면 어디 사람이더냐! 이 시를 들어보
　　　아라.
　　　버들에 안개는 가벼이 엉켰고
　　　휘늘어진 가지가지 안개 속에 간들간들,
　　　고운 님 잠을 깨어 난간에 의지하니
　　　얼굴이 시름으로 함빡 젖었구나.

||||||||
* 　여기서 배도와 선화의 시 부분은 『채봉감별곡─우리 고전 다시 읽기 30』(구인환
　　엮음, (주)신원문화사, 2004)를 참고했다.

제비 새끼 제법 울고 앵무새는 때 가는 줄 모르고,

하염없이 지저귀는데,

아까운 이내 청춘 꿈속에 시드는 한을,

비파에 정을 실어 가볍게 타거니와,

곡 속의 내 원을 그 누가 알 것인가.

하인 : 아주 발정이 났구만요, 발정이 났어.

주생 : (천천히 먹을 갈며) 닥치거라, 이놈. 이만한 시를 짓는 여인
이라면 곰보인들 어떠하겠느냐! 내 마음 가는 길을 더는 막
지 않을 테다.

하인 : 하! 곰보가 아니니 그러신 게면서, 뭘 새삼스레 외모는 보지
않는 척하십니까요? 애초에 나으리가 그랬습죠. 소녀는 아
름답게 자라거나 추녀로 자라는 두 가지 길밖에 없다. 사실
선화 아씨가 박색이 아니기에 끌리신 게지요.

주생 : 어찌 되었든 선화의 시에는 그녀의 육신과 상관없이 생동하
는 아름다움이 있다.

하인 : 그렇게 따지면 우리 배도 아씨도 뒤지지 않는뎁쇼? 처음에
나으리께서도 벽에 쓰인 아씨의 글을 보고 대번에 아가씨께
달려가지 않았습니까요?

주생 : 배도의 재주 역시 비상하나 선화 아씨만 못하느니라.

하인 : 그냥 남자답게 선화 아씨의 배경에 더 마음이 끌렸다고 하십
쇼. 무얼 재주 타령을 하십니까?

주생 : 천한 네가 어찌 선비의 능운지지(凌雲之志)를 헤아릴 수 있겠

느냐? 뱁새에게 황새의 높은 뜻을 알아달라 하지 않겠다.

하인 : (방백으로) 황새의 치사한 높은 뜻이겠죠. 변덕스런 높은 뜻이거나.

주생 : (회상에 잠긴 아련한 표정으로) 생각해보면, 배도의 글 역시 참 아름다웠어.

하인 : 당연합지요. 어디 제가 한 번 읊어볼깝쇼? (목청을 가다듬는다.)

비파로 상사곡 타지를 마오.

가락이 높아지면 이 간장 녹는다오.

꽃은 피어 한창인데,

찾아주는 임은 없고,

한 많은 봄날 밤 보내기 그 몇 번이었던고.

캬, 죽인다!

주생 : (심각한 얼굴로) 그래, 어쩌면 배도의 시는 배도의 뇌쇄적인 미모 때문에 오히려 빛을 발하지 못한 것인지도 몰라.

하인 : (짚신을 고쳐 신는 시늉을 하며) 그런 궤변이 어디 있습니까요? 얼굴 예쁜 여자는 시를 잘 지으면 안 된다는 말씀입니까요? 아니면 얼굴이 좀 덜 예뻐야 시가 더 돋보인다는 말씀입니까요? 아무튼 소인 이 길로 배도 아씨께 가서 죄다 말씀드려야겠습니다요.

주생 : (갈던 먹을 내려놓고 다급하게) 그리하는 것이 점잖은 선비의 하인으로서 할 짓은 아니라고 생각한다. 내 진정 배도를

사랑하느니라.

하인 : '점잖은'이 도대체 누구를 가리키고 있는 겁니까요? 나으리
란 말씀입니까요, 아니면 저란 말씀입니까요? 암튼 저는 이
양다리 양상을 무조건 아씨께 말씀드려야겠구만요.

주생 : (헛기침을 한 후, 서진으로 한지를 고정하며) 그놈 참! 숭고
한 애정을 너 같은 놈이 돼먹지 못한 추행으로 만들고 마는
구나. 배도는 나의 영원한 여인, 나는 결코 그녀를 떠나지 않
을 것이다.

하인 : (작고 낮은 소리로) 결국 배도 아씨도 선화 아씨도 다 움켜쥘
거라는 소리군! 이런 뻔뻔한 후레자식을 봤나!

주생 : 무어라 혼자 떠드느냐, 이놈!

하인 : 현실적으로 나 같아도 선화 아씨께로 가겠다고요. 하나 있는
남동생이 병약하니 머잖아 재산이 다 아씨께로 넘어갈 테고,
학식 있지, 집안 좋지, 기생 따위와 견줄 게 아니긴 하죠.

주생 : (소매를 걷어 올리고 글씨를 쓰며) 난 결코 배도를 버리지 않
는다는데도 그러는구나. 사랑에는 크게 두 가지가 있느니라.
애초에 육체의 결합에 큰 의미를 두지 않는 정신적인 사랑,
플라토닉 러브가 있고 자연적인 생명력으로 충만한 육체적
사랑, 에로스가 있다. 내겐 선화가 플라토닉한 상대이고 배도
가 에로틱한 상대일 뿐이니라.

하인 : 하 참, 그것 편리하구만요. 하지만 나으리, 저도 쬐끔 아는
게 있는데, 여긴 그리스가 아닙지요. 그리고 그 말씀대로라

면 어른께서는 선화 아씨와는 잠자리를 하지 말아야 하는 것인데, 밤마다 담을 뛰어넘어 그리로 가시는 이유는 무엇입니까요? 플라토닉이나 에로틱이나, 뭐 구분이 가야 말입죠! 아무튼 전 이 사실을 배도 아씨께 보고 드려야 합니다요.

(하인이 주생의 거처를 막 나서려는데, 주생이 글 쓰던 붓을 황급히 내던지고 엽전 뭉치를 꺼내 하인에게 흔들어 보인다. 하인은 몸을 과장되게 돌려 주생에게로 돌아온다.)

주생 : (엽전 뭉치를 도로 바지춤에 넣으며) 이놈이 하나만 알고 둘은 모르는구나. 선화와 나 사이 육체의 결합은 어디까지나 정신적인 것을 완성하기 위한 사소한 과정에 불과하다. 감정을 공유하면서 육체를 멀리하는 것은 오히려 모순된 짓이다.

하인 : (주생의 바지춤을 열렬히 바라보다가 다시 심통을 내며) 좀 솔직해지시죠, 나으리. 사실 우리 배도 아씨가 예쁘기는 하여도 뭐랄까, 지나치게 순종적이라 튕기는 맛이 없어 그러는 것 아닙니까요?

주생 : (짐짓 딴전을 피우며) 거, 별소리를 다 하는구나.

하인 : 제가 일전에 분명히 들었는뎁쇼. '눈물로 몸을 맡기기보다 약간의 저항을 보여주었더라면, 오히려 정복의 쾌감을 맛볼 수 있었을 텐데!'라고 나생이라는 친구분께 말씀하지 않으셨습니까?

주생 : (글씨가 제대로 쓰이지 않은 한지를 구기며 체념한 듯이) 그러게, 나도 잘 모르겠다. 어떤 때는 배도가 선화처럼 당돌하

고 주도적이었으면 좋겠다는 생각을 하긴 한다만.

하인 : (쯧쯧거리며) 결국 성적 취향이네, 성적 취향이야. 배가 부른
　　　 거지. 배가 불렀어.

주생 : 네 이놈, 이놈이 보자보자 하니 못 하는 소리가 없구나.
　　　 (화가 난 주생이 벌떡 일어서고 하인이 줄행랑을 치는 순간
　　　 풍악이 울린다.)

　물론 이 부분은 정식으로 희곡이 완성되기 전, 전문가의 작업으로
다듬어지기 이전에 이희락이 쓴 원본에 속한다. 실제 공연에서는 관
객들을 유쾌하게 할 만한 좀 더 저속하고 야한 대사와 행동들이 추가
되면서 주생의 내면이 슬쩍 가려지고 말았다. 나, 이희락의 진심으로
서는 애석한 일이 아닐 수 없지만, 〈주생전〉을 세상에 소개했다는 사
실만으로 만족하기로 한다. 어쨌거나 이희락은 주생을 페터 한트케
식의 '돈 후안'으로 해석한 최초의 인물이다. 그날의 주생전은 한국
공연예술계에 새로운 한 획을 그었음에 틀림없다.

　작가는 뿌듯해하는 내가 못마땅한 모양이다.

　이희락은 도대체 무얼 말하고 싶었던 거야? 도대체 왜 그런 주제를
선택한 거지?

　그걸 작가가 내게 물으면 어떻게 한단 말인가? 나는 그가 어떻게든
나를 곤란하게 만들려고 그런 질문을 한다는 것을 안다. 그래, 말하지
못할 것도 없다. 이희락이 주생이라는 인물에 관심을 가진 이유는 그

가 당시의 자신과 매우 비슷하다고 느꼈기 때문이다. 배도에 대한 사랑도 진심, 선화에 대한 사랑도 진심. 다만 이희락의 경우 단 두 명만이 아니었을 뿐이다.

결국 너라는 존재는 매번 이렇게 또 저렇게 불충분한 상태로 쪼개질 수 있었단 말이지.

작가는 자신이 제법 날카로운 지적을 했다고 믿는 듯하다. 하지만 틀렸다. 불충분하지 않았다. 모든 관계에서 이희락은 늘 더할 나위 없는 정열로 그녀들을 대했고 충분히 사랑했으며, 그녀들로 인해 최고의 만족감을 얻었다. 여인들도 마찬가지였다. 그녀들이건 이희락이건 불충분한 상태로 뜨뜻미지근한 사랑을 나눴던 적은 없다. 아량 좁은 작가가 어찌 이해할 수 있을까마는, 나는 점잖게 타이르듯 말한다.

당신은 아직 모르겠지만, 그런 사안이 양적인 개념은 아니야.

아, 빵이나 떡처럼 떼낸다고 줄어드는 게 아니란 말씀이군. 마치 나누면 더 커지는 사랑처럼?

작가가 실실 웃는다(이상하게 모욕감이 든다). 며칠째 세수도 하지 못한 그의 얼굴에서 구린내가 난다고 말해주고 싶다. 그가 나를 길가에 굴러다니는 개똥만큼이나 하찮은, 언제고 아무 데나 가 붙을 수 있는 가벼운 것으로 치부하게 둘 수는 없다. 누구도 나를 그런 식으로 평가할 수 없을 것이다.

하지만 여기서 계속 작가에게 열을 내고만 있는 것은 쓸데없는 일이다. 신은 신의 길을, 작가는 작가의 길을, 그리고 나는 내 길을 가야한다. 수상 무대에서의 공연이 어떻게 진행되었는지 계속 이야기해야겠다.

무대 위의 시인 주생은 한 손을 배도에게 다른 한 손을 선화에게 붙들린 채 이쪽저쪽으로 오가고 있었다. 그는 팔이 떨어지겠다며 엄살을 부리기도 했고 난감한 표정을 짓기도 했지만 내심 행복해하는 것 같았다.

삼각관계를 대할 때 사람들은 부지불식간 자신의 감정을 이입해서 경쟁적인 두 사람을 비교하곤 한다. 대부분의 남자 관객들은 요염한 자태를 뽐내는 배도 쪽으로 마음이 기울었다. 볼륨감이라고는 없는 밋밋한 몸매의 선화에 비해 원숙한 육체미를 자랑하는 배도가 더 아름다워 보이기도 했지만, 무엇보다 그녀가 기생이었기 때문이다. 반면 관객들 중 여인들은 약간의 갈등을 겪고 있었는데, 사실 배도라는 인물이 기생이라는 신분이긴 하나 주생과 먼저 언약을 맺었다는 점에서 거의 본부인의 위치에 있었기 때문이다. 본부인을 옹호해야만 한다고 느끼는 대부분의 여성 관객들이, 주생이 배도의 연인인 것을 알고서도 대범하게 자신의 침실로 끌어들인 선화를 어떻게 보아야 할지 난감해하고 있었다. 결국 그들 중 일부는 배도 역을 맡은 고은미가 지나치게 아름답다는 이유로 선화의 사랑을 응원했을 것이고, 또 일부는 양갓집 규수의 신분임에도 당돌하게 주생을 빼앗은 선화가 얄미워 기생의 사랑을 응원했을 것이다. 내가 단지 '일부'라고 하고 '것이다'라고만 한 이유는 마지막까지도 자신의 태도를 정하지 못한 채 어정

쩡하게 호수를 떠나간 사람들도 많았기 때문이다.

어쨌거나 대부분의 관객들은 공연이 진행될수록 극에 더욱 몰입하였고, 과식 후에 벨트를 풀 때처럼 체념한 채로 긴장을 풀어버렸다. 그들의 얼굴에는 순수한 아이처럼 오로지 그 마당극, 그 밤을 즐기는 표정만이 떠올랐다. 그것은 이희락에게서도 자주 떠오르곤 하는 표정인데, 나는 그런 표정들을 정말 사랑한다는 말을 덧붙여야겠다.

아무튼 공연은 극소수의 자존심 있는 사람들만이 어이없어하는 가운데 성공리에 끝이 났다(그런데 그 자존심은 옳고 그름에 관한 자존심이 아니라 어쨌거나 자신이 일단 한 번 이희락의 계획에 반대했다는 사실에서 비롯된 자존심이었다). 원전에 없던 배도의 하인과 선화의 여종이 이리저리 오가며 기지 넘치는 행보를 이어감으로써, 자칫 애잔한 분위기로만 흐를 수 있는 극에 웃음이 넘쳐나게 만든 것도 큰 몫을 했다. 무엇보다 공연을 풍성하게 만든 것은, 이희락이 지역 예술인들 거의 모두를 동원해 산만하리만큼 많은 볼거리를 제공했다는 점이었다. 지역에서 꽤 알려진 거문고 예인이나 판소리 예인 등이 다소 억지스럽다 싶게 극의 중간중간에 등장하고, 화려한 옷을 입은 무용단의 공연도 막간마다 이어져 지루할 틈을 주지 않던 것이다.

사람들은 더 이상 이희락이 벌인 일에 왈가왈부할 입장이 아니었다. 그들은 진심 어린 박수갈채를 보냈다. 불과 몇 시간 전의 태도를 깡그리 버리고 단순하게 열광하는 그들의 모습은, 사실 얼마간 참담했다.

하지만 이희락에게는 그런 그들이 스스로의 모습을 돌아보지 않게 하는, 부끄러움 따위를 느끼지는 않게 하는 비상한 재주가 있었다. 그는 겸손하고 조심스러운 태도로 무대에 선 후, 영향력을 발휘할 수 있는 사람들의 이름을 하나하나 거명하며 이 무대가 완성되기까지 우려를 표하면서도 격려를 아끼지 않았다는 점에 대해 감사를 표했다.

어디까지가 우려이고 어디까지가 격려인지 분간할 수 없는 사람들이 자신의 기억을 더듬으며 긍정적인 실마리를 찾으려 애썼다. 어떤 사람은 반대 의사 끝에 '이 국장이 열심히 하는 것은 잘 알고 있습니다.'라고 했다는 사실을 떠올렸고, 어떤 사람은 간신히 연초에 자신이 보냈던 한우 세트를 기억해냈을 따름이지만, 아무튼 대체로 만족스러운 기분이 되었다. 이희락은 마지막으로 덧붙였다.

이런 공연을 오늘 밤 우리들만 보고 끝내버리기에는 너무나 아쉬운 점이 많습니다. 모쪼록 이런 좋은 행사를 주민들과 나눔으로써, 지역 문화가 더욱 풍성해질 수 있도록 많은 성원 부탁드립니다, 여러분!

다음 날 도당 사무처에서는 예산을 적극 편성해보자는 쪽으로 합의가 이루어졌다. 이희락을 공격하기 위해 만반의 대비를 하고 있던 주영수 부국장마저도 막상 면전에서는 '역시 국장님이십니다.'라는 아부의 말로 찬성을 표하지 않을 수 없었다. 이희락은 수상 무대 제작에 들어간 모든 비용을 지불할 수 있게 되었음은 물론, 그간 품을 팔았던 예술가들에게도 넉넉한 인사를 할 수 있게 되었다며 아이처럼 기뻐했다.

'수상 무대'는 스포츠계의 비리나 지하조직 간의 대규모 전쟁을 제외하고는 그다지 큰 일이 일어나지 않았던 지역 사회에서 한동안 화젯거리가 되었다. 지역 신문에서는 지역 발전을 위한 대대적인 행사로 수상 무대를 극찬하며 홍보했고, 일부 중앙지에서도 작게나마 행사의 진행을 보도하기에까지 이르렀다. 그리하여 이희락은 또 한 번 만면에 웃음을 띤 채 번쩍이는 카메라 플래시의 세례를 받게 되었다.

집권여당 사무국장으로서
갖추어야 할 덕목

본업에 충실해서가 아니라, 딴짓을 하고 다니느라 검게 탄 얼굴이 여러 번 신문에 나왔었지. 나도 기억해.

원래 피부가 검은 거야. 당신도 만만치 않고만, 왜 피부색을 갖고 시비지?

인정하기 싫지만 이희락의 진심에게 시비를 건 게 맞을 것이다. 사실 이희락에 관한 이야기를 하면 할수록 이희락의 진심이 마뜩지 않다. 나 자신을 통제할 수가 없을 정도다. 홀로 시작하지 않은 것을 후회했다가 또 제법 너그러워지기도 했다가, 갑자기 이희락의 진심이 옆에 있다는 사실 자체만으로 화가 나기도 한다. 감정에 휘말리다니, 체면이 말이 아니다. 하지만 정말 이렇게까지 기분이 나빠질지 몰랐다. 참기 어렵다.

마침 책상 위에 둘둘 말려 있는 노끈이 눈에 띈다. 누군가의 의도에 의해서인지 그저 우연에 의한 것인지는 알 수 없다(물론 누군가의 의도도 우연도 모두 나로부터 비롯되었을 것이다). 나는 끈을 집어 들고 자리에서 벌떡 일어난다. 이희락의 진심이 대번에 눈치를 채고 움츠린다. 하지만 내 손이 더 빠르다. 나는 그를 납작하게 펴서 동그랗게 말아버리고는 끈으로 단단히 묶는다.

왜 이러는 거야? 풀어줘.

기분이 한결 낫다.

이건 정말 말도 안 돼.

당신들도 말이 안 된다고 생각하는가? 잠시 생각해보면 그렇지 않다는 것을 알 수 있을 것이다.

수상 무대 이후, 이희락은 아주 잠깐 유명 인사가 되었다. 하지만 그렇게 이례적인 일을 벌였음에도 불구하고, 이희락은 매우 빨리, 또 쉽게 사람들로부터 잊혀져갔다. 거창한 사회생활을 하는 게 아니어서 남자들보다 상대적으로 대화 거리가 없는 여자들이 가끔 이희락을 언급하기도 했지만, 곧 그마저도 보다 관심이 가는 다른 이야기에 가려 사라지고 말았다(여인들은 배도와 선화에 대해 훨씬 할 말이 많았다). 이희락에 대한 기억은 짙고 자욱하게 퍼지는가 싶다가 순식간에 사라지고 마는 안개 같았다. 대부분의 사람들은 그나 그가 한 일을 잊고서도 한동안은 잊은 줄도 몰랐다.

비교적 머리가 좋은 몇몇 사람들만이 일이 마무리되고서야 '또 한 번 그에게 당한 게 아닐까? 하는 의문을 잠시 품었다. 하지만 결과가 좋으면 다 좋다고 여기는 데 익숙해져 있는 그들인지라, 곧 그런 의문 자체도 잊어버리고 말았다. 그들은 이희락에 대해 길게 관심을 두지 않았다.

이상한 일이었다. 사람들은 우연히 누군가가 이희락에 대해 말을 꺼내면 그가 이러저러한 일들을 상당히 많이 벌인, 꽤 비중 있는 인물임에도 불구하고 자신이 그다지 신경을 쓰지 않고 있었다는 사실에 놀라곤 했다. 마치 먼 나라의 미풍양속이나 재난처럼, 이희락에 관한 일들은 어느 순간 분명 감동적이거나 충격적이었음에도 불구하고 빠르게 기억 저편으로 밀려났던 것이다.

이러한 면은 기실 이희락이 가진 가장 유리한 점이라 할 만했다. 그는 집권당의 도당 사무국장, 혹은 그 이전에도 어쨌든 여당 소속 정치인이라는, 비교적 드러나는 자리에 있었던 사람이다. 하지만 그런 인물치고는 신기하게도 지나치게 눈에 띄는 법이 없었기에, 실상 크게 표적이 되는 일도 없었다. 그는 대통령을 비롯해 훌륭하지는 않지만 유명한 여러 사람들을 만나왔고 종종 함께 사진이 찍혀 언론에 보도가 되기도 했다. 하지만 그들 중에 이희락을 오래 주시하는 사람은 드물었는데, 이러한 희미한 인상은 그다지 큰 야심 없이 소위 길고 가늘게 살려는 사람에게는 굉장한 이점임에 틀림없었다. 물론 이희락이 그것을 원했는지 그렇지 않았는지는 모르겠다. 어쨌거나 그는 뇌리에 깊이 박히는 인상 따위를 갖고 있지 않았다(그렇다고 해서 사람들이 그를 전혀 기억하지 못했다는 말은 아니다. 다만 '뚜렷이' 기억하지 못했을 뿐이다. 이희락은 많은 사람들을, 그것도 매우 자주, 만나고 있었다).

사실 있는 듯 없는 듯, 존재감을 드러내지 않는 것이 그의 독특한 존재 형태라고 해도 과언이 아니었다. 이를 두고 이희락에게 우호적인 몇몇 사람들은 그가 지나치게 소탈하고 겸손해서라고 평했다. 실제로 그는 어떤 일에든 자신의 성과를 과대 포장하는 법이 없었고, 특정한 업적을 독차지하려는 야심찬 태도를 보인 적도 없었다. 다른 사람을 칭찬하는 데 인색하지 않았고 비난을 하는 데는 인색했기 때문에, 필요 이상의 시기를 받는 경우도 거의 없었다. 그와 직접적으로 일을 같이 하는 사람들, 즉 도당 사무원들이나 관계 부처의 사람들은 사실상 재력도 없고 배후에서 밀어주는 세력도 없는 데다 업무 능력도 그저 그런 이희락이 꾸준히 티 안 나게 상승 가도를 달리는 게, 바로 그런 점 때문이리라 추측하기도 했다.

이희락과 연배가 비슷함에도 불구하고 그의 밑에서 부국장 자리를 지키고 있는 주영수와 같은 사람은 적개심을 표출하지 못해 안달하는 쪽이었다. 주영수는 이희락이 매사에 흐지부지 욕심이 없는 듯 행동하여도 실상 매우 주도면밀한 인간임에 틀림없다고 믿고 있었다. 그의 생각에 이희락은 모든 것을 양보하는 듯 보여도 사실상 아무것도 양보하지 않는 그악스러운 사람이었다.

주 부국장은 이희락의 흐리멍덩한 태도가 막대한 불안을 조성한다며 분노하곤 했다. 하지만 사무실의 다른 사람들은 국장보다 주 부국장이 오히려 더 큰 불안을 조성하고 있다고 여겼다. 사실 주영수 부국장은 불문곡직하고 강해 보이는 사람을 추앙하고, 약한 사람들에게 한없이 강한 부류였다. 주영수에게 유일하게 필요한 것은 끝에 낚싯바늘을 매단 초강력 하마가죽 채찍뿐이었을지 모르는데, 이희락은 어쨌든 그런 것을 주영수에게 휘두른 일이 없었다. 이희락은 사실 아무에게나 대책 없이 친절했다. 주 부국장을 제외한 대부분의 사무실 사람들은 그를 썩 괜찮은 상관이라 생각하고 있었다.

이희락보다 더 빨리 정계에 입문한 여성부장 고희윤 역시 그를 좋게 평가하고 있었다. 그녀는 오랜 우정을 쌓아온 친구처럼 자신에게 농을 걸곤 하는 이희락이 싫지 않았다.

마누라보다 더 자주 보는 여자야, 당신이. 가끔 헷갈린다니까?

누가 들으면 오해하겠네. 나도 좀 덜 보고 싶구만.

그러니까 아프면 병가도 쓰고, 안 아파도 꾀병도 좀 부리고……. 쉬엄쉬엄 좀 하쇼.

국장님 걱정이나 하세요. 바쁘다고 식사 좀 거르지 말구요.

전우끼리 뭔 국장님이요? 사석에선 그냥 이름 불러요. 희락아, 하고.

그녀는 사실 이희락이 누구에게나 상냥하게 대한다는 것을 모르지 않았다. 하지만 그와 단둘이 있을 때면, 분명 자신을 좀 더 각별하게 여긴다는 느낌이 들었다. 그리고 그 각별함이 결코 이상한 방향으로 흐르지 않아 더 좋았다.

그녀는 성희롱에 저항하다 결국 성차별을 당했던 예전 직장에서의 일을 잊지 않고 있었다. 그런 일에 민감한 그녀에게 이희락은 이상적인 상사였다. 그녀는 이희락이 단 한 번도 국장이라는 자리를 이용해 도를 넘어선 일이 없다는 데에 높은 점수를 주었다. 물론 예전과 달리 여성호르몬의 분비량이 급격히 떨어지는 나이에 이른 그녀에게 성희롱이 가당치 않다는 점은 살짝 무시했지만 말이다.

사무실에서 비교적 젊은 축에 속하는 청년부장 김문태 역시 나름의 이유에 의해 이희락을 호평했다. 김문태는 눈치가 빠른 사람이었다. 누구에게 아부를 해야 하는지, 어떤 건에 대해 물러서거나 혹은 생색을 내야 하는지 잘 아는 사람이었다. 그에게 이희락은 특별히 신경을 쓰지 않아도 변함없이 자신에게 호의를 표하는, 말하자면 만만한 상사였다.

그는 명절마다 부국장과 여성부장에게는 선물을 보냈다. 하지만 이희락에게는 아무것도 보내지 않았다. 주 부국장이나 고 부장은 수시로 신중한 성의를, 즉 가치가 있으면서도 적절한 선을 넘지 않는 성의를 보여야 하는 까다로운 상사였지만 이 국장은 그렇지 않았던 것이다. 그가 보기에 이희락은, 누가 자신을 위해 무엇을 하거나 하지 않는 데에 아무런 신경도 쓰지 않는 사람이었다. 왜 그러는지 이해할 수는 없었지만, 아무튼 이희락은 그런 사람이었다.

게다가 이희락은 활동비든 행사 진행 경비든 김문태가 올리는 보고서에 단 한 번도 제재를 가한 일이 없었다. 김 부장이 알아서 잘 했겠지. 수고했어요. 이희락은 업무 이야기를 길게 나누려고 하는 법도 없었다. 그는 대체로 늘 바빴다.

김 부장은 이희락의 가벼운 신뢰와 격려에 만족했다. 사실 더 바랄 게 없었다. 다만 그는 드러내놓고 이희락을 두둔하지는 못했다. 주영수 부국장 역시 자신의 상관이었으므로, 이희락을 질시하는 그의 심기를 거스르고 싶지 않았기 때문이었다.

사무실의 잡다한 여러 일들을 처리하는 경리직원 이은주는 이희락을 최고의 직장 상사로 여기고 있었다. 무엇보다 이희락은 결코 이은주를 성가시게 하는 법이 없었다. 이희락은 다른 상사들처럼 출력과 복사를 자주 부탁하지도 않았고 은행 심부름이나 우체국 업무를 지시하지도 않았다. 이은주는 자신의 업무들이 위에 있는 누군가가 일을 하기 때문에 필연적으로 발생할 수밖에 없고, 바로 그런 일들을 위해 자신이 직원으로 뽑혔다는 사실을 자주 잊었다. 하지만 잊었던 사실을 상기하기 전에 저도 모르게 다른 사람과 이희락을 비교하곤 했다. 실제적으로 그녀가 그를 위해 매일 해야 하는 일이라곤 커피 한 잔을 준비하는 게 다였다. 그는 물을 좀 더 따뜻하게 하라든지, 설탕을 덜 넣으라든지 하는 등의 성가신 요청마저도 하지 않았다. 이희락은 대개 집무실에서 나가기 직전에야 깜빡 잊었다는 듯, 테이블에 놓여 있는 식은 커피를 한 번에 들이키곤 했다. 마치 잔을 씻어야 하는 이은주를 배려하기 위해 그것만은 꼭 해야 한다는 듯이.

그녀는 순박한 면이 있는 사람이 흔히 그러듯 첫인상을 쉽게 지우지 못하는 사람이었다. 이은주에게 이희락의 첫인상은 따뜻하기 그지없는 것이었다. 입사하고 얼마 지나지 않아 그녀가 지독한 독감으로 며칠 결근을 했을 때였다. 마음이 불편했던 그녀에게 이희락은 여성부장과 함께 집까지 찾아와 죽이며 과일 등을 주고 갔다. 시골에서 올라와서 혼자 자취하는데 아프기까지 하니 얼마나 서럽겠어. 그 친구한테는 우리가 가족이야. 당시 이희락이 고 부장에게 했다는 말을 나중에야 전해 들은 이은주는 두고두고 이희락에게 고마워했다. 그 마음은 먼 훗날 이희락이 당을 나간 후 여러 흉흉한 소문이 도는 와중에도 결코 변하지 않았다.

모든 장점에 더해 이희락에게는 한 가지 장점이 더 있었다. 바쁘다는 점이었다. 사실 이희락은 사무실에 거의 붙어 있지 않았다. 수첩의 다이어리는 늘 검은색 글씨와 붉은색 글씨의 일정들로 빼곡했는데, 실제로 그가 누구를 만나고 다니는 것인지 정확하게 아는 직원은 없었다. 물론 주 부국장이나 고 부장 등과 함께 가야 하는 자리도 있었고, 모두가 참여해야 하는 큰 행사도 왕왕 있었지만, 그 밖의 자리는 언제나 이희락의 캐릭터만큼이나 오리무중이었다.

그는 무엇 때문에 바쁜지 설명할 시간도 없을 정도로 바쁘다는 인상을 주었으므로, 직원들은 업무 보고마저 전화로 간단히 처리하는 그의 태도를 받아들이지 않을 수 없었다. 당시 그러한 상황에 도움을 준 것은 당 차원에서 지급된, 막 시중에서 유통되기 시작한 모토로라 휴대전화기였다. 이희락은 누구도 상상할 수 없었던 통신 회의 비슷한 것을 최초로 시도한 사람 중 하나가 되었는데, 어디까지나 본인의 필요에 의해 부지불식간 선구자가 된 셈이었다.

어쨌거나 사무실 내에서 포기하지 않고 그를 싫어한 거의 유일한 사람은 주 부국장이었다. 그는 이희락이 없을 때면 그가 밖으로 돌면서 연애나 할지 배나 만들고 있을지 누가 알겠느냐는, 일견 타당해 보이는 의문을 제기하기도 했다. 그러나 막상 전체 회의에서 그는 "바쁜 국장님을 위해 일정을 조정해줄 비서가 필요합니다."라고 했을 뿐인데, 이에 대해 이희락은 예의 호인다운 미소를 지으며 "경비 절약을 위해 제가 좀 괴롭고 말겠습니다."라며 가볍게 응대하곤 했다.

둘둘 말린 이희락의 진심이 신음하고 있다. 원한다면 그를 계속 두루마리 상태로 둘 수도 있을 것이다. 그러나 나는 누군가의 고통에서 쾌감을 얻는 가학성 정신병자는 아니다. 어느 정도 기분이 나아졌으므로, 또 내가 알고 싶은 것을 알아내기 위해 다시 이희락의 진심을 풀어주어야만 하리라. 나는 가위를 들어 끈을 잘라버린다.

이제 솔직하게 다 말해봐. 도대체 이희락은 어떤 사람이야?

내가 순순히 말하지 않으리라는 걸 알지?

도로 묶일 수 있다는 생각을 하지 못하는 것인지, 이희락의 진심은 다시금 뻣뻣하게 군다.

진심이야?

그래, 난 진심이야.

내가 너를 불렀노라, 너는 내 것이라

그러나 나, 이희락의 진심은 이제 말장난은 그만둬야겠다고 생각한다. 알고 싶은 게 많은 작가를 만족시키기 위해서거나 털어놓으라는 그의 위협에 굴복해서가 아니다(도대체 뭘 솔직하게 다 말하라는 건지 알 수가 없다). 나는 나대로 할 이야기가 있다. 이희락과 소탈하게 지냈던 경비들에 대해서도 얘기해야 하고 그를 열렬히 신봉했던 운전기사 손경환도 빠트리지 말아야 하기 때문이다.

이희락에게는 그를 우러르고 따르는 사람들이 꽤 있었다. 그들 대부분은 이희락보다 지위가 높거나 부자이거나 많이 배운 자들이 아니었다. 그에게 조금이라도 이득을 주거나 혹은 그의 출세에 도움이 되는 자들이 결코 아니었던 것이다. 하지만 이희락은 어떤 이유에서든 일단 누군가를 지목하면 끝까지 챙겼다. 그들은 모두 이희락의 사람이었다.

도당 사무실이 있는 건물을 지키는 경비들은 이희락이 자신들을 가까운 고향 친지 대하듯 다정하게 대한다고 생각했다. 이희락은 밤낮없이 일하는 경비들에게 성심껏 친절을 베풀었다.

사실 당사 건물은 정원이나 주차장 등의 부대시설이 딸린 곳이 아니었으므로, 경비가 하는 일이 많지는 않았다. 도당 외에도 작은 규모의 출판사, 컨설팅 업체, 보험 대리점 등이 세 들어 있긴 했지만, 경비들을 크게 성가시게 하는 일은 없었다. 하지만 이희락은 남들처럼 아침에 출근을 해서 저녁에 퇴근을 하는 게 아니라 밤을 새가며 교차 근무를 하는 그들을 안쓰럽게 여겼다. 그는 다리를 뻗고 누울 수도 없는 좁은 곳에서 쪽잠을 자곤 하는 경비들을 볼 때마다 수고한다는 말을 빼먹지 않았다. 이런저런 물건들을 가져다주는 일도 많았다.

날씨가 춥지요?

이희락은 그렇게 말하며 주섬주섬 말아 온 찜질팩을 건넸다. 뜨거운 물에 넣었다 빼면 말랑말랑해진 채로 온기가 유지되는 핫팩이었다. 늙은 경비는 눈곱 낀 얼굴을 비비며 고마워했다.

아이고, 이런 걸 다 주십니까요?

그들이 감사해 마지않으면 이희락은 태연하게 말했다.

집에서 쓰지도 않고 그냥 굴러다니는 겁니다. 요긴하게 쓸 사람이 있으면 좋지요.

이희락은 어쩌면 늙은 경비들에게서 자신의 아버지를 보았던 것인지도 몰랐다.

핫팩이라면, 그의 아내가 종종 애용했던 그 찜질팩을 말하는 거지? 그의 아내는 그게 없어져서 엄청 속상해했지.

할 얘기가 많은데 작가가 또 중간에 끼어든다. 도무지 예의라곤 없는 인간이다.

이희락은 그들에게서 아버지를 보았던 거야. 일찍 돌아가신 자신의 아버지에게 못 해준 것을 경비들에게 해준 거지.

과연 그랬을까?

작가는 이희락이 얼마나 자주, 어깨를 늘어뜨리고 힘없이 화장실을 오가던 자신의 아버지를 떠올렸는지 모른다. 이희락은 언젠가 경비들에게 통닭 한 마리를 사다주면서 잘 먹지 못해 꼬챙이처럼 말랐던 자기 아버지 생각이 난다는 말을 한 적도 있다.

아버지께 미처 표현하지 못한 감정을 비슷한 연배의 어르신들에게 드러내고 싶었던 거야.

하지만 작가가 코웃음을 치며 말한다.

이희락은 골방에만 처박혀 있는 자신의 아버지를 아버지라고 제대로 불러본 일도 없어. 아버지에 대한 향수 따위가 있을 리 없다고.

나는 작가를 노려본다. 작가는 여소야대 정국을 맞은 야당 의원처럼 신이 나서 떠든다.

이희락은 가족이 무엇인지 제대로 알 수 없는 환경에서 자랐어. 사실 가족 누구에게도 연민을 느낀 적이 없을 거라 생각해. 얼토당토않게 그를 효자로 만드는 이유가 뭐야?

나는 그의 입을 닫게 하기 위해 꾹꾹 눌러 담은 밥처럼 오달지게 대꾸한다.

그래, 그는 결코 효자는 아니야. 딱 당신처럼 말이지.

작가는 더 이상 대꾸하지 않는다. 사람 많은 엘리베이터 안에서 트림이 나오려는 것을 간신히 참고 있는 사람처럼 곤란한 표정을 짓고 있다. 안쓰러워 보일 정도다. 그러기에 나서지를 말지. 경비들 얘기나마저 해야겠다.

이희락은 베풀 수 있는 모든 것을 늙은 경비들에게 베풀었다. 조끼, 모자, 손전등, 수첩, 필기도구, 담요 등 전당대회를 치른 후 남은 사은품들을 가져다주는 것으로도 모자라 집에 있는 작은 난로며 선풍기, 커피포트 등까지 안겨주었다. 심지어 그는 퇴근을 하다가도 다시 돌아와 술이며 마른안주 등을 건네며 말하곤 했다.

심심한데 입가심이라도 하세요.

근무 중에 술을 마시는 것은 예나 지금이나 금지된 일이었다. 하지만 이희락은 그들이 무료한 밤 근무를 견디기 위해 술 한잔씩을 걸친다는 것을 알고 있었다.

금지란 것도 따지고 보면 다 사람 살기 좋으라고, 사람들이 만든 거잖아요.

그렇게 말하며 경비들을 격려했다. 그는 가끔 그들과 함께 술잔을 나누며 시간을 보내기도 했다.

어느 날 경비들은 과도한 음주로 휘청거리다가 건물주에게 제대로 걸리고 말았다. 이희락이 구명하려 했지만 건물주는 완강했다.

　저자들이 밤새 저러고 다니다가 불이라도 나면 누가 책임집니까? 아무리 국장님이라 해도 그건 안 됩니다.

　결국 두 명의 경비는 동시에 해고되고 말았다. 그러나 그들은 직장을 잃고서도 끝내 이희락에 대해 고마워하는 마음을 버리지 않았다. 이희락은 그들을 구명하기 위해 백방으로 애를 썼다.

　이희락을 추앙하는 사람이 또 있었다. 이희락이 도당 사무국장으로 재직했을 당시 운전기사로 일했던 손경환이다. 그는 상업고등학교를 졸업한 이희락의 한 해 후배였다.

　손경환은 이희락의 검소하고 소탈한 태도를 진심으로 존경하고 있었다. 그는 입버릇처럼 사람들에게 말하곤 했다.

　우리 국장님만큼 겸손한 사람이 없어요. 다른 사장들처럼 내가 뛰어가 차 문 열어줄 때까지 멀쩡한 자기 손 놀리고 있는 법이 없다니까요. 열어준다고 해도 국장님은 그러지 말라며 손사래를 치곤 하시죠.

　우리 국장님은 다른 정치하는 사기꾼들처럼 야바우 짓 같은 거 안 해요. 없는 사람 도와준다고 쌀섬 나른 게 수십 번입니다.

　또 얼마나 검소한지 몰라요. 고급 양복 빼입고 거들먹거리거나 그러는 법이 없다니까요. 사실 너무 수수하시죠. 입고 있는 와이셔츠 소매가 나달나달한 게, 내 것보다 낡아 보인 적도 많아요.

　살면서 우연히 겪는 이런저런 행운에 대해서 단 한 번도 액면 그대로의 행운이라 여기고 즐기는 법이 없었던 그가 이희락만큼은 기꺼이 자신의 동아줄이라 여기게 된 데에는 여러 가지 경위가 있었다.

그가 이희락을 처음 만난 것은 고등학교 때였다. 당시 인문계 고등학교에 진학하지 못한 대부분의 학생들이 그랬듯, 이희락도 가난했고 손경환도 가난했다. 가난한 학생이 모두 의욕이 없고, 의욕이 없으니 당연히 공부도 못했던 건 아니다. 우리는 가난을 떨치고 일어나 열심히 공부해서 훌륭하게 된 많은 사람들을 알고 있다. 하지만 손경환은, 가난을 벗기 위해 공부를 하겠다고 결심하기보다 옥수수 죽도 얻어먹지 못하는 마당에 공부는 해서 뭐 하겠느냐는 비관에 빠져 있는 쪽이었다. 학교에 괜히 입학했다고 후회하며 차라리 양조장에 다니면서 술지게미라도 얻어먹는 게 낫지 않을까란 생각을 하고 있었던 것이다. 면식도 없는 이희락이 갑자기 찾아오지 않았더라면 필경 그는 학교를 그만두었을 터였다.

황소 한 마리는 거뜬히 때려눕힐 수 있는 네 덩치를 그냥 썩히면 아깝지.

이희락은 찾아온 경위를 설명했다. 평소 손경환을 눈여겨보았는데 그가 씨름을 하기에 딱 좋은 몸을 가졌다는 것이었다. 하지만 손경환은 한 해 선배인 이희락에게 공손히 거부의 의사를 밝혔다.

저는 운동 같은 거 안 합니다.

지금부터 하면 된다.

잘할 자신이 없습니다.

처음부터 잘하는 사람이 어디 있냐? 노력하면 된다.

그래도…….

잔말 마라.

이희락의 낙점으로 말미암아 손경환은 그렇게 씨름부에 들어갈 수 있었고, 덕분에 학교도 무사히 졸업할 수 있었다. 사실 손경환은 씨름뿐만이 아니라 그 어떤 운동에도 소질이 없었다. 하지만 그는 곧 씨름부에서는 최소한 선수들에게 밥은 먹여가며 운동을 시킨다는 사실을 알았다. 그것은 절대적인 동기가 되었다.

애초에 손경환을 테스트한 코치는, 그가 힘은 있으나 타고난 운동신경이 모자라 선수로 적합지 못하다는 판정을 내린 바 있었다. 하지만 코치는 밥이라도 먹여가며 가능성을 보자는 이희락의 간청을 외면할 수가 없었다. 그간 쓸 만한 선수를 몇이나 발굴해 씨름부로 끌어들인 이가 바로 이희락이었기 때문이었다.

손경환은 왜 이희락이 자신을 택했는지는 제대로 납득하지 못했지만, 이희락이 한 번 지목한 사람을 끝까지 끌고 가는 자라는 사실은 완벽하게 이해했다. 눈치 빠른 인간이 아니었음에도 불구하고 어쩐지 그것만은 선명하게 알 수 있었다.

손경환은 자신의 기량을 알아갈수록 이희락에게 감사하지 않을 수 없었다. 어떤 경우에도 이희락은 실망감을 드러내지 않았다. 손경환은 결국 체면도 유지하지 못한 상태로 씨름을 그만두었지만, 어디까지나 자신이 못난 탓이라고 여겼다.

이희락은 학교를 졸업하고도 내내 손경환을 챙겼다. 코흘리개 아이들에게 축구를 가르치는 자리를 소개한 것도 이희락이었고(하지만 손경환은 애들보다 몸이 느린 선생은 처음 본다며 삿대질을 해대는 학

부모들을 오래 견디지는 못했다), 해양심층수를 파는 초일류 기업에 정식 사원으로 입사하게끔 힘을 써준 것도 이희락이었다(손경환은 끝내 해양심층수의 가치를 이해하지 못하는 사람들에 대해 개탄을 금치 못했다). 이희락은 손경환이 실직을 할 때마다 위로의 말을 아끼지 않았고, 새로운 일자리를 찾아주기 위해 애를 썼다. 마침내 이희락의 운전기사로 채용이 되었을 때, 손경환은 감격스러운 마음이 되지 않을 수 없었다. 그는 가자니 태산이요, 돌아서자니 숭산일 때마다 자신을 도와준 이희락을 아주 오랜 기간 열렬히 신봉했다.

어떤 사람들은 이희락이 직분을 망각하고 쓸데없는 일에 헌신을 한다며 비난을 했다. 하지만 또 다른 사람들은 이희락이야말로 윗사람으로서의 덕목을 제대로 충분히 갖추었다고 믿었다. 대체로 낮은 직급의 사람들일수록 그를 더 신뢰하고 높이 평가했다는 데에 방점을 찍어두었다면 당신은 꽤 예리한 사람이다. 이희락은 겸손한 사람이었다. 그는 윗사람으로서 아랫사람에게 베풀 수 있는 모든 것을 베풀었다.

광대무변한 세상을 상대로 노는
무변광대한 방법

씨름 얘기가 나왔으니 말인데, 이희락은 왜 씨름부에 들어간 거야?

나는 이희락의 진심이 신이 나서 떠드는 일이 없도록, 일부러 심드렁하게 묻는다. 조금 전 과하게 우쭐댄 그에게 또다시 기회를 주고 싶지는 않다.

좋아하니까 들어갔지.

하지만 왜소한 체구잖아.

당신은 정말 하나만 알고 둘은 모르는군. 씨름을 하는데 체격이 문제가 돼? 요즘 뜨는 선수들, 이진형, 한승민, 이재안, 구자원 등이 모두 80킬로그램 이하 태백급이야.

그건 다르지. 그들 모두 엄격한 식이요법으로 80킬로그램을 넘지 않는다뿐이지 근육으로 뭉친 인조인간에 가까워. 게다가 그들은 새 시대에 피어나는 젊은이들이고. 60년대와 70년대의 이희락은 60킬로

그램도 되지 않는 말라깽이였잖아.

어쨌거나 이희락은 분명 좋아서 씨름부에 들어갔고, 고교 시절 내내 씨름부의 핵심 멤버였어.

그래, 그랬긴 하지.

내가 아는 한, 고교 씨름부에서 이희락의 역할은 사실 코치에 가까웠다. 물론 코치도 따로 있었고 담당하는 체육 선생도 따로 있었지만, 아무도 그만큼 훌륭한 선수를 발굴해내지 못했다(손경환은 분명 의도된 예외였다). 나중에 우리나라의 씨름계를 부활시킨 인물로 평가받게 된 천하장사 김성복으로 하여금 유도를 그만두고 씨름을 하게 만든 사람도 사실상 이희락이라 할 만했다. 이희락은 중학교 동창이었던 김성복을 집요하게 설득했다.

난 그냥 유도 계속할 거야. 지금까지 해왔는데, 언젠가는 빛을 보겠지.

대한민국 사람이면서 왜 굳이 일본 무술인 유도를 하겠다는 거냐?

그렇다고 갑자기 씨름을 어떻게 해?

넌 똑똑하니까 금방 잘할 거야. 씨름은 절대 힘으로만 되는 경기가 아니거든.

근데 너는 왜 씨름을 하는 거냐?

재미있잖아!

김성복이 대한민국 사람 운운에 자극을 받은 것인지 거의 처음 들어보는 똑똑하다는 말에 자신감을 얻은 것인지, 그도 아니면 씨름이 재미있다는 말에 얼마간 호기심이 생겨서인지는 알 수 없다. 아무튼 그는 이희락을 따라 씨름부로 가게 되었고, 이후 10년간 씨름계의 정상으로 우뚝 섰다.

이희락은 모든 씨름의 기술을 상세히 알고 있었다. 상대의 오금을 자신의 두 다리 사이로 끌어당겨 넘어뜨리는 오금당기기, 앞무릎치기를 시도하면서 상대의 오금을 동시에 끌어당겨 채서 넘어뜨리는 콩꺾기, 오른 다리로 상대의 오른 다리를 감아올리며 넘어뜨리는 밭다리후리기, 발목을 상대의 오른발 바깥 발목에 걸어 낚아 젖혀 넘어뜨리는 낚시걸이……. 이희락이 사랑한 씨름의 기술은 무궁무진했다. 그러나 그가 이런 씨름의 기술들을 무궁무진하게 발휘할 수 있었던 적은 거의 없었다. 빈약한 몸으로, 빈약함 따위를 상대하고 싶어 하지 않는 씨름 선수들 사이에서 씨름을 할 수 있는 기회 자체가 거의 없었기 때문이다. 가까운 친구들이 가끔 그의 상대가 되어주긴 했지만, 그들 입장에서는 어디까지나 호의에서 비롯된 장난인 경우가 대부분이었다. 상대를 무릎 위에 들어 올려야 하는 호미걸이의 경우 이희락으로서는 커다란 솜 인형이라도 잡고 시늉을 해보는 도리밖에 없었으며, 일단 맷집으로 붙어야 하는 배지기의 경우에도 차라리 토끼가 곰에게 돌격을 하는 걸 보는 게 나은 형편이었다. 그러나 그는 씨름부의 연습에 하루도 거르지 않고 나가 '던져버려!' '허리를 꺾으라고, 허리!' '잡채기!' '옆채기!' 등을 외치며 응원을 하고 훈수를 두었다. 아무도 그가 씨름부가 아니라는 말을 하지 않았다. 담당 교사와 코치는 특히 그가 씨름부의 사기 진작을 위해 없어서는 안 될 학생이라고 생각했다.

이희락의 관심은 비단 씨름에만 한정되어 있었던 게 아니다. 사실 목록을 들자면 한도 끝도 없다. 이희락은 어느 정도 수준까지 학업을 하고 결혼 생활과 직장 생활을 한 사람으로서는 결코 다 할 수 없으리라 여겨지는 광대한 분야에 손을 뻗었다. 그것도 그냥 어설프게 무언가를 하는 시늉만 한 것이 아니라 누가 봐도 더 갈 수가 없는 막다른 길에 이르기까지 그리했다. 소위 끝장을 보았던 것인데, 다른 사람들이었다면 오히려 스트레스를 받았을 법한 일들도 포함해서였다. 그는 그 모든 것을 하나의 놀이로 여겼다. 그는 온 세상을 즐겼다.

이희락은 어려운 환경이었음에도 불구하고 상고를 졸업한 후 대학의 영문과에 진학했다. 그는 중학교에 들어가 처음 영어를 접했을 때부터 광적으로 영어에 매달렸다. 마치 모국어를 배워 고국으로 돌아가겠다는 희망을 품은 해외 입양아처럼 열렬했다. 그는 떫은 감을 베문 것처럼 입이 떡떡 들러붙을 때까지 th의 소위 번데기 발음을 연습했고, 입술 위로 새어나간 바람이 왼쪽 눈썹과 오른쪽 눈썹을 조금씩 건드리며 이마에 닿는 것을 목표로 f 발음을 연습했다. l이 아닌 r이 목구멍에서부터 굴러 나와 혀끝에서 정확히 멈추도록, 동시에 혀끝이 아주 살짝만 입천장에 닿도록 하는 데는 보다 많은 시간이 걸렸다. 그는 대부분의 상고 친구들이 호기심 이상의 의지를 발동시키지 않았던 영어라는 과목을 정열적으로 공부했다. 대학의 영문과에 가겠다는 생각을 하게 된 것도 사실 그의 노력을 가상히 여겼던 학교 선생의 추천과 도움 때문이었다. 그러나 어떤 경우에도 두드러지는 법이 없는 그의 태도 때문에 친구들은 그가 때때로 '베터 이즈 투 바우 댄 브레이크(Better is to bow than break)'라거나 '라이프 잇셀프 이즈 어 쿼테이션(Life itself is a quotation)' 따위의 어구를 읊조려도, 정작 그가 영어를 그렇게 잘한다고 느끼지는 못했다. 다만 씨름부에 주야장천 드나드는 것과 비슷하게 영어도 주야장천 써대고 있을 뿐이라 여겼다.

이희락은 한동안 영어에 빠져 살았다. 다른 영어 교재를 쉽게 구할 수 없었던 그는 교과서에 나와 있는 구문들을 통째로 외워버렸다. 책은 금방이라도 찢어질 듯 나달나달해졌다. 교과서를 모두 암기하자 그는 헌책방에서 구한 사전을 들고 다니기 시작했다. 이희락은 단어의 설명 아래 붙은 예문을 모조리 읊어댔고, 그것마저 끝나자 하숙집에 사는 친구들을 통해 팝송의 가사들을 구해 외웠다. 노래 부르기를 좋아하는 친구들이 한동안 이희락과 공생의 관계를 유지했다. 이희락의 하숙집에서는 팝송 흥얼거리는 소리가 끊이지 않았다. 이희락의 열정은, 대학 등록금을 댈 수 없는 그의 형편을 모르지 않는 하숙집 주인 이순영의 마음을 움직였다. 이희락은 상고의 다른 친구들처럼 기업이나 은행에 취직하지 않고, 대학의 영문과에 진학할 수 있었다.

결혼을 하고서 이희락이 관심을 보인 것은 새 기르기였다. 날 수 있는 모든 것에 애정을 느낀다는 듯 그는 이런저런 새들을 사들이기 시작했다(실제로 그는 그로부터 거의 15년 후에 직접 만든 행글라이더를 타고 섬진강 백사장 위를 유유히 날게 된다). 사랑새 한 쌍, 백문조 한 쌍, 흑문조 한 쌍, 카나리아 한 쌍, 십자매, 금란조…….

한 쌍씩 데려온 새들은 어느 날에는 알을 까기도 했지만, 어느 날에는 병들어 죽기도 했다. 이희락은 안타까워하며 새를 연구했다. 쉽게 번식을 한 것은 십자매들이었는데, 그것들은 알도 차분하게 잘 품었고 새끼도 잘 길렀다. 하지만 문조들은 달랐다. 백문조들은 낳은 지얼마 되지 않은 알을 둥지에서 떨어뜨려 깨버렸고, 흑문조들은 예민하게 굴면서 제 알을 외면하기도 했다. 알을 골똘히 바라보던 이희락은 어느 날 흑문조의 알들을 모두 십자매의 둥지에 넣어주었다. 새를 산 곳에서 십자매들이 다른 새의 알을 부화시키기도 한다는 말을 들었기 때문이었다. 하지만 흑문조의 알들은 애초부터 문제가 있었던 것인지 끝내 부화하지 못했다.

한동안 이희락의 새에 대한 집착은 대단한 것이었다. 퇴근을 하고 오자마자 새들이 있는 베란다로 나가 저녁도 먹지 않은 채 두세 시간을 훌떡 넘기기가 예사였다. 그는 달걀노른자를 섞어 말린 모이를 손에 놓고 새장에서 꺼낸 새와 친해지기 위해 애를 썼다. 여러 번 새들의 날카로운 부리에 쪼였지만 괘념치 않았다. 결국 초록 사랑새 한 마리를 간신히 어깨에 올려놓을 수 있게 된 날, 그는 집에 있는 아내를 다급하게 불렀다.

사진 좀 찍어줘.

다행히 아내가 있다는 사실을 잊지는 않았던 거지. 어쨌거나 난 새 따윈 절대 안 키워.

작가 양반, 당신이 새를 키우든 안 키우든 아무도 상관하지 않아.

난 새가, 특히 문조 같은 녀석들 말이야. 자기 알도 먹고 자기 새끼도 뜯어 먹는 걸 봤어.

그래, 그래. 동물들은 자기가 낳은 새끼랑 교미도 하고, 급하면 기르던 주인도 먹고 그러는 거야. 달리 동물이겠어?

우울해.

이희락도 새를 잃은 후 얼마간 우울해졌지.

그 인간이 도대체 언제 우울해졌다는 거야?

그는 자신의 옆에 있던 것들을 잃을 때마다 정말 큰 슬픔에 잠겼어. 그가 얼마나 그것들을 사랑했는데!

아니야. 그는 결코 새들을 사랑하지 않았어.

이희락은 깃털이 빠지고 배가 부푼 아픈 새를 발견하면 지극정성으로 돌봤다. 반쯤 눈을 감고 있는 새를 쥐고 항생제 탄 물을 억지로 먹였으며, 꽁지 부분에 지저분하게 묻은 분비물을 젖은 수건, 마른 수건으로 닦아주곤 했다.

그를 설핏 아는 대부분의 사람들은 그의 애정이 당연히 새를 기르는 자신보다 새 자체에 있다고 여겼다. 하지만 그의 아내처럼 그를 너무 잘 아는 사람은 다르게 생각했다. 아내가 보기에 그는 새를 사랑하는 사람이 아니었다. 모든 노력에도 불구하고 새가 죽으면, 그는 더 이상 그 새에 미련이 없으며 자신의 새 기르기에 결함이 생겨서는 안 된다는 듯 다음 날로 당장 같은 종의 새를 사 왔다. 이희락의 아내는 실내와 연결된 베란다에 흩날린 곡식의 껍데기들과 지독한 분비물의 냄새를 견딜 수 없었다. 그녀는 새들을 베란다 밖으로 내보내지 않으면 자신이 나가겠다고 선언하기에 이르렀다. 그녀는 그가 새를 사랑하는 자기 자신을 사랑하는 것이라 여겼다.

이희락이 새 키우기에 익숙해지면서 죽어나가는 새가 거의 없어져 갈 무렵, 뜻밖의 대참사가 일어났다. 동네를 돌아다니던 떠돌이 고양이가 습격을 한 것이었다. 이희락은 새들을 베란다 밖으로 밀어낸 아내를 탓하며 고양이들을 죽이고 말겠다고 선언했다. 사실 고양이가 아니라 아내를 죽이고 싶어 하는 것 같았다. 그러나 이희락은 아내 대신 수시로 자신의 집 담장을 어슬렁거리는 검은 고양이와 날이 갈수록 살이 오르는 듯 보였던 줄무늬 고양이를 지목했다.

포식자가 다녀간 후의 새장은 참혹했다. 작은 플라스틱 물그릇과 모이 그릇이 엎어져 있었고, 짚으로 만든 둥지는 갈가리 찢겨져 있었으며, 깃털과 검은 핏방울이 사방에 널려 있었다. 이희락은 살아남은 새들을 수습한 후 짐승의 지능으로는 열 수 없도록 새장의 문을 철사로 단단히 감아 고정했다. 하지만 다음 날의 결과는 보다 참혹했다. 창살 사이로 날카로운 발톱에 마구 공격을 당한 것인지, 남은 새들마저 반쯤 살이 뜯겨 나간 채 죽어 있었던 것이다. 철망 사이로 어떻게든 새를 죽인 후 먹을 수 있는 데까지 먹어치운 게 분명했다.

그래서 더 이상 새를 키우지 않게 되었느냐고? 천만에. 이희락은 절대 그 정도로 물러서는 유형의 인간이 아니었다. 그는 곧장 규정 용량의 반쯤 되는 쥐약을 놓아 쥐 두 마리를 잡은 후 모든 쥐구멍을 차단했다. 그는 약에 취해 비틀거리는 먹잇감을 마당에 풀어놓은 채 토요일 오후와 일요일 내내 참을성을 발휘했다. 마침내 검은 고양이가 자신의 마당에 들어섰을 때, 이희락은 끝부분에 대못을 여러 개 박은 각목을 휘둘렀다. 고양이가 쥐를 먹고 비틀거릴 때까지 기다리지도 않았던 것이다. 그의 아내는 말없이 베란다를 다시 내주었다. 어찌 된 일인지 그 후로는 줄무늬 고양이도 더 이상 보이지 않았다.

이희락의 새 수집은 결국 야생의 참매를 산 채로 잡아 집에 가지고 오는 데에까지 이르렀다. 문중의 일로 선산을 둘러보러 갔다가 우연히 다친 새끼 쇠부엉이를 발견하게 된 뒤의 일이었다(그는 죽어가는 쇠부엉이에게는 관심을 보이지 않았다. '죽어가는' 것은 그의 관심사가 아니었다). 이희락은 휴일마다, 귀농을 한 동창생이 사는 시골로 갔다. 매가 자주 보인다고 했던 친구의 말을 기억해냈기 때문이었다. 그는 난감해하는 친구를 크게 신경 쓰지 않고 매장을 설치했다. 반쯤 죽어 미끼가 되었던 닭의 비릿한 피 냄새가 몸에 흠씬 배어들 무렵, 그는 노란 눈이 부리부리한 참매 한 마리를 잡았다.

매에 대한 그의 애정은 각별했다. 어떤 인간의 손에도 닿아본 일이 없는 매를 오롯이 자신만이 소유하고 있다는 사실에 감동한 듯 보였다. 그는 매가 야생성을 잃지 않도록, 커다란 우리를 직접 만들었으며 생고기 대신 살아 있는 새를 던져주기 시작했다. 문조와 십자매와 카나리아와 사랑새까지……. 끔찍한 상황을 견디다 못한 이희락의 아내가 그가 집에 없는 틈을 타 매를 날려 보내지 않았더라면, 그의 집은 본격적인 동물의 왕국이 되었을 지도 몰랐다. 아내는 결코 그가 새를 사랑한다고 보지 않았다.

이희락의 진심이 억울하다는 듯 외친다.

새들이, 매가, 이희락에게 얼마나 큰 의미였는데! 그 여자가 다 망쳐버렸지. 이희락은 헌신적으로 새를 아끼고 돌봤어. 한순간도 그렇지 않은 적이 없었다고!

어쨌든 그의 아내가 매를 날려 보내지 않았더라면, 나중엔 그의 아들이 먹잇감으로 던져졌을 수도 있어. 이희락은 잔인한 인간이야.

그렇지 않아. 그는 그저 새를 길렀던 것뿐이야. 취미 생활도 못 해?

그래, 즐겼겠지.

즐겼어, 즐겼다고. 하지만 정말 짚고 넘어가야겠는데, 이희락이 즐기는 모습은 실은 즐기려고 노력하는 모습의 가면 같은 것일 뿐이었어. 즐거워하는 그의 표정 아래에는 늘 상상도 할 수 없는 우울함이 들러붙어 있었다고.

그럴 리가! 이희락은 어머니 뱃속에서 태어나는 순간마저도 즐거운 놀이로 여겼을 사람이야. 자기 이름에 딱 맞게 희희낙락하면서 말이지.

나야말로 이희락의 진심을 살살 자극하는 게 즐겁다. 그의 약 오른 얼굴을 상상하는 것만으로도 기분이 좋아진다. 물론 그에게는 얼굴이 없다.

그 한자랑 다른 한자 쓰는 건 알지? 빛날 희(熙), 빼어날 락(躒)이라고!

물론 알고 있다. 이희락의 할머니는 손자가 훌륭한 사람이 되기를 바라며 그 이름을 지었을 것이다. 하지만 내 생각에 그의 인생은 날 때부터 희락(喜樂)과 연결되어 있었다. 이희락의 진심이 발끈한다.

그가 세상에 나오면서 씩씩하게 군가를 부르기라도 했다고 생각하면 오산이야.

이희락이라면 어머니의 질 입구를 통과하는 것마저 즐거운 장애물 경기로 여기지 않았을까? 탯줄을 타고 낮은 포복, 등 포복 등을 하면서 노래를 불렀을지도 모르지.

두 팔을 뻗어 당기고 발로 밀어 전진하면서 말이지? 실제 군사작전이 아니라 그저 서바이벌 게임을 하고 있을 뿐이라 여기면서 즐겁게?

아니면 말고.

도대체 작가라는 사람이 이리도 이희락을 이해하지 못해서야! 그는 그렇게 태평한 인간이 아니었어. 그가 가장 즐거워했던 순간에도, 침몰한 세월호에서 더 이상 생존자를 기대할 수 없다는 일흔두 시간 직후의 절망감 같은 것이 함께했어. 광화문 광장에서 각각 촛불과 태극기를 들고서 마주친 오랜 친구 간에 느끼는 비애감 비슷한 것이 늘 그를 감싸고 있었단 말이야. 그가 걷는 걸음에는 언제나, 납으로 만든 그물추처럼 무거운 우수가 주렁주렁 딸려 다니곤 했다고!

진짜 몰라?

이희락의 진심이 황당하다는 듯 말하지만, 나는 그 또한 그가 쉽게 만들어내는 가면임을 안다. 내가 아는 한 이희락은, 대책 없이 낙관적이고 경계도 없이 부드러우며 책임감 없이 즐거운 사람일 뿐이었다. 설령 그의 낙관과 부드러움과 즐거움에 어두운 그림자가 드리워져 있었다 하더라도 그는 아마 그것을 알지 못했을 것이다. 이희락이 삶을 즐기는 태도는 포크라는 도구를 평생 음식 먹을 때 쓴 게 아니라 머리 긁을 때 쓴 어느 오지인의 태도와 비슷했다. 그는 다른 가능성을 알지 못했다. 대부분의 주변 사람들 역시 이희락 자신만큼이나 이희락을 알지 못했다. 사실 굳이 관심을 기울일 이유가 없었다. 자신을 드러내는 법이 없는 그였기에, 사람들은 자신도 모르게 이희락과 이희락이 한 일을 잊었다. 이희락이 언제나 자유로웠던 것도 아마 그 때문이었을 것이다. 덕분에 이희락은 늘 하고 싶은 것을 마음껏 할 수 있었다. 그가 바라는 것들은 실로 무궁무진했다. 그것들은 언제나 스테이플러 철심처럼 촘촘히 열을 맞춰 늘어서 있었다. 한 통에 무려 5천 개 이상이 들어 있는 바로 그 철심들 말이다(그것을 '원 플러스 원' 행사 때문에 본의 아니게 두 통이나 가져본 적이 있는 사람이라면 아마 잘 알 것이다. 어마어마한 양의 철심들에 짓눌려 부지불식간 자신에게 남은 생을 계산해보지 않을 수 없었을 것이다).

그의 놀이에는 대상에 대한 사랑이 없었어. 이희락의 아내 말대로 그는 새를 사랑한 게 아니라 새와 놀고 있는 자신, 자신만을 사랑했을 뿐이야.

정말로 그가 자신만을 사랑한 거라 생각해?

물론 나는 자신을 사랑하지 않는 사람도 그런 행동을 취할 수 있다는 것을 안다. 상대를 사랑하지 않고 심지어 자신도 사랑하지 않으면서, 온 세상을 사랑한다는 듯한 분위기를 풍기고 또 진중하게 그런 말을 주억거리는 사람들이 있다. 자신만을 사랑하는 사람과 자신조차 사랑하지 않는 사람, 어느 쪽이 더 나쁜 결과를 초래할까? 어쩌면 그 둘은 같은 게 아닐까? 이희락의 진심이 재빨리 내 생각을 읽는다.

그 두 부류 모두 외롭다는 공통점이 있지. 드러나는 양상은 아마 같을걸? 누군가가 그랬다지, 사랑은 이기적인 자만이 할 수 있는 거라고. 상대를 사랑함으로써 오는 쾌감은 그 상대가 아니라 오로지 자신의 것이니까. 자기애가 강한 사람이 사랑도 잘 하는 거야.

그가 자신이나마 사랑했다면 다행이라 생각해. 그렇게 열렬히 사는 이유가 자신을 사랑하지도 않기 때문이라면 정말 허탈한 일이지.

어쨌거나 이희락은 매사에 진심이었어. 진심으로 세상을 대했다고! 도대체 뭐가 문제지?

대부분의 문제가 그렇듯, 뭐가 문제인지 모르는 게 문제지.

분명한 것은, 이희락이 결코 자신이 하고자 하는 것을 멈추지 않았다는 사실이다(틀림없이, 무수한 좌절과 머뭇거림 속에서도 멈추지 않는 것이야말로 사랑이라고 노래한 시인이 있을 것이다. 없다면 누군가가 곧 쓰게 될 텐데 부디 신중하길 바란다). 멈추지 않는 마음, 이희락이 소위 진심이라 주장하는 그 마음은 사랑이라기보다 집착에 가까울 것이다. 셀 수 없는 그리마의 발처럼 수북한 진심. 포기를 모르는 징그러운 과잉.

　다행히 이희락은 새에 대한 미련을 오래 지니고 있지는 않았다. 날아가버린 참매를 다시 구하고 각종 새들을 사 오기가 버거워서라기보다 그 무렵에 새로운 다른 것에 관심이 생겼기 때문이었다. 이희락은 물고기들을 기르기 시작했다. 처음에 그는 작은 크기의 수족관을 사들여 이끼를 깔고 각종 열대어를 넣는 것만으로 만족하는 것 같았다. 그러나 곧바로 좀 더 큰 수족관을 사들였고 산소 공급기와 조명을 설치하더니, 남생이를 비롯해 부레옥잠, 개구리밥 등 온갖 종류의 수생생물을 들이기 시작했다. 거실의 소파와 테이블을 한쪽으로 몰아 공간을 확보하는 것으로도 모자라자, 그는 수족관 위에 받침대를 세우고 또 다른 수족관을 올리기 시작했다. 집 안이 온통 유영하는 물고기들과 수생식물들로 가득 찼다.

　그러나 수조가 늘어나는 것만이 문제는 아니었다. 두 주가 멀다 하고 유리에 퍼렇게 이끼가 끼는 데다 물고기들의 분비물로 뿌예진 수조를 청소하는 것이 더 큰 문제였던 것이다. 산소 공급기가 있어도, 햇볕이 잘 들어서인지 수조는 금방 더러워졌다. 이희락은 수조 속의물을 빼내기 위해 나이 어린 아들을 조수로 삼았다.

　호스 잘 잡아라.

　네.

　이희락은 마당으로 나가 입으로 호스를 힘껏 빨았다. 하지만 호스의 길이가 너무 길어서인지 낙차가 많이 나지 않아서인지 수조 속의 물은 쉽게 빠져나오지 않았다. 이희락은 큰 소리로 아들에게 말했다.

호스 잘 쥐고 있다가 내가 신호 보내면 호스를 수조에 담가라.

네.

이희락은 마당에 있는 수도꼭지에 호스를 연결하고 물을 수조로 흘려보냈다. 들여보내는 물의 세기에 힘입어 역으로 수조 속의 물을 빼내겠다는 의도였다. 흐름이 원활해지자 수도꼭지에서 호스를 떼내며 그가 외쳤다.

지금이다. 넣어라.

네.

하지만 아들은 충분히 힘을 들여 호스를 잡고 있지 못했다. 부력으로 떠오른 호스가 사방으로 물을 뿜었고 아들은 호스를 잡으려다 바닥에 쏟아진 물에 미끄러지고 말았다. 이희락이 뛰어왔다. 거실 바닥이 온통 물바다였다.

그거 하나를 똑바로 못 하나?

이희락은 역정을 냈다. 아들은 넘어지면서 다친 팔이 아프다는 소리도 하지 못한 채 다시 호스를 잡았다.

내가 신호하면 바로 넣어야 한다.

네.

아들이 좀 더 긴장한 채 호스를 잡았기에 물은 순조롭게 빠져나갔다. 수조 깊이 넣은 팔 주변으로 물고기들의 분비물이며 이끼들이 느리게 맴을 돌았다. 뜰채로 건져놓은 잉어와 붕어들이 양동이며 고무대야에서 어린 아들을 비웃듯 요동치고 있었다.

한동안 물고기를 기르는 일은 순탄하게 진행되었다. 하지만 다른 문제가 생겼다. 남생이와 덩치가 큰 물고기들 사이에 분쟁이 일었던 것이다. 손바닥만 하게 자란 덩치 큰 남생이들이 물고기의 몸에 상처를 내기도 했고 반대로 물고기들이 남생이를 죄다 파먹어 빈 껍질만 물 위로 떠오르기도 했다. 이희락의 아내는 살이 뜯겨나간 물고기나 속이 텅 빈 남생이가 물 위에 떠다니는 것을 보고 기겁을 했다. 이희락은 그들을 분리시키기 위해 또 다른 수족관을 마련했다.

하지만 문제는 끊이지 않았다. 덩치가 커진 잉어들이 수면 위로 뛰어오르기 시작했던 것이다. 각인된 유전자의 힘 때문인지 아니면 갑갑한 수족관에서의 스트레스 때문인지, 잉어들은 자신들만큼이나 거대한 물방울을 튀기며 솟아오르곤 했다. 다시 수족관으로 떨어지는 잉어보다 마룻바닥에 떨어져 비늘이 떨어져 나가는 잉어들이 더 많아지자, 이희락은 제대로 된 수족관을 만들기로 결정했다. 집의 외벽을 따라, 수영장을 방불케 하는 대형 수족관을 짓는 공사가 진행되었다. 이희락의 아내가 길길이 날뛰었지만 그는 멈추지 않았다.

집의 외벽을 삥 두른 디근자 모양의 수족관은 그럴듯해 보였다. 지나가는 사람들마다 걸음을 멈추고 신기한 듯 수족관을 구경했다. 하지만 집 내부에는 곰팡이가 슬기 시작했고, 비릿한 냄새가 가구 틈틈이 배어들었다. 수족관을 청소할 때면 마당에 온통 물난리가 났는데, 이 일에는 대개 이희락의 아들이 동원되었다. 장화를 신은 채 기다란 솔을 든 아들이 유리벽과 바닥을 닦는 동안 이희락은 미리 다른 곳에 옮겨놓은 물고기들의 상태를 살피곤 했다. 이희락은 다양한 색깔의 잉어들이 만족스레 헤엄을 치는 것을 보고서야 겨우 다른 취미 생활로 옮겨갈 수 있었다.

이희락의 취미 생활을 다 읊는 건 지루한 일이야.

하지만 식물을 키우는 건 정말 굉장했어.

분재? 멀쩡한 나무를 이리 꼬고 저리 꼬는 거 말이야?

정말 미적인 감각이 없는 인간이로군.

그런 걸 하기 위해 엄청난 연탄재가 필요하다는 건 알아?

그래, 이희락의 집에는 그가 동네에서 쓸어 담아 온 허연 연탄재가 가득 쌓여 있곤 했지.

그 연탄재를 두드려 깨서 화분에 넣어주어야 한다는 것도 알지? 비비 꼬인 식물 하나 만들겠다고 집은 쓰레기 밭이 되었지.

그렇게 비아냥거리지 마. 분재는 인간의 심미안으로 가치를 평가할 수 없는 자연 예술의 결정체야. 어떤 나무도 결코 사람이 의도한 대로 모양을 만들진 않거든. 충분히 공을 들일 만한 일이었어.

그 잘난 분재들, 겨울에 얼어 죽을까 봐 마당에 거대한 온실을 짓기도 했지. 그의 아들이 늘 물을 주러 들어갔고 말이야.

애들이 어려서부터 자연과 함께하는 건 좋은 거야.

온실에선 기분 나쁜 냄새가 났어. 이희락의 아들은 나무들이 독기를 뿜는다고 생각했어. 자신의 어머니처럼.

이희락의 아내는 문제가 많은 사람이야.

됐어. 또 다른 이희락의 놀이에 대해서나 말해봐.

풍란 같은 걸 현무암에 붙이곤 하다가 수석에 관심을 갖게 되었지.

맞아, 돌덩어리 꽤나 주우러 다녔지.

그냥 돌덩어리가 아니야. 수집한 것 중 바위에 오르는 거북 모양의 오석은 가치로 따지자면 명품 바이올린 스트라디바리우스에 댈 게 아니지. 태백에서 주운 수염 난 할아버지 무늬가 있는 문양석은 어떻고? 족보와 바꾸자고 해도 사양했을걸?

그리고 또?

수영, 테니스, 탁구, 등산, 스킨 스쿠버, 행글라이딩, 사냥······ 뭐 그런 걸 죄다 말하라는 거야?

아니, 그럴 필요 없어. 난 한 권의 책만을 쓸 거야.

그래, 잘 생각했어.

2

무덤 언저리에서
포대기 언저리까지

무덤 언저리의 다르고
또 같은 이야기

이야기를 순차적으로 엮지 않을 거라는 점은 이미 밝힌 바 있다. 지금부터는 이희락의 노년에 대해 이야기할 텐데, 그러다 보면 우연히 그의 요람에까지 다다르게 될지도 모르겠다(우리에게 흔하지 않았던 서양의 요람보다는, 사실 포대기가 맞는 말일 것이다. 본인은 기억하지 못하겠지만 이희락 역시 제 어미의 등을 세상의 전부로 여기며 따뜻한 체온을 느낀 일이 있다). 내가 무사히 이야기를 마칠 수 있다면 말이다.

이희락은 중년을 훌쩍 넘긴 나이에 이르러서도 인생에 대해 자신할 수 없는 부분이 있다는 생각을 하지 못했다(엄밀히 말하면, 생각을 하지 못했다기보다 그런 것에 별반 관심을 두지 않았다고 해야 할 것이다).

대개의 경우 거의 모른다는 것은 그래도 아주 조금쯤은 알고 있을 가능성과 알지만 자기 방어기제에 의해 모르는 척 회피했을 가능성을 포함한다. 어떤 사람들은 희미하게나마 그러한 사실을 인정하므로, 또 그것이 여러모로 유리하다고 판단하므로 결코 인생에 대해 확신하지 않는다. 보다 영악한 사람들은 '글쎄'나 '아마도' 등의 단어와 함께 보다 안전한 영역으로 피신했다 적절한 순간에 돌아오는 순발력을 발휘하기도 한다.

하지만 이희락은 모른다고 하거나 회피했던 적이 없다. 그는 자신의 진심을 무한히 신뢰했다. 진심이 가는 곳으로, 진심이 이끄는 대로만 가면 문제 될 게 없다고 믿었다. 그는 다른 이유를 대거나 타당함을 따지기 전에 곧바로 행동했고, 행동한 후로는 이유나 타당함을 굳이 돌아보지 않았다. 이희락은 자신의 진심에 대해 확신을 갖고 있었으므로 어느 순간에도 잘못된 결정을 했다고는 생각하지 않았다.

아닌 게 아니라 그는 정말 잘 살았어. 두려움이 많은 사람일수록 확신을 갖고 사는 사람들을 비난하게 마련이지.

알 듯 모를 듯한 말을 흘리며, 기실 알게 되어도 별 문제가 없는 사실만을 주저리주저리 읊어댄 이희락의 진심이 또 나를 긁는다. 나는 정말 그를 없애버리고 싶다. 하지만 내가 그럴 수 없으리라는 것을 아는 그가 여유 있게 말한다.

나를 없애버리지 못할 거야. 치사하게 끈으로 둘둘 말 수는 있어도 말이야. 물론 실체가 이름만으로 존재하며 속성이 사실만으로 존재한다는 흄의 생각에 따라, 눈에 보이는 것을 가장 근원적인 것으로 간주한다는 후설의 현상학에 충실하게 쓴다면, 나 없이도 가능할지 모르지. 하지만 당신은 그렇게 하지 못할 거야.

이희락의 진심은 어눌한 척해도 기실 모든 것을 파악하고 있다. 그는 내가 복잡한 사고의 체계와 화려한 수사를 배제하고, 오로지 현상에만 의지해 불편하게 이야기를 꾸려가지 못하리라는 사실을 잘 알고 있다. 이희락의 진심이 비아냥거린다.

당신이 결코 성공하지 못한다는 데 내 이를 몽땅 걸지.

나는 이도 없이 자신의 이를 거는 이희락의 진심을 또다시 참을 수가 없다. 내가 그를 끈으로 둘둘 말 수는 있어도 없애버리지는 못하리라 믿는 그의 확신이 조금쯤은 틀렸다는 것을 입증하기 위해, 나는 창밖으로 그를 던져버린다. 쌓인 눈 위에 떨어진 이희락의 진심이 '아리스토텔레스의 질료와 형상' 어쩌고를 떠들어댄다. 창문을 닫자, 웅얼거리는 소리만이 낮게 깔린다.

이희락은 자신이 직접 재배한 배추를 뽑아 처음으로 김치를 담갔다. 해본 적이 없는 일이지만, 손재주가 많은 그에겐 별반 문제가 되지 않았다. 송이맘이라는 사람의 블로그에 나와 있는 대로, 배추를 절이고 양념을 만들었다(그러니까 2006년은 최초의 인터넷 사용에 감격하고 놀라워했던 기억을 깡그리 잊은 채 누구나 당연히 휴대폰을 컴퓨터처럼 사용하던 시절이었다). 실하게 자란 배추를 자신과 벌레

들이 사이좋게 나누어 먹을 수 있어서 기쁘다는 듯, 시린 물에 손을 담가 절인 배추를 씻어낼 때도 그의 입가에선 미소가 떠나지 않았다. 김장을 마친 그는 저절로 나무에서 떨어져 아람이 벌어진 밤도 구웠다. 허접해 보이는 화로 위에서 실한 밤들이 타닥타닥 소리를 내며 익고 있었다.

김치와 밤을 안주 삼아 소주잔을 기울이는 지금의 이희락에게서는 양복을 갖춰 입고 연설을 하던 몇 달 전의 모습을 더 이상 찾아볼 수 없었다. 도 교육감 선거에 나온 이희락은 열변을 토했다.

저는 어제부로 도당 사무국장직을 그만두었습니다. 교육이라는 신성한 장에 오롯이 헌신하겠다는 제 의지를 여러분께 심판받기 위해, 어떠한 안전장치도 없이 당당하게 맨몸으로 나왔습니다. 우리의 미래인 아이들이 비굴하지 않게, 행복하게 학교를 다니는 것은 저의 오랜 소망이었습니다. 저 이희락은 교육감이 되지 못한다 하더라도 결코 정계로 복귀하지 않을 것이며, 제가 처음 교직에 들어섰던 그 마음으로 평생 우리나라 교육의 향상을 위해 애쓸 것을 다짐합니다.

처음에 사람들은 이희락이 굳이 그럴 필요가 없었음에도 불구하고 국장직을 버리고 교육감에 출마한 사실을 알고 놀랐다. 하지만 곧 거의 아무도 그의 말을 믿지 않게 되었다. 자신이 경험하지 못한 세상이 있을 수 있다는 것을 의심해본 일이 없는 많은 사람들은 그래도 그가 말 그대로 '맨몸'으로 나오지는 않았을 것이라 생각했다. 도망갈 구멍을 마련하지 않고 어떤 일을 해본 적이 없는 더 많은 사람들은 그저 이희락이 연설을 제법 잘한다고 여겼을 뿐이었다. 사람들은 이희락이 자신의 말처럼 제대로 심판을 받은 후, 정말로 돌아갈 곳이 없어졌다는 사실을 알았을 때에야 비로소 고개를 갸웃거렸다.

소문이 무성했다.

선생을 하다가 갑자기 정치를 했던 게, 교육을 바꾸기 위해 먼저 정치를 바꿔야 한다고 생각했기 때문이라네요.

이상주의자였지, 이상주의자.

집이랑 죄다 팔아서 선거 비용을 댔어도, 시골에 땅도 있고 재산도 많대.

부인이랑 깨끗하게 갈라섰다는군! 자기 때문에 고생한다고.

소문이라는 것이 늘 그렇듯 사람들은 어디까지가 진실이고 어디까지가 허구인지 명확히 알지 못했다. 하지만 오래 궁금해하지도 않았다. 다니던 직장을 그만두고 집을 팔아 선거에 나갔다가 떨어진 것이 결코 자신은 아니었으므로, 또 그러한 사람이 이희락 하나만은 아니었으므로, 소문의 진위 여부에 대한 관심은 곧 사그라들었다.

이희락은 많이 낙담한 듯 보이지 않았다. 그와 이런저런 관계에 있는 사람들이 애초에 후원금으로 줄 수 있었을 돈을 조금씩 보태주어 폐교를 빌리게 되자 금방 기운을 차리는 듯도 보였다. 이희락에게 우호적인 소수의 사람들은, 폐교를 개축해 연수원으로 만들겠다는 그의 생각이 교육감 선거에서 '평생 우리나라 교육의 향상을 위해 애쓰겠다'던 다짐의 일환일 수 있다는 데에 한동안 이의를 제기하지 않았다. 다만 더 자주 더 많이 후원금을 요구하기 시작한 그를 조금씩 멀리했을 뿐이었다.

이희락은 태평스러워 보였다. 앞으로 바다가 보이고 뒤에는 나지막한 산이 있는 시골에서, 지는 해를 바라보고 앉아 있는 그의 모습은 유유자적하는 귀농인의 모습과 크게 다르지 않았다. 아직도 수리 중이긴 했지만 어쨌거나 연수원은 그해 겨울을 넘기면 본격적으로 가동이 될 터였다. 게다가 몇몇 일정은 이미 예약이 된 상태이기도 했다. 연수원을 개축하는 데 드는 비용을 기부하지 못한 일부 기업계와 교계 인사들이 나름 최선을 다해 알선해준 덕분이었다.

원장님, 식사하셨소?

연수원이 가동되면 일당을 받고 일을 하기로 한 동네 아줌마들 중한 사람이 지나가다 인사를 건넸다. 이희락은 근처에서 뒹굴던 종이봉투 하나를 얼른 챙겨 익은 밤을 가득 넣어 그녀에게 주었다.

하이고, 매번 이리 뭘 챙겨주시네요. 고맙소.

여인은 자신의 바구니에서 주섬주섬 나물을 꺼내다가 그가 혼자 요리할 수 없으리라는 데에 생각이 미쳤는지 도로 집어넣었다.

나물 좀 무쳐서 이따 갖다 드리리다.

이희락은 쑥스러운 듯, 살 없는 손으로 자신의 이마를 문지르며 고개를 끄덕였다. 여인은 돌아서서 나오며, 자신의 말을 들을 법하지 않은 들판에 대고 중얼거렸다. 양반이다, 양반이야. 천생 양반이지.

조금 다른 이야기가 있다.

이희락은 선거에서 지고 한동안 사람들 앞에 모습을 드러내지 않았다. 세상만사 덧없다는 듯 그는 연고지도 아닌 시골로 들어가버렸다.

가까운 지인들이 이희락에게 재기를 권했지만, 그는 음울한 얼굴을 한 채 고개를 가로저었다. 이희락의 대리로 사실상 국장직을 꿰찬 주영수마저 그가 당을 떠난 날에 상관없이 그달치 월급을 모두 주라고 지시했을 정도였지만, 이희락은 자신의 통장에도 관심이 없는 듯 보였다.

이희락은 그 지역에서 중고등학교와 대학교를 모두 나오고 젊은 시절이긴 했지만 8년간 교편을 잡은 데 이어 17년이나 정치를 했던 자신의 주변에, 실제로 사람이 많지 않았다는 데에 충격을 받은 듯 보였다. 예상치도 못한 다른 사람이 교육감에 당선된 데 대해, 그를 지지했던 위원 중 한 명이 말했다. 다 돈의 힘입니다. 요즘은 그래요(사람들은 20세기에도 21세기에도 여전히 그런 말들에 고개를 끄덕였다).

이희락이 알던 정계의 윗선 누구도 그에게 다시 자리를 주겠다고 하는 사람이 없었고, 그가 그토록 애정을 기울였던 예술계 사람들도 슬금슬금 그를 피했다. 이희락이 국장직에 있을 때 막역한 사이를 자처했던 그들은 행여 불똥이 튀기라도 할까 봐, 그가 지나치게 무모한 짓을 했다며 나무라는 것으로 선수를 치기도 했다. 그들은 자기들끼리 만난 자리에서 그를 진심으로 위한다는 듯 말하곤 했다.

고생을 좀 해보는 수밖에 도리가 없어.

나중에 정말 어려워질 때, 그때 도와줘야 해.

맞아. 같이 뛰어들었다가는 모두 물귀신이 되는데, 그래서는 정말 그 사람을 살릴 수가 없다니까?

언제나 흥겨워 보였던 이희락에게서 미소가 사라졌다. 교육감 선거가 아니라 대통령 선거에서 간발의 차로 떨어진 사람도 그렇지는 않을 만큼 우울해 보였다. 원래도 빈약하던 몸이, 동남아에서 한국으로 온 후 실망만을 맛본 불법 체류자들만큼이나 말라갔다.

소문이 끊이질 않았다.

교육감에 나오겠다고 국장직을 던진 게 아니라 원래 나가기로 돼 있었던 거래.

사람이 물러서 맺고 끊는 게 없다고 윗선에서들 압력을 가했다지?

살던 집을 정리해도 빚을 갚지 못해서 시골로 간 거래.

무골호인이었는데, 안됐군, 안됐어.

그런 사람을 버려두고 냉정하게 이혼을 하다니, 그 여자, 참!

소 울음소리도 처량하고 개 짖는 소리는 더욱 삭막한 시골의 하루는 길었다. '슬픈 얼굴의 기사'만큼이나 깡마른 그는 제대로 된 식사도 거의 하지 않고 방 안에만 틀어박혀 있었다. 인정 많은 시골 노인들이 그의 방문을 두드리기 시작했다. 이희락은 자신보다 연로한 그들이 들고 온 삶은 고구마, 찐 계란을 마냥 물리치지는 않았다. 사람이 그리운 시골에서, 마땅히 갈 곳을 찾지 못했던 넉넉한 인심의 세례가 이희락에게 쏟아부어졌다.

턱을 괴고 앉았던 우수에 젖은 정령이 드디어 새로운 마방진의 해답을 구했을 때처럼, 고요한 변화가 일기 시작했다. 버려진 폐교가 이희락의 눈에 들어왔던 것이다. 그는 자신의 주변에 널브러져 있던 못이며 장도리, 톱 따위를 천천히 주워 들었다. 그는 오래 방치되었던 학교를 수리하기 시작했다. 이희락을 친형처럼 따르는 의동생 오정훈과, 이희락이 낙마하면서 자신도 자리를 잃어버린 손경환이 그를 도우러 내려왔다. 신기하게도 마을 사람 몇 명이 그 작업에 가세했고, 연수원을 만들어 교육계에 헌신하고 마을 발전에도 이바지할 수 있다는 이희락의 생각에 동조하기 시작했다.

또 한 번의 새로운 도전이 시도되었다. 이희락의 손에 의해 필요 없이 굴러다니던 바위가 제자리를 찾았고, 웅크린 채 눈을 뜨지 못하던 개가 몸을 폈다. 마침내 연수원을 개원하게 되었을 때, 이희락은 이미 다음 해의 일정을 거의 모두 잡아놓은 상태였다. 그가 정말 어려울 때 도와주자던 친구들이 돈 안 들고 해줄 수 있는 일이라고 내심 좋아하며, 연줄이 닿는 교육계와 기업계의 연수 행사에 입김을 가한 결과이기도 했다. 하지만 사람들은 아침마다 연수원의 마당을 쓸고 유리창을 닦는 이희락에게서 어쩐지 영영 그를 떠날 것 같지 않은 슬픔을 엿보곤 했다. 그 슬픔은 슬금슬금 집요하게 전진하는 담쟁이 넝쿨처럼, 발끝에서부터 머리까지 이희락을 온통 감싸고 있는 듯 보였다. 이희락의 머리에는 더 이상 검은 머리카락이 남아 있지 않았다.

산 입에 거미줄 치겠소? 우짜든지 기운 내소.

이희락보다 딱히 더 나이 들어 보이지도 않는 시골 아낙이 시커멓게 익은 김치 한 보시기를 들고 왔다. 이희락은 마디 굵은 아낙의 손을 꼭 쥐고서 그런 상황에서 더 효과를 발휘하게 마련인 말 없는 미소로 감사를 표했다. 아낙은 벌겋게 달아오른 자신의 얼굴이, 검게 탄 살빛에 가려 눈에 띄지 않을 것이라는 생각은 하지 못한 채 허둥지둥 그의 집을 나왔다. 아낙은 포르릉거리며 날아가던 참새가 들으락 말락 할 정도로 낮게 중얼거렸다. 젊었을 때는 한 인물 했겠구먼, 한 인물 했겠어.

꺼칠했던 이희락의 얼굴에, 실제로 윤이 나기 시작하고 있었다.

조금 더 다른 이야기가 있다.

선거에 패했다는 사실을 안 다음 날, 이희락은 스스로 떠난 사무실을 다시 찾았다. 그는 자신에게 국장직과 교육감 후보직을 겸할 수 없다고 은근히 부추겼던 주영수의 멱살을 잡았다. 정계 입문 시절부터 늘 부드러운 태도로 일관했던 그가, 정계를 은퇴하고 처음으로 보인 난폭한 모습이었다. 이미 국장 대리직을 수행하며 사실상 국장임을 자처했던 주영수는 살짝 겁을 집어 먹은 듯 보였지만, 곧 능글능글한 태도를 되찾았다.

점잖으신 분이 왜 이러십니까? 저야 다시 자리를 내드리면 그뿐이지만 상부에서 지시한 사항이니 어쩝니까?

평소의 이희락이라면 그에게 늘 따라다녔던 점잖다는 평판을 떠올려서든, 아니면 결국 주영수의 말대로 상부와 직접 접촉을 하는 게 낫다고 여겨서든 그냥 사무실을 떠났을 터였다. 하지만 몰릴 대로 몰린 탓인지, 이희락은 기어코 주영수에게 주먹질을 하고 말았다. 대못을 여러 개 박은 몽둥이를 고양이에게 휘둘렀을 때처럼 난폭한 태도였다. 하지만 주영수는 국장직을 꿰차게 된 마당에 입술에서 터진 피쯤이야 아무렇지도 않다는 듯, 직원들 앞에서 그를 비웃었다.

십몇 대 일 어쩌고 하더니, 역시 깡패 출신이 다르긴 다르군요.

이희락은 서울로 부산으로 뛰어다니며 상부의 간부들과 접촉을 시도했다. 하지만 직통 전화는 어떻게 해도 연결이 되지 않았고, 비서들은 모두 다시 연락을 드리겠다는 말만을 남겼다. 가뜩이나 차림새가 허름했던 이희락은, 해고되어 공원을 전전한 지 오래된 노숙자의 몰골이 되었다. 머리카락에는 먼지며 실오라기 같은 것들이 엉겨 있었고, 주워 입어도 그보다는 나을 듯해 보이는 양복에는 꼬질꼬질 때가 끼었다.

이희락은 그동안 무수한 술잔을 기울이며 형님 아우라 칭했던 정치가들의 집에까지 찾아가 막무가내로 도움을 청했다. 이희락을 단지 어리석은 자로만 여겼던 사람들은 돈 몇 푼을 집어주며 슬그머니 그를 달랬다. 하지만 선거에서 이희락이 고고한 척을 했다며 아니꼽게 보았던 사람들은 대놓고 그를 멸시했다. 이희락은 17년 넘게 이어온 자신의 정치 생활만큼이나 허망한 인간관계 앞에서 노골적으로 이를 갈았다. 두고 보자!

발이 없어 더 멀리 나가는 소문이 온 소도시에 퍼졌다.

지나치게 자신만만해서 국장직도 던져놓고는, 뒤늦게 똥줄이 탔다지?

오만했던 거지, 오만했어. 꼴좋지, 뭐.

선거에 이기면, 그때 후원금을 받겠다고 큰소리를 쳤대.

선생을 했다가, 정치를 했다가, 무슨 자격으로 또 교육계에 가겠다고 생각을 한 건지…… 뻔뻔해.

부인이 견디다 못해 도망갔다잖아요.

이희락이 얼마 되지 않는 주변의 돈을 모두 끌어모아 시골로 들어가기까지, 주변 사람들이 당한 고통은 이루 말할 수 없었다. 그는 사람들이 이해하든 이해하지 못하든, 폐교를 개축해 연수원을 세우겠다는 계획에 동참하게 만들었다. 지인들은 마치 수상 무대를 세울 때처럼 조용히, 그러나 완고하게 버티는 그를 당해낼 재간이 없었다. 그는 모든 반론에 이의를 제기하지 않은 채, 연수원 사업이 왜 불가능한지에 대한 일리 있는 설명들에 수긍한다는 듯 고개를 끄덕이기도 했다. 그러나 이희락은 어떻게든 돈을 받아내고야 말았다.

이희락의 집요함에 지쳐 떨어진 사람들이 울며 겨자 먹기로 후원금을 마련하는 과정에서 가장 괴롭힘을 당한 것은 가족, 그리고 가족 같은 지인들이었다. 처음에 이희락의 처남이나 처제는 이희락의 아내가 극구 말리는데도 불구하고 그를 도와주었다. 이희락이 후한 인심을 남발했던 와중에도 가족이라는 이유로 떨어지는 떡고물 한 번 제대로 받아보지 못했던 그들이지만, '사람이 너무 순수해서 이런 일을 당했을 뿐'이라며 성의껏 주머니를 털었다. 하지만 이희락의 요구는 끝이 없었다. 전화를 하고 문을 두드려대면서, 그는 집요하게 '가족인데 이것밖에 못 하느냐'는 원망을 쏟아부었다.

넉넉지 못한 가운데 그를 도와준 사람들 중에는, 평소 이희락이 어머니처럼 여기는 이순영을 비롯해 오정훈이나 손경환 등 동생으로 삼은 자들도 포함되어 있었다. 그들은 이희락의 불행을 자신의 일처럼 여기며 함께 울었지만 이희락을 도와줄 여력은 없었다. 이희락은 당장 줄 수 있는 현금이 없다면 은행 빚을 내서라도, 카드 서비스를 이용해서라도 돈을 마련해달라며, 난감해하는 그들에게 화를 냈다.

송천의 집안 어른들도 예외는 아니었다. 이희락은 자신을 양육하기 위해 이미 선산의 일부를 팔아치웠다는 종갓집 어른들의 말을 믿지 않았다. 그가 왔다 가는 날이면 어른들은, 물보다는 피가 진하다는 돼먹지 않은 소리를 지껄인 자를 찾아 당장이라도 거꾸로 매달고 싶을 정도로 울적해지곤 했다.

연수원 공사는 이희락 자신과 의동생으로 자처한 이들이 함께 시작했다. 가장 어려울 때 이희락이 제대로 도와주었다는 이유로 한숨을 쉬면서도 그를 떠나지 않는 오정훈은, 눈에 뭐가 씌어 이희락을 따른다는 사람들 중 가장 우직한 사람 축에 속했다. 그는 자신이 베푼 것보다 도움 입은 것을 늘 더 크게 기억하는 손경환과 번갈아가며 이희락의 곁을 지켰다. 보은의 기회만을 기다려왔다는 듯 열성을 보이는 두 사람을 두고 말들이 많았다. 지인들 중 일부는 스스로 의리를 지키는 사람이라는 데 대한 자부심이 크게 작용한 까닭이라 평했고, 또 일부는 이희락의 사디즘적 경향에 장단을 맞추는 그들의 마조히즘적 성향 때문이라 지적하기도 했다. 아무튼 그들의 도움으로 조금씩 공사가 진행되기 시작했다.

그러나 단지 세 사람만으로 커다란 학교 건물 전체를 손보는 일이 쉽지는 않았다. 이희락은 연수원에 사람들이 오면 살림이 대번에 필 거라며 마을 사람들을 설득하고 다니기 시작했다.

그냥 좀 한가하실 때, 잠시 와서 훈수만 둬주시면 됩니다.

이희락은 그렇게 말했지만, 결국 훈수나 좀 두겠다고 온 사람들을 하나둘씩 공사에 참여하게 만들었다. 마침 할 일이 없어서, 그냥 궁금해서, 할아버지가 가 계시니까, 하면서 왔던 동네 사람들은 곧 연수원 개원을 제 일처럼 여기게 되었다. 힘든 농사일로 휘었던 그들의 허리가 공사로 인해 더욱 굽어갈 무렵, 마침내 연수원은 연수생을 맞을 모든 준비를 마쳤다.

새가 먹게 남겨둔 열매마저 다 떨쳐낸 앙상한 나무들이 추위를 예감하며 몸을 사리는 밤, 홀로 소주잔을 기울이는 이희락의 방문을 누군가가 두드렸다.

저예요.

경상도식 억양의 표준말. 시골에서는 볼 수 없는 화려한 차림으로 문밖에 서 있는 여인은 극단 홍학의 단원이자 〈주생전〉에서 배도 역을 맡았던 고은미였다. 이희락은 그녀의 손에 들려 있는 17년산 발렌타인을 반기는 것이 곧 그녀를 반기는 태도라는 듯, 대견해하는 눈빛으로 술을 받아들었다. 빠르게 마당을 가로지르려던 생쥐 한 마리만이 겨우 들을 수 있는 웃음소리가, 낡은 집 방 안에서 새어 나왔다. 다음 날 이희락의 얼굴은, 포토샵 처리가 된 선거용 사진에서처럼 10년은 젊어 보였다. 고은미의 흔적은 텅 빈 녹색 양주병에만 은밀히 남았다.

결국 차페크나 반스 같은 작자들을 따라 쓰겠다는 거야? 감춰진 이면을 끝없이 들춰낸 후 이렇게도 볼 수 있고 저렇게도 볼 수 있다며 슬그머니 도망을 가겠다는 심산인 거지?

이희락의 진심이 문밖에서 악을 쓰고 있다. 누군가가 그의 소리를 들을 수도 있다는 생각에 나는 다소 신경이 곤두선다.

그러나 이봐, 작가 양반. 이면의 이면이라면, 그리고 다시 그 이면의 이면의 또 이면이라면? 누구나 자신 안에 여러 모습을 갖고 있고 그런 것들이 전혀 새롭지 않다고 하면 어쩔 거야? 어? 어쩔 거냐고!

당황스럽다. 하지만 이 순간, 나는 이희락의 진심이 정말로 원하는 게 무언지를 알고 있다. 그의 의도는 단지 나를 자극해 이야기를 더 끌어갈 수 없도록 교묘하게 흔들려는 것뿐이다. 그는 경험이 풍부해서 나 같은 사람이 어떤 부분에 가장 취약한지, 어떤 지점에서 폭발해버리고 마는지 잘 알고 있다. 그는 내가 참지 못하고 벌컥 문을 열 순간을 숨죽이며 기다리고 있다. 그러나 나는 휘둘리지 않을 것이다. 이희락의 진심에게 부지불식간 자리를 내주지는 않겠다는 말이다. 나는 조금씩 강해져가고 있다.

이 결혼에 반대합니다만

바그너의 오페라 〈로엔그린〉 제3막, 혼례의 합창. 이희락과 최진희도 이 평범한 행진곡이 울려 퍼지는 가운데 결혼식을 거행했다. 그러나 식장의 신부 아버지와 어머니는 밝은 표정이 아니었다. 신부의 어머니는 신랑 측에 정체를 알 수 없는 갓 쓴 노인과 이희락의 하숙집 주인 여자가 앉아 있는 것부터가 마음에 들지 않는다는 듯, 그쪽으로 시선이 갈 때마다 눈살을 찌푸렸다. 신부의 아버지는 작은 계기만 있어도 결혼식을 당장 뒤엎어버리겠다는 듯, 예식 내내 화난 표정을 풀지 않았다. 작은 도시에서 서로 알 만한 사람들끼리 모인 자리라 하객들도 그 내막을 모르지 않았다.

신랑이 고아나 진배없다고, 신부 아버지가 엄청 반대를 했다는고만.

신부가 애가 들어섰다는데 어쩔 거야? 자식 이기는 부모가 없지.

저 갓 쓴 노인들 수두룩하니 앉아 있는 것 좀 봐. 송천 이씨 가문의 종손이래.

사실 이희락을 먼저 좋아한 것은 아내가 된 최진희가 아니라 그녀의 친구 박명옥이었다. 소도시의 고등학교에 다니기 위해 거리가 먼 시골에서 온 박명옥은 같은 하숙집에서 살았던 내내 이희락을 쫓아다녔다. 그녀는 이희락 역시 자신을 좋아한다는 확신이 생겼을 무렵, 친구를 데려왔다. 첫사랑에 들뜬 소녀답게, 친한 친구에게 자신의 사랑을 자랑하고 싶었던 것이다. 그녀는 최진희를 다그쳤다.

말해봐라. 어떤데?

글쎄, 한 번 봐서 어떻게 아니? 잘생기긴 했더라.

지적이기까지 하지. 그 사람 영어책 읽는 거 들어보면, 까무러친다니까.

영어 잘하면 지적인 거니?

암튼, 나를 정말 좋아하는 게 맞겠지? 나를 놀리는 건 아니겠지?

너한테 관심 있어 보이긴 하더라만…….

근데 뭐?

아니, 사람이 좀…….

똑바로 말 좀 해봐. 바람둥이 같아?

글쎄…….

박명옥이 애가 타서 물을 때마다, 이미 딴생각을 품은 최진희는 애매하게 말끝을 흐리곤 했다. 두 사람의 우정은 오래가지 않았다.

오빠가 내가 좋다는데 어떻게 해?

박명옥은 이희락이 자신을 쫓아다닌 것뿐이라며 처지를 더 비참하게 만드는 최진희에게 욕을 퍼붓고는, 하숙집을 떠났다. 그녀는 끝까지 두 사람의 결혼을 저주했다.

가족이 없다시피 한 이희락의 양어머니 자격으로 신랑 측 부모 자리에 앉아 있는 이순영 역시 처음부터 두 사람의 만남을 반대했다. 그녀는 박명옥에게 놀러 온다는 핑계로 자신의 하숙집을 드나드는 최진희를 고운 눈으로 보지 않았다. 최진희는 빼어나게 예쁘지는 않아도 자신이 충분히 시선을 받을 만한 외모를 갖고 있다는 것을 아는 여자아이들이 흔히 보이곤 하는 태도를 갖고 있었다. 이순영은 최진희가 인사를 할 때도, 밥을 먹을 때도, 심지어 신발을 신거나 벗을 때도 자신에게 마땅히 가해지는 시선을 의식하고 또 즐긴다는 것을 알았다. 이순영이 보기에 최진희는, 그 '시선'에 우려스러우리만치 많은 의미를 두고 있었다. 그녀가 남들에게 자신이 결코 자신감을 갖고 있지 않다는 인상을 주기 위해 지나치게 겸손을 떨거나, 매번 제 친구들 중 누군가가 정말 예쁘다는 말을 하는 게 그 증거였다.

이순영은 최진희에게 치명타를 입히는 이가 이희락이 될 것임을 진작부터 알아보았다. 최진희는 주목당하지 못하는 것을 참을 수 없어 할 텐데, 사실상 이희락이야말로 그녀를 가장 주목하지 않을 사람이기 때문이었다. 이희락을 오래 봐온 이순영은 사람에 대한 그의 관심이나 다정함이 무관심이나 무정함과 크게 다르지 않다는 것을 알고 있었다. 두 사람의 결합은 불행을 자초할 터였다. 선한 그녀는 자신의 하숙집에서 두 사람의 인연이 시작되었다는 데에 막중한 책임감을 느꼈다. 그녀는 마지막까지 최선을 다해, 이희락에게 신중하게 생각해볼 것을 권했다.

아직 나이도 어린데, 더 생각해보지 그러니?

어머니, 걱정 마세요. 제가 다 알아서 해요.

그래도 그 아이가……

이미 결정했어요.

이순영은 더 이상 이희락을 말릴 수 없다는 것을 깨닫고 마음을 접었다. 끝까지 우려를 떨칠 수 없었지만, 기왕 결혼까지 하게 된 마당에 더는 군소리를 하지 않는 게 현명하다 여기고는 입을 닫았다. 이순영은 그간 불안하게 생각해왔던 모든 징후를 잊어버리고자 노력했고, 그 어떤 불행의 그림자도 이희락의 새 출발에 드리워지지 않기를 소망했다.

하지만 그녀의 간절한 바람은 결국 이루어지지 않았다. 어떤 일이 최악으로 드러날 때 사람들이 흔히 그러듯, 나중에 이순영도 두고두고 과거의 일을 곱씹으며 후회를 거듭했다. 자신의 하숙집에 남자와 여자를 섞어 받은 것을 후회했고, 대학에 간 박명옥을 내보내지 않고 계속 하숙생으로 두었던 것을 후회했으며, 자유롭게 친구를 데리고 오도록 허락한 것도 후회했다. 나아가 애초에 갓 쓴 노인들이 데리고 온 어린 이희락을 자신의 인연 안에 끌어들인 것도 후회했다(착한 그녀는 이희락의 등록금을 보조해준 일은 끝까지 후회하지 않았다). 그러나 이순영은 말년에 이르러 그 모든 후회보다 더 큰 후회를 하게 되리라는 사실에 대해서는 미처 알지 못했다.

아이를 많이 낳은 당시의 부모들이 대부분 그랬던 것처럼 최진희의 부모들도 최진희를 제대로 알지 못했다. 그들은 막무가내로 결혼을 하겠다는 딸을 이해할 수 없었다. 제법 큰 포목점을 운영하던 최진희의 아버지는 재산도 없는 고아에게 대학까지 보낸 딸을 순순히 주고 싶지 않았다. 재산이 아니었더라면 최진희의 아버지와 결혼할 이유가 없었던 최진희의 어머니도 반대하기는 마찬가지였다. 두 사람은 마지막 순간까지도 최진희를 뜯어말렸다.

거지 같은 놈이랑 결혼하면, 너만 죽도록 고생이다.

그깟 놈 만날 줄 알았으면, 대학도 안 보내는 건데……. 에고, 내 팔자야.

호적 파 가기 전에는 안 된다. 죽을 테면 죽어라.

하지만 옛날 사람답게 권위를 마구 휘두를 줄 아는 완강한 아버지나 길거리에 떨어진 동전 한 닢도 끝까지 포기하지 않는 어머니도, 최진희의 고집을 꺾을 수는 없었다. 머리를 깎아도 모자를 뒤집어쓰고 뛰어나가는 딸, 정말 죽어버리기라도 할 듯 식음을 전폐하기도 하는 딸을 더 이상 감당할 수 없었던 것이다. 게다가 임신했다며 살짝 부른 듯도 아닌 듯도 보이는 배를 들이미는데야 더 당해낼 재간이 없었다. 최진희의 아버지는 다만 '최씨 집안 고집인데 어쩌겠어?'라며 화를 돋우는 아내를 향해 재떨이를 집어던졌을 뿐이었다.

최진희는 친구와의 우정을 떠올릴 새도 없이 한순간에 이희락을 사랑하게 되었다. 그러나 '사랑한다고 생각했다'고 말하는 편이 더 타당할 것이다. 사실 지상의 그 누구도 사랑이 무엇인지에 대해 명확히 설명할 수 없다는 점을 감안할 때, 최진희가 느꼈던 감정 역시 정확히 사랑이라고 말할 수는 없다. 그저 일시적이고 단순한 호르몬의 분비작용을 경험했던 것뿐인지도 모른다.

어쨌거나 그 사랑은 경쟁자를 따돌렸다는 우월감 때문에 더욱 고취되었다. 그녀는 부지불식간 '사랑은 쟁취하는 것이다'가 아니라 '쟁취하는 것이 사랑이다'라고 생각하게 되었다. 최진희는 억울해하는 친구에게 미안해하지 않았다.

어쨌거나 결혼에 반대하는 자들이 그토록 많았음에도 불구하고, 그들은 결혼을 했다. 그러나 합창이 아니라 개성 강한 알토와 소프라노의 독창이 각자의 자리에서 울려 퍼졌다. 딴 딴딴딴, 딴 딴딴딴…….

누군가가 결혼행진곡을 방해하며 거칠게 문을 두드린다. 그렇다. 당신도 나도 알고 있는 그, 바로 이희락의 진심이다. 창밖은 눈으로 온통 하얗다. 나는 그에게도 피부 같은 게 있어서 반쯤 얼어 푸르뎅뎅해졌으면 좋겠다고 생각한다. 하지만 그런 일은 일어나지 않았을 것이다. 그를 안으로 들여야겠다. 충분히 냉정해지기도 했거니와, 어쨌거나 지금은 그가 필요하니 말이다.

안 그래도 문 열어주려던 참이야.

나 없이 최진희에 관해 이야기할 수 없을 거야.

그렇지 않다. 사실 나는 이희락을 아는 것보다 더 많이, 최진희에 대해 알고 있다. 그녀의 인생을 불행하게 만든 것은 결국 허영심과 거의 구분이 가지 않는 자존심 때문이었다. 나는 이희락의 진심 없이도 얼마든지 그녀에 관한 이야기를 할 수 있다. 다만 썩 내키지 않을 뿐이다.

도대체 이희락의 아내에 대한 얘기는 언제 할 거야?

내가 하고 싶을 때.

고집하고는!

이희락에 관해 당신이 알고 있는 걸 말해봐.

이희락의 진심은 의기양양해 보인다.

그가 최진희를 좋아했던 것은 맞아.

알아.

하지만 박명옥도 좋아했어.

그것도 알아.

피 끓는 20대였으니까, 누구든 좋아할 수 있었지.

천만에.

나는 반박한다. 이희락의 진심은 아직도 자신이 내게 드러내고 싶은 것만을 드러낼 수 있다고 생각하는 모양이다. 내가 얼마나 속속들이 그를 알고 있는지, 그만이 제대로 알지 못한다.

피 끓는 20대여서가 아냐. 20대를 지나고서도 이희락은 장승희를

사랑했고, 오재희를 사랑했고, 홍자영을 사랑했으며 딸뻘인 우경남,
김영순, 고은미 등도 사랑했지. 아, 친구의 아내였던 문인숙도 있구
나.

어쨌거나 진심이었어.

왜 아니었겠어?

나만을 사랑했다, 진심으로

작가는 나를 아무 데나 굴러다니는 허섭스레기로 매도한다. 그러나 나는 그것이 그의 두려움에서 기인한다는 것을 안다. 그는 '잡다한 것들로 미이라처럼 친친 몸을 감고 있는 진심'이라는 비난이 일정 부분 자신에게도 해당되지 않을까 싶어 무서운 것이다. 유약한 인간들은 언제나 그렇다. 자신이 갖고 있는 결점을 다른 이에게서 발견할 때 더 흥분해서 날뛰곤 하는 법이니까.

어쨌거나, 내게 그의 비난이나 평가 따위는 중요하지 않다. 나는 그저, 내가 하고 싶은 이야기를 할 뿐이다. 이희락에게 여자들이 많았던 것은 사실이다. 하지만 결코, 어떤 경우에도, 그가 먼저 여자들을 유혹한 적은 없었다. 그는 없는 마음을 포장하여 내비친 적이 없으며 언제나 진심으로 그들을 대했다.

박명옥은 나중에 평범한 회사원과 결혼을 하고서도 끝내 이희락을 잊지 않았다. 그녀는 볼살이 터질 듯했던 열일곱 살부터 팔자주름이 깊어진 나이에 이르기까지 한결같이 이희락을 사랑했다.

박명옥은 하숙집에 짐을 옮기자마자, 우나무노 소설의 주인공처럼 '보행자가 아니라 인생을 산책하는 자'로서 길을 나섰다. 소도시에서의 첫날, 집 안에만 있는 것은 어쩐지 스스로에 대한 예의가 아니라는 생각이 들었기 때문이다. 그녀는 아우구스토처럼 바지를 걷어 올리고 우산을 펼쳐 든 게 아니라, 하얀 양말에 종아리가 살짝 보이는 치마를 입고서 양산을 펼쳐 들었다. 햇볕에 무방비로 노출된 얼굴로 시골 출신임을 만천하에 알리고 싶지 않은 나이였기에, 또 이국적인 낭만을 꿈꾸는 사춘기 소녀였기에 양산으로 야무지게 해를 가렸던 것이다.

등나무 덩굴이 무성한 하숙집 대문 앞에 선 박명옥은 어디로 갈 것인지를 궁리하다가, 문득 영어책을 유창하게 읽는 남자의 굵은 목소리를 듣게 된다. 중학교에서 그녀의 골머리를 앓게 한 영어, 언제까지나 멀리하고만 싶었던 그 영어를 누군가가 멋들어지게 다루고 있었던 것이다. 박명옥은 그 소리가 여학생들이 거처하는 안채와 떨어진 자신의 하숙집 바깥채에서 난다는 사실에 흥미를 느꼈다. 소년이 아닌 '남자'의 음성이 등꽃 주위를 날아다니는 벌들의 소리와 어울려 묘한 화음을 만들어냈다(박명옥에게 그날의 볕과 이희락의 목소리는 평생 동안 노란 벌과 보랏빛 꽃의 이미지로 기억되었다). 결국 박명옥은 하얀 양산을 어깨에 가볍게 걸친 채, 소리가 들리는 담벼락을 따라 왔다 갔다 하는 것으로 최초의 산책을 마쳤다.

얼마 후 영어책을 읽던 남자를 직접 보게 된 박명옥은 어디까지나 담벼락 아래서의 상상과 환상의 연장선상에서 그를 사랑하게 되었다. 사실 터져버릴 준비를 완벽하게 갖춘 열기 어린 고교 소녀가 모종의 존경심을 품게 되면, 곧바로 사랑으로 이어지기가 매우 쉽다. 박명옥은 '첫눈에 사랑하지 않고 도대체 누가 사랑했다고 할 수 있을까?' 라고 했던 머로우의 말을 알지 못했으나, 그의 말처럼 첫눈에 사랑에 빠졌다.

박명옥은 영어 공부를 핑계로 적극적으로 그에게 다가갔다. 이희락은 그녀가 잘 모르는 영어 문법을 친절하고 유쾌하게 설명해주었다. 그녀는 이희락이 자신에게 치근대지 않아서 더욱 그가 좋았다. 사실 신기했다. 몸이 예뻤던 박명옥은 자신에게, 혹은 풍만한 자신의 몸에 호감을 보이지 않는 남자를 시골에서도, 도시에 나오고서도 본 일이 없었기 때문이다. 사실 그녀의 목적이 공부에 있지 않다는 것을 이희락이 눈치채기는 어렵지 않았을 것이다. 하지만 박명옥은 단 한 번도 귀엽다는 듯 볼을 꼬집거나 머리를 쓰다듬는 그의 행동에 사심이 들어가 있다고 느끼지 않았다. 그래서 그녀는 더욱 달아올랐다. 당시의 박명옥에게 이희락은 세상에서 가장 똑똑한 사람이었고 가장 신사적인 사람이었다(또한 여자의 육체에 무관심한 고상한 사람이었다).

박명옥은 대학마저 이희락이 다니던 지방대를 선택함으로써 어떻게든 자신의 사랑을 이뤄보고자 애썼다. 그녀는 이희락이 서울에 있는 대학에 충분히 갈 수 있었음에도 불구하고 어디까지나 경제적인 어려움 때문에 주저앉았다고 믿었다. 나중에 이희락 본인이 직접, 성적이 우수해서가 아니라 극빈곤층이어서 장학금을 받는다고 말해주었지만 그것도 크게 신경 쓰지 않았다. 박명옥은 이희락이 자신을 진심으로 사랑하고 있다는 사실만이 중요하다고 생각했다. 그녀는 심지어 이희락이 최진희와 결혼을 했을 때조차도 자신이 조금만 더 부자였더라면 결과가 바뀌었을 거라고 믿었다. 박명옥은 모든 것을 자기 몰래 딴마음을 품었던 최진희의 탓으로 돌렸다.

이희락과 4년 내내 같은 학교, 같은 과에 있었던 장승희는 박명옥과 최진희의 존재를 알고 있었다. 하지만 그녀는 그들이 말 그대로 풋내기 같은 감성으로 이희락에게 엉겨 붙어 있다고 여겼다. 장승희는 속을 털어놓는 친구에게 이렇게 말하곤 했다.

우린 성숙한 사랑을 하고 있어. 살과 살을 섞는 어른다운 사랑 말이야. 그는 나를 존중해. 자신만의 욕구를 채우기 위해 사랑을 가장하는 인간들이랑은 차원이 달라. 그가 나를 만나고 싶어 하지 않을 때는 자신이 여관비를 내지 못할 때뿐이었어. 그는 자존심이 세서 내가 여관비 내는 것을 싫어했지만 결국 함께 있는 게 더 중요하다는 내 말에 동의했지.

이희락은 대학에 다닐 무렵부터 더 이상 집안 어른들로부터 돈을 지원받지 못했다. 장학금을 받아 학교는 간신히 다녔지만 책을 사는 데 드는 돈과 하숙비 등 생활에 필요한 모든 돈을 스스로 벌어야만 했다. 하지만 이희락은 돈이 궁해도 그다지 궁하지 않은 것처럼 보였는데, 가난한 대학생치고 그만큼 쪼들리지 않는 모습을 보인 사람은 흔치 않았다.

그 사람은 우선적으로 지출해야 할 것을 모두 지출하고 밥 한 끼도 사 먹을 수 없을 때가 되면 애면글면 않고 그냥 굶었어. 술자리를 마다하지 않는 그였지만 자신이 살 수 없을 때 결코 누군가에게 억지로 빌붙으려고 하지 않았지. 나는 그런 점이 정말 마음에 들었어.

장승희는 자신도 넉넉지 못했지만 여자라고 해서 늘 남자보다 돈을 덜 써야 한다고 생각하지 않았다. 물론 그러한 관점은 그녀의 평생 이희락에게만 적용되었는데, 그것은 이희락만이 유일하게 그럴 만한 가치가 있어서였다. 장승희는 홀로 깨고 싶지 않은 아침에 대한 기대를 이희락에게 품었다. 그와 함께라면 지겹고 피곤한 계산 같은 것 없이도 세상을 살 수 있을 것 같아서였다. 이희락은 네 것, 내 것을 챙기며 신경전을 벌이게 만드는 좀스러운 남자들과 분명 달랐다.

장승희는 자신이 하필 졸업을 하는 시점에 그가 뒤늦게 군대에 가버린 것이 화근이었다며, 두고두고 당시의 선택을 후회했다. 그녀는 자신이 외로운 틈을 타 끈기 있게 졸라댄 지금의 남편이 아니었더라면 결코 이희락을 떠나지 않았을 것이라 말하곤 했다. 심지어 그녀는 말년의 이희락에 대한 이야기를 전해 듣고서도 그와 결혼을 하지 않아서 다행이라고 생각하기보다 불쌍한 그가 박복한 여자를 만나 인생이 재수 없게 풀린 것이라며 가슴 아파했다. 장승희에게 이희락은 더할 나위 없이 충실한 사랑이었다.

이희락과 같은 학교의 선생으로 있었던 오재희는 자신에게 떳떳할 수 없는 순간이 올 것이라고는 생각지도 않았던 사람이다. 그녀는 서울에서 직장을 다니는 애인이 있었는데, 몸이 멀어진다 해서 마음이 멀어진다면 그런 건 애초부터 진정한 사랑이 아니라고 믿는 부류였다. 그녀는 하찮은 정욕보다 마음과 마음으로 주고받는 견고한 사랑을 지향했다. 그래서 오재희는 자신이 이희락을 사랑하고도 한동안 결코 그것이 사랑일 리 없다고 생각했다. 그녀는 탄탄한 그의 몸에서 쓸모 있는 역할을 하고 있는 것으로 보이는 근육에 설레었을 때도 예술 작품에 대한 감동 비슷한 것 이상은 아니라고만 여겼다(이희락은 결코 근육질의 인간이 아니었고 헌칠하지도 않았다. 하지만 오재희는 그를 볼 때마다 미켈란젤로의 다비드 상을 떠올렸는데, 이희락은 가끔 재킷을 벗은 후 다비드처럼 어깨 뒤로 넘겨 한 손으로 쥐고 있곤 했다). 더군다나 이희락에게는 이미 가정이 있었으므로, 다른 사람도 아닌 자신이 그런 그와 자고 싶다는 생각을 하게 될 줄은 몰랐다.

하지만 어쩌면 그에게 아내가 있었으므로, 들리는 바에 의하면 매우 표독스러운 아내가 있었으므로 그를 사랑하게 된 것인지도 몰랐다. 오재희는 그에게 아내가 되어주고 싶었고 엄마도 되어주고 싶었다. 미친 게 분명하다고 자신을 나무랐지만 정신을 차리고 보면 이희락을 유혹하는 쪽은 오히려 자신임을 알 수 있었다. 그녀는 가르치는 학생들과 친구처럼 뛰놀고 웃고 공을 차는 이희락에게서 눈을 뗄 수가 없었다. 말썽이 잦은 학생의 머리를 겨드랑이에 끼고 장난스레 레슬링을 하는 그, 교사들 간 테니스 대회에서 우승컵을 안고 빙그레 웃는 그, 배구 시합에서 네트 위로 뛰어올라 스파이크를 날리는 그. 그 모든 것이 오재희를 미소 짓게 만들었고 종국에는 눈물 나게 만들었다.

오재희가 스스로를 나무라는 데 지쳤을 무렵, 자연스럽게 기회가 생겼다. 도 차원의 교원 연수에 공교롭게도 두 사람이 함께 가게 되었던 것이다. 그간의 고민과 망설임이 아무런 의미가 없을 만큼 간단히, 두 사람의 관계가 진척되었다. 이희락은 마치 오재희 스스로 다가오기를 내내 기다렸다는 듯이 부드럽고 따뜻하게 그녀를 맞았다. 오재희는 그와 함께 있을 때 전혀 죄책감이 들지 않고 편안해진다는 게 신기했다. 그녀는 이희락과 함께 있을 때마다 서울에 있는 애인이 분명 뭔가를 잘못했으며, 따라서 자신의 방황이 정당하다는 확신이 들곤 했다(물론 이희락과 함께 있지 않을 때면 그런 생각은 흔적도 없이 자취를 감추었으므로 그녀는 괴로워했다).

자연스러우면서도 신중한 이희락의 행동 덕분에 두 사람의 관계는 아무에게도 알려지지 않았다. 그는 늘 사람들이 알게 되면 자신보다 여성인 오재희가 더 다칠 거라며 용의주도하게 행동했다. 오재희는 대범하면서도 섬세함을 잃지 않는 그를 전적으로 신뢰했다. 사랑이 뭐 죄인가? 그렇게 말하는 듯한 태도로 이희락은 늘 당당했고 초조해하는 법이 없었다. 점차 오재희도 그녀의 마음을 무겁게 짓누르던 것들로부터 벗어났다. 그녀는 자신이 이희락을 좀 더 빨리 만나 그의 아내가 되지 못한 것을, 격렬한 사랑에 따르게 마련인 운명의 질투 때문이라 여겼다. 애인의 부모들이 결혼을 서두르지 않았더라면, 또 이희락이 만류하지 않았더라면 그녀는 어쩌면 예전의 그녀로서는 상상도

하지 못했을 과감한 선택을 했을지도 몰랐다. 이희락과 헤어진 후 오재희는 많은 날들을 추억의 힘으로 버텼다. 그는 그녀 인생에서 가장 아름다운 기억이었다.

꽤 규모가 있는 한식집을 운영하며 누구도 가늠할 수 없다는 부동산을 소유한 홍자영은 이희락에게 아들의 영어 과외를 맡기면서부터 그를 알게 되었다. 그녀는 자신이 돈이 많고, 때문에 어느 분야에나 영향력을 행사할 수 있다는 데 대해 이희락이 결코 아부를 하려 들지 않는다는 점에 매료되었다. 이희락은 당당한 척을 하는 사람이 아니라 실제로 당당했고 게다가 천진하기까지 했다(홍자영은 죽을 때까지도 그 부분에 대해 의심을 해본 적이 없었다). 홍자영은 그가 자신이나 자신의 아들에게 부지불식간 물처럼 부드러운 카리스마를 행사한다는 사실을 깨달을 때마다 놀라곤 했다. 그녀가 보기에 이희락은 어떤 일도 거부하는 법이 없었지만 동시에 결코 온전히 승낙을 하는 법도 없는 강한 사람이었다. 그는 늘 모든 것을 양보하는 듯 보였지만 언제나 자신이 원하는 자리에 확고히 자리할 줄 알았다. 홍자영은 그런 점이 재미있었고 그래서 자신도 모르게 이희락에게 끌렸다. 이희락은 흑심이라고는 조금도 느껴지지 않는 자연스러운 태도로 홍자영을 누님이라 불렀다. 그는 몸살이 났다는 홍자영의 어깨를 주물러주었고, 제대로 씻지도 않은 발을 스스럼없이 붙잡고 지압을 해주기도 했다.

홍자영은 대학은커녕 당장 고등학교 졸업도 기약할 수 없었던 자신의 아들이 이희락으로 인해 소위 사람 구실을 하게 되었을 때, 감사를 가장하여 사랑을 표현했다. 물론 그녀는 사랑을 고백할 때조차도 재계의 숨겨진 거물답게 위엄을 잃고 싶어 하지 않았다. 하지만 이희락은 그녀의 은밀한 노력을 순식간에 부질없게 만들었다. 그는 홍자영으로 하여금 자연스럽게 감정을 표현하는 게 전혀 부끄러운 일이 아님을 온몸으로 가르쳐주었다. 그녀는 20대 초반의 이희락 앞에서 소녀처럼 가슴이 뛰곤 하는 자신을 더 이상 제어하지 않았다. 그녀는 이미 여성호르몬이 급격히 줄어 면도를 하지 않고서는 수염을 숨길 수도 없는 나이에 이르렀지만, 자신이 그와 함께 있을 때 완벽한 여성이 된다는 것을 믿어 의심치 않았다. 이희락으로 인해 홍자영은 평생 처음 자신이, 남성들이 갈구하지 않을 수 없는 모든 것들을 갖고 있으며 그러한 점에 자부심을 느껴도 좋다고까지 생각하게 되었다.

홍자영은 유방암 수술이 재발해서 죽기 직전까지 그를 위해 할 수 있는 모든 것을 다했다. 그들의 관계는 이희락이 결혼을 하고서도 변하지 않았다. 홍자영은 이희락이 돌연 정계로 자리를 옮긴 것이, 자신의 영향력 때문에 가능했다는 소문이 돈다는 걸 알았지만 신경 쓰지 않았다. 그녀는 늘 그를 위해 뭐든 해주고 싶다고 생각했고 또 그렇게 했다.

홍자영이 너무 젊은 나이에 죽었다며 많은 사람들이 슬퍼했을 때 가장 슬퍼한 사람 중 하나는 이희락이었다. 이희락은 친누나나 친어머니가 죽어도 그럴 수 없으리라 여겨질 정도로 극진히 장례 절차를 돌봤다.

남편을 잃은 과부 문인숙은 이렇게 생각했다.

놀아볼 만큼 놀아본 젊은 여자들은 늘 더 신기한 것, 더 새로운 것을 사랑이라 여기는 법이고, 늙은 여자들은 자신도 모르게 불타오른 모성, 혹은 어설픈 동정심 따위를 사랑으로 착각하곤 하지. 자신에게 떨어질 이익을 생각하는 여자들이야 더 말할 나위 없고 말이야. 그들 모두는 입으로만 사랑을 외치다가 큰 고통 앞에서 언제 그런 일이 있었느냐는 듯 꼬리를 감추고 달아나버려. 유리창에 대고 분 입김의 흔적이 순식간에 사라지듯 말이야.

문인숙은 감당할 수 없는 슬픔의 와중에 강하게 결속된 자신과 이희락의 사랑을, 시시한 다른 관계들에 견줄 수 없다고 여겼다. 그녀는 이희락의 여자들에 대해 비교적 소상히 알고 있었다. 그것은 이희락과 친한 친구였던 남편이 한편으로 그를 부러워하고 다른 한편으로는 그를 질시하며 이런저런 이야기를 들려주었기 때문이었다. 어쨌거나 여복이 많은 놈이야. 남편이 그렇게 말할 때마다, 문인숙은 비꼬듯 대꾸하곤 했다. 도덕성이 없는 자죠.

그러나 남편이 갑작스레 세상을 떠난 후 문인숙은 남편도 자신도 잘못 말했다는 것을 깨달았다. 이희락은 오입질이나 하며 여자들의 뒤꽁무니를 쫓아다니는 한심한 인간이 아니었다.

남편의 장례식을 치르면서, 그리고 그 이후까지 변함없이, 가장 오래 울며 그녀와 아이들을 돌봐준 것은 이희락이었다. 문인숙은 다른 어떤 친지, 어떤 친구들에게서도 그와 같은 진심 어린 슬픔을 보지 못했다. 그는 이제 더 이상 아버지가 있지 않은 문인숙의 아이들에게 자진해서 아버지가 되어주었다. 처음에 문인숙은 그가 아이들을 데리고 낚시를 가고 공을 차고 공부를 도와주는 모습을 묵묵히 바라보기만 했다. 사실 그런 것들은 살아생전의 남편도 하지 않던 일이었다. 그가 내려앉은 선반을 고쳐주고 먼지 낀 창틀을 빼내 청소를 해주었을 때, 문인숙은 마음이 흔들리는 것을 느꼈다. 이희락이 낀 면장갑, 그가 사용한 장도리 등을 통해 그의 체온이 전해졌다. 사실 이희락은 정치를 하는 사람이었던 만큼 남의 집안일을 돌봐줄 만큼 한가한 지위에 있지 않았다. 하지만 그는 일찍 세상을 떠난 친구에게 해줄 수 있는 모든 것을 해주겠다는 듯 열과 성을 다했다.

문인숙은 이희락이 자신 몰래 쌀 한 가마니를 넣어두고 갔다는 사실을 안 어느 날 이후로 더 이상 그를 외면할 수가 없었다. 그것은 남편이 죽은 후 점점 가난해졌지만 그럼에도 불구하고 남에게 아쉬운 소리를 하지 못하는 문인숙을 배려한 행동이었다. 그녀는 쌀가마니를 부여잡고 울었다. 그리고 이희락을 위해서라면 무엇이든 할 것이라 결심했다. 그다음 만남에서 문인숙은 이희락과 부둥켜안고 울었으며 함께 남편을 추억했다. 그녀는 그의 애정에 어떤 형태로든 보답하고 싶었다.

내가 못 할 게 있겠어? 그가 원하는 것이라면 무엇이든 다 해주고 싶었어.

문인숙이 점점 욕심을 내어 이희락의 부인을 찾아가겠다고만 하지 않았더라면 그들은 더 오래 남편 아닌 남편으로, 아내 아닌 아내로 지냈을 터였다. 하지만 이희락은 자신의 가정을 깨고 싶어 하지 않았으므로, 어쩔 수 없이 그들의 관계는 막을 내렸다. 그녀는 한 가정의 가장으로서 책임을 다하려는 그의 고뇌와 인내심을 존중해주지 않을 수 없다고 생각했다. 그녀는 오래 발을 끊었던 절에 다시 다니기 시작했다.

모든 것을 잃은 이희락의 곁을, 그래도 거의 끝까지 지켰다고 할 수 있는 사람은 고은미였다. 고은미는 사투리를 고치지 못했다는 점을 빼고는 몸매도 외모도 빠지지 않는 제법 훌륭한 배우였다. 그녀가 원했다면 아버지뻘의 나이에 이른 이희락이 아니라 좀 더 괜찮은 사람을 사귈 수도, 혹은 결혼을 할 수도 있었을 터였다. 하지만 고은미는 세상 어떤 남자들보다 이희락이 자신에게 가장 어울리는 사람이라 여겼다.

고은미는 소위 '지방 극단의 일개 배우'가 가질 법하지 않은 고상한 이상을 품고 있었다. 진정한 순수 예술, 삶 전체가 예술이 되는 세상을 지향했던 것이다. 그러나 그녀는 지식이나 지혜, 잠재력에 있어서 스스로의 한계를 모르지 않았다. 그녀의 약한 시력으로는 예술의 빛을 똑바로 바라볼 수 없다고 생각했다. 고은미는 모호한 길을 장님처럼 더듬으며 안타까워했고 조바심을 냈다.

이희락은 분명 자신보다 나은 사람이었다. 그는 보이든 보이지 않든 앞으로 나아갈 줄 알았다. 그는 다른 예술가들이 체념하고 있거나 아예 생각지도 못한 것들을 마당 한가운데 던져놓을 줄 알았다. 자, 이것을 예술로 만들어보자. 고은미는 남들이 비웃는 그의 아이디어를 도전적이고 참신하다고 여겼으며 그의 도전 하나하나가 침체된 지방 예술계에 활력을 불어넣는다고 느꼈다. 그녀가 보기에 이희락은 타성에 젖은 지리멸렬한 다른 예술가들에게 자극을 줄 수 있는 유일한 사람이었다. 고은미는 그가 단순히 예술가를 후원하거나 여타 예술 활동을 장려해 표나 얻고자 하는 정치가가 아니라 인생 자체를 예술로 승화시키려는 사람이라 생각했다. 그러므로 〈주생전〉의 개작을 놓고 가장 열렬한 지지를 보냈던 것도 바로 그녀였다. 고은미가 아는 한 세상의 무관심 때문에 빛나는 재능이 묻혀버린 비운의 예술가가 있다면 그건 바로 이희락이었다. 그녀는 일찍 하얗게 세어버린 그의 머리카락이 남들보다 뛰어난 그의 영감을 증명한다고 여겼다. 그러므로 그와 나이 차이가 얼마가 나든, 그가 유부남이든 아니든 하는 것은 전혀 문제가 되지 않는다고 믿었다. 그래서 그녀는 나중에 더 이상 그를 찾지 않게 되었을 때도 결코 과거의 마음까지 부인하려 들지는 않았다.

우린 같은 영혼으로 한 곳을 바라보았어. 사랑하는 사람끼리 그런 것을 공유할 수 있다는 것은 행운이지. 그는 영원한 나의 아도니스야.

작가의 얼굴은 우거지 죽상이다. 질에 놀란 것일까? 양에 놀란 것일까? 나는 신이 나서 말한다.

이희락은 모두와 완벽한 사랑을 나눴어. 여자들 중 누구도 이희락을 원망하지 않았다니까?

이희락은 늘 가까운 사람들의 피를 짜내 다른 이들을 먹여살렸어. 도대체 왜 그랬을까? 왜? 연예인처럼 대중의 인기가 중요해서?

비약하지 말라고. 그냥 많은 여자들이 이희락을 진심으로 사랑했다는 이야기를 한 것뿐이야.

그들도 진심이었고 이희락도 진심이었으니, 아무 문제 없었다는 거야?

뭐가 문제지? 우리가 살고 있는 이 지구에는 공식적으로 아내가 여럿일 수 있는 나라, 근친상간으로 혈통을 이어가는 나라, 동성끼리의 결혼은 물론 그 가정의 아이 입양까지 허락하는 나라들로 넘쳐. 초경도 하지 않은 어린 여자애와 어린 남자애를 합방시키던 시절도 있었고, 남편 혹은 아내 외에 애인을 여럿 두는 게 자랑인 시대도 있었어. 그런 일들이 누군가에게 상처를 줄 수도 있겠지. 하지만 상처 주지 않고 일어나는 일들이 있는 줄 알아? 유기농 채소만 길러도 누군가에게 해를 끼칠 수 있는 세상에 우리가 살고 있다고.

작가의 얼굴이 풀을 잘못 먹인 벽지처럼 우그러진다.

그래, 당신 말이 다 맞을지도 몰라.

하지만 그가 너무 순순히 인정하자 갑자기 당황스럽다. 작가가 이렇게 나오면 신도 나지 않는다.

이봐, 왜 그래?

…….

왜 그러는 거냐고.

…….

넌 결국 그 정도였던 거야. 넌 애초에 내 상대가 되지 않았어.

나는 화가 나서 소리를 지른다. 왜 화가 나는 것인지 나 자신도 이해가 가지 않는다. 작가가 어깨를 늘어뜨린 채 밖으로 나간다.

약한 놈, 멍청한 놈, 도대체가 가망이 없는 놈!

나는 크게 소리를 지른다.

전설이 되다

이희락의 진심이 맞게 말했는지도 모른다. 나는 여전히 약한 놈, 멍청한 놈, 도대체가 가망이 없는 놈일지 모른다.

…….

…….

…….

나는 더 이상 나가지 못한다. 뜨거운 우유를 넣은 커피를 마시고, 담배 한 대를 필터 끝까지 피우고, 다시 커피 한 잔을 내렸는데도 이상하게 기운이 나질 않는다. 나는 이 순간, 위로가 무엇인지 제대로 아는 누군가가 나타나 아무 말 없이 잠시 나를 안아주면 좋겠다고 생각한다. 내가 녹초가 된 이 순간에 세상의 단 한 명만이라도 내 곁에 있어주기를 바란다. 그러나 그런 일은 일어나지 않을 것이다.

나는 이희락의 진심에게 더 이상 휘둘리지 않겠다고 다짐했지만 또 다시 얼마간 자신감을 잃었음을 시인하지 않을 수 없다. 다른 누구도 아닌 그가 내 치부를 보고 있다는 사실이 나를 망연자실하게 한다. 이희락의 진심이 슬그머니 내 눈치를 보며 다그친다.

무덤에서 포대기까지 내려가려면 이제 학창 시절 얘기를 해야겠네. 어서 해. 이전처럼 상황을 여러 관점으로 풀든, 또 다른 새로운 방식을 쓰든, 해보라고!

나는 이미 무기력해졌지만 무기력해졌음을 들키고 싶지 않아 천천히, 또박또박 말한다.

이전에 썼던 방법을 그대로 또 쓰고 싶지 않아. 이 이야기는 무엇보다(나는 강조하기 위해 일부러 뜸을 들인다), 가장 기본적으로는 말이야, 나 자신을 위해 시작한 거야. 똑같은 구조를 여러 번 만드는 지루한 방식으로 나를 괴롭히지는 않을 거야.

흠.

한숨인지 감탄사인지, 아니면 그저 의미 없는 한 글자일 뿐인지 알 수 없지만, 어쨌든 '흠'이라는 단어가 내 신경을 긁는다. 거기에는 거짓말인 줄 뻔히 알지만 그냥 참고 들어주겠다는 자신의 입장을 내가 모르지 않도록, 하지만 대놓고 기분 나빠할 수는 없게끔 교묘하게 발톱을 감추는 듯한 기운이 서려 있다. 나는 할 수만 있다면, 그를 향해 튼튼하게 구워진 벽돌을, 서서히 신음하며 죽게 만드는 게 아니라 단번에 끽, 소리도 못하고 죽게 만들 수 있는 단단한 벽돌을 던져버리고 싶다. 그러나 아직 그래서는 안 될 것이다. 이희락의 진심은 결국 어느 지점까지는 내 곁에 있어야만 할 것이다.

갈피를 잡지 못한 것이 사실이다. 나는 선거 패배 후의 이희락에 대해 여러 관점으로 볼 수 있다는 이야기를 이미 한 상태이다. 그러므로 그런 결과가 생기기까지 또한 여러 방식으로 사건들이 이해될 수도 있다고 이야기를 하는 게 쉬울 것이다. 하지만······.

그냥 내가 이야기를 하도록 하는 게 어때? 이러다 날 새겠어.

그의 목소리에 뜻을 세운 청년 같은 조바심이 묻어난다. 이희락의 진심이 나보다 훨씬 젊어 보인다. 나는 내게서 얼마간 에너지가 사라졌다는 사실을 인정하지 않을 수 없다. 차바퀴에 깔려 납작해진 맥주 캔처럼 보이기는 싫지만, 내 글을 위해 잠시 물러나 있기로 한다. 어쨌거나 이희락의 진심이건 누구의 진심이건, 결국 진심이란 것을 도외시할 수는 없을 것이다.

갈팡질팡, 우유부단한 작자들이야말로 가장 미련한 인생을 사는 자들이다. 물론 본인들의 길에서 가장 고달픈 건 그들 자신이다. 마치 길을 가는 중에 실수로 흘러내린 오줌 때문에 축축해진 가랑이를 느끼면서 걷지도 않지도 못하고 엉거주춤하게 서 있는 꼬마 아이처럼 말이다(다 커서도 그럴 수 있다는 것을 안다. 하지만 그런 경험을 떠올리게 될 사람들의 얼굴이 갑자기 붉어지고, 때문에 분위기가 산만해지는 것을 나는 원하지 않는다. 그러니 그냥 아이라고 하자). 만약 방광의 수축을 최대한 억제하고 골반 근육에 강한 힘을 줄 수 있어 나오던 오줌을 멈출 수 있다면 아이는 어떻게든 걸음을 옮겨 안전하게 수습을 할 수 있는 집까지 갈 수 있을 것이다. 하지만 한 번 열린 요도를 닫을 수 없을 정도로 모든 근육이 풀려버린 상태라면, 아이는 포기하고 자리에 주저앉아 제대로 된 절망을 체험할 것이다.

작가는 아이가 아직 두 가지 중 한 가지를 선택하기 전, 그러니까 나오던 오줌을 간신히 멈추기는 했으나 계속 그럴 수 있을지 어떨지 자신하지 못하는 상황에 멈추어 있다. 그러니 나는 그런 작가는 내버려두고 그 틈에 얼른 이희락의 의동생 오정훈에 대해 이야기해야겠다. 그는 사실상 형제가 없는 이희락의 옆을 가장 오래 지킨 사람 중 하나이고 끝까지 곁을 떠나지 않은 거의 유일한 사람이었다.

소주 한잔 하실래요?

오정훈은 지금 당신에게 묻고 있다. 그래, 당신. 지금 이 글을 읽고 있는 당신 말이다. 형체도 없는 나와 술을 주고받을 수는 없지 않은가? 그는 이희락을 떠올리면서 그러지 않을 수 없다는 듯 보기에 따라서는 극적으로 보일 수도 있는 손동작으로 술병을 집어 든다. 작은 초록색 병과 병으로부터 떨어져나간 마개는 그 순간에 딱 어울리는 서민적인 비애감을 연출한다. 당신은 골뱅이 무침이 나올 때까지 좀 기다렸다 마시라고 말하고 싶겠지만, 그가 그 말을 듣지 않을 것을 알기에 입을 다문다.

난 희락 형보다 한 해 후배였소. 그 일이 아니었다면 잘나가는 형하고 시시한 내가 엮일 일은 전혀 없었을 거요. 형은 상고에 왔지만 본래도 공부를 잘했고 싸움도 잘했고 친구도 많았소. 나는 뭐, 집도 못 살고 공부도 못하고……. 사실 딱히 상고 갈 일도 없었죠. 연탄 장수 하는 아버지가 마구 패면서, 그래도 상고라도 나와야 되지 않겠느냐고 소리소리 질러서 할 수 없이 학교나 마치자, 뭐 그런 생각으로 다니고 있었던 거요. 근데 1학년 되고 얼마 안 돼서 청소하고 좀 늦게 집에 가다가 학교 앞에서 어슬렁거리는 깡패들한테 걸려버리고 말았소. 좋은 신발 있으면 뺏어가버리고 삥도 뜯고, 왜 그런 애들 있잖소? 평소에는 나처럼 별 볼일 없어 뵈는 놈은 건드리지도 않는데, 그날은 다른 데서 소득이 없었던지, 그냥 운이 그랬던 건지, 여러 놈이 나를 둘러싸고 뭐든 내놔봐라 하잖았겠소. 하지만 내놓을 게 있어야 내놓지. 책도 전부 헌책방서 산 거고, 옷이고 신발이고 돈 되는 건 없었으니까……. 나는 아무것도 없는 죄로 맞았소. 지들이 건진 게 없어 화가 나서 그랬는지, 아니면 어디 다른 데서 뺨 맞고 분풀이할 데가 없어서 그랬는지는 모르지만 아무튼 그날 나는 죽기 직전까지 맞았소.

그때 이희락이 등장했다. 이희락은 여남은 명이나 되는 그들 중 대장으로 보이는 녀석에게 다짜고짜로 덤벼들었다. 심사비만 내고 얼렁뚱땅 딴 검은 띠가 아니라 진짜 태권도 4단의 실력을 보유한 이희락이 덩치 큰 녀석을 완전히 제압하기까지는 채 10초도 걸리지 않았다. 그는 덩치를 깔고 앉아 팔을 뒤로 꺾은 채, 겁을 집어먹은 그를 노려보며 말했다.

빨리들 흩어지라고 해라. 경찰 오고 있다.

기선을 제압당한 덩치는 수적으로 자신들이 우세하다는 사실을 떠올릴 만한 기력이 없었던지, 아니면 정말 경찰이 무서웠던 건지 다급하게 해산을 명령했다. 오정훈은 구조되었고, 그날 이후 영원히 이희락의 동생이 되었다.

우리 형은 그야말로 전설이었어요, 전설. 낙엽 밟히는 가을날의 전설. 험상궂은 그놈들을 그리 빼빼 마른 몸으로 돌려 차고 날아 차고…… 우리 형, 참말 대범했소. 환상이었다니까요, 참말.

당신은 그의 말이 참말이 아니라는 것 정도는 눈치챌 수 있을 것이다. 이희락에게 나름 싸움의 기술이 있었던 것은 맞지만, 어디까지나 영리하게 대장격인 녀석의 팔을 재빠르게 꺾어서였지 무술이 우수해서였던 것은 아니기 때문이다(보시오, 작가여. 나는 인정할 것은 인정한다네). 그의 진심인 내 기억으론 이희락도 그다지 자신이 있어 그 상황에 뛰어든 것은 아니었다. 다만 그는 그 순간에 그러고 싶었고, 또 어떻게 하면 기선을 제압할 수 있는지 알고 있었을 뿐이었다. 게다가 그에게는 따로 믿는 구석도 있었다.

어쨌거나 이희락이 그날 오정훈을 구해낸 것은 사실이었고, 삼삼한 볼거리, 이야깃거리를 만든 것도 맞았다. 보복이 두렵지 않았겠느냐고? 보통 사람이라면 당연히 두려웠을 것이다. 아무리 시시하고 무식하다 해도 명색이 건달 혹은 깡패니, 패거리를 몰아 다시 이희락을 치러 올 수도 있었을 것이기 때문이다. 하지만 그들은 그러지 못했고 이희락은 이미 그러리라는 것을 알고 있었다. 앞서 나왔던 이희락의 씨름부 시절 이야기를 기억하는 당신이라면 왜 그런지 유추할 수 있을 것이다. 그러나 기억해내지 못했다 하더라도 자책하지는 말았으면 좋겠다. 기억이든 진심이든 시간과 상황의 담보물일 뿐인 경우가 허다하니까 말이다.

아무튼 이희락은 그의 옆으로 스무 명쯤 세울 수 있는 씨름 선수들의 덩치에 힘입어 보복을 면할 수 있었다. 씨름 선수가 그렇게 대단하냐고? 텔레비전에서 본 백두급 시합 장면만을 연상하면서 씨름 선수들이 뚱뚱하고 둔하리라 생각하면 오산이다. 그들은 예상 외로 민첩하고 상상 이상으로 강하다. 씨름 선수들에게는 일단 아무런 기술이 없어도 사람을 집어 올릴 수 있는 메가톤급의 힘이 있고, 누군가가 발길질을 해대도 끄떡하지 않을 맷집이 있기 때문이다(실수든 우연이든 그런 몸에 부딪혀본 일이 있는 사람이라면 출렁이는 그 살들이 결코 지방으로만 이루어지지 않았다는 사실을 알 것이다). 복수를 할까도 생각했던 패거리들은 고교 씨름부로 있는 이희락의 친구들 대부분이 중학교 시절에 유도나 태권도 등 무술을 익혔다는 사실을 알고서 마음을 접었다. 게다가 이희락은 그 겨울에 졸업을 해버렸다. 덩치들은 분했지만 조용히 그 사건을 잊을 수밖에 없었다.

씨름부들 덩치가 산만 해도 우리 형 한마디에 모두 죽어버리곤 했어요, 그때는. 체구가 작긴 해도, 희락 형은 진짜 거인이오, 거인.

오정훈은 지금 화려했던 한때를 떠올리며 추억에 젖어 있다. 이희락이 졸업을 해버린 후 기회를 노렸던 패거리들에게 다시 흠씬 두들 겨 맞았을지라도(오정훈은 한 번 맞고 끝났을 것을 이희락으로 인해 한 번 더 맞게 되었다는 사실 따위에 마음을 쓰지 않았다), 또 이희락 의 말년에 함께 엮여 당한 고통이 극심했을지라도, 지금 그는 옛날 을 떠올리며 마냥 행복해한다. 그것은 단순히 오래오래 묵은 기억이 어서가 아니라 그 후 자신의 말로 덧입고 살찌워져 비대해진 기억이 기 때문에 더 그러하다. 단순한 사실만이 아니라 오정훈의 모든 가치 관과 삶의 여정이 고스란히 녹아든 그 묵직한 기억에 눌려, 사실 그는 머리카락 한 올도 뺄 수 없는 처지이다. 끝까지 이희락을 떠날 수 없 었던 오정훈에게는 결코 수정될 수도 수정되어서도 안 되는 기억인 것이다. 그러니 당신, 멍하니 있지 말고 어서 그의 잔을 채워주시게. 그는 지금 술이 필요하다네.

오정훈의 과장된 이야기는 다음 날 더 크게 부풀려져 학교에 퍼졌 다. 10 대 1 혹은 13 대 1, 나중에는 결국 15 대 1이 되어버린 70년 대 전은 사실보다 환상을 좋아하는 그 또래 학생들의 자유로운 첨삭에 힘입어, 그야말로 전설이 되었다. 이단 옆차기, 턱뼈, 후려차기, 칼, 제압, 후광, 그리고 무엇보다 피……. 오정훈은 신이 났고, 태어나서 처음으로 받아보는 또래들의 시선에 들떴으며, 점차 스스로의 이야 기에 도취되고 말았다. 시간이 지날수록 그가, 이희락이 자신을 도왔 다는 사실에 더 감동한 것인지, 그 사건으로 인해 자신이 사람들의 관 심을 받게 되었다는 사실에 더 감동한 것인지 분간할 수 없게 되었다.

어쨌든 그날 이후 오정훈은 그대로 이희락이 되었고, 그 후로는 결코 이희락 없는 자신의 삶을 상상하지 못했다. 축제처럼 신나는 그 감정은 제대로 된 호의 같은 것을 받아본 일 없이, 세상에 주눅 든 채로만 살아왔던 10대 소년 오정훈에게 너무도 깊이 각인되었던 것이다. 그리하여 그는 이희락의 의동생을 자처했고 그 어떤 경우에도, 심지어 이희락이 어이없는 말년을 맞이하고서도 그의 옆에 있었던 것을 후회하지 않았다.

이제 당신은 파로 뒤덮여 있는 무침 사이에서 커다란 골뱅이 하나를 찾아 작은 호의를 잊지 못하는 오정훈에게 권하라. 잘못 잘려 길게 이어진 파채처럼 계속, 그에게서 이야기가 쏟아져 나올 것이다.

우리 형이 공부는 또 얼마나 잘했는지 아시오? 형처럼 영어를 잘하는 사람은 본 적이 없소. 우리 학교에는 자기 아버지 사업체를 이어받기 위해 꽤 잘사는 집안의 애들도 오곤 했는데, 집에서 과외 수업 받는 그들도 희락 형을 따라가진 못했다니까요? 희락 형이 뭐라고 꼬불랑꼬불랑 하면 어찌나 멋있던지! 그러니 상고 졸업하고도 대학을 갈 수 있었던 거요. 지방대긴 해도 장학금 받으면서 학교를 다녔지요. 마크인가 마카인가 하는 교수가 우리 형을 얼마나 챙겨줬는지 몰라요. 그 사람 미국 돌아갈 때 어떻게든 우리 형 데리고 가고 싶어 했어요. 그때 그 여자가 안 붙잡았으면 희락 형은 미국에서 교수 되서 떵떵거리고 살았을 텐데……. 최진희 그 여자가 울고불고 하는 바람에 그만 주저앉고 말았죠.

그건 얼마간 사실이었다. 마크 애비가일은 당시 지방에 몇 안 되던 외국인 교수 중 한 사람이었는데 유난히 이희락을 아꼈다. 한국을 떠나고서도 교수는 매년 크리스마스마다 이희락에게 잼이나 쿠키 등을 보내며 안부를 물었고 그를 그리워했다. 이희락이 영어를 잘해서? 그럴 수도. 이희락이 쓰러져도 오뚜기처럼 다시 일어나는 풀뿌리 근성을 가진 기특한 한국인이라서? 물론, 그럴 수도.

그러나 이희락이 최진희 때문에 미국으로 갈 수 있는 기회를 버렸다고 믿는 것은 오정훈의 착각이다. 이희락은 언제나처럼 그 시기에 자신이 가장 하고 싶은 일을 했을 뿐이다. 나, 이희락의 진심은 남을 속이지도 않지만 자신을 속이는 법도 결코 없다. 나는 진실만을 말할 것이다. 달리 내가 진심이겠는가!

이쯤에서 이희락의 진심인 내가 한잔해야겠다. 그러나 나는 그럴 수 없군. 당신이 대신 한잔해야겠다. 오정훈은 벌써 취했다.

이리 될 줄 알았으면 말이오. 교수를 따라가는 게 나았을 거고, 그냥 계속 교편을 잡는 게 나았을 거고, 정계에 발 같은 거 들이지 않는 게 나았을 거요. 우리 형처럼 순수한 사람은 애초에 정치 같은 더러운 짓거리랑은 어울리지 않았단 말이오.

당신도 오정훈 같은 동생 하나 있었으면 좋겠다고 생각할지 모르겠다. 어떤 계기로 촉발되었든 또 어떤 과정을 거쳐 왔든, 이희락에 대한 그의 신뢰는 절대적이다. 하지만 그는 원래 술이 센 인간이 아니다. 이제 오정훈의 말은 모두 주사다.

우리 형이 학교 선생으로 있을 때 얼마나 인기가 많았는지 아시오?

15 대 1, 그 전설 때문에 애들이 알아서 기기도 했지만…… 아무튼 희락 형은 그 애들을 끝까지 사랑으로 대했소. 애들하고 공 차고 애들하고 밥 먹고 애들하고 친구처럼 그리 허물없이 지냈던 교육자가 바로 우리 형이었소. 희락 형은 정치한다는 놈들이 너나없이 뒷돈 받아 챙길 때도 그런 걸 할 줄 몰랐소. 겉으로 생색내면서 뒤로 자기 살 궁리하는 게 정치라는 걸 대놓고 무시한 우리 형은 뭐든 생기기만 하면 남 갖다 주기 바빴어요. 암것도 쟁여놓은 게 없었죠. 선거에 나가지만 않았어도 이리 되지는 않았을 것을, 이리 패가망신하지는 않았을 것을……. 이리 허망하지는 않았을 거란 말이요, 이리…….

암, 암. 그렇고말고. 그러나 전설은 이것으로 충분하다. 이제 당신은 잔에 따르다 흘린 소주와 안주 그릇 옆에 떨어진 벌건 양파 위로 머리를 누인 오정훈을 집에 보내주어야 한다. 그는 지금부터 밤새도록 같은 말만 주억거릴 것이다. 자신 있으면 더 앉아 있어도 좋겠지만 나라면 빨리 택시를 부르겠다.

이제 바지에 오줌을 지린 아이가 정신을 차리고서 의젓하게 수습을 했는지, 아니면 그 자리에 퍼질러 앉아 통곡을 했는지 알아보아야겠다. 간신히 기력을 회복한 듯 보이는 작가가 내 앞에 앉아 있다. 그는 오정훈이 쏟아낸 이야기들이 마음에 들지 않는 눈치다. 어떤 식으로든 제대로 시원하게 소변을 못 본 것임에 틀림없다.

원래 천 원을 받아야 하는데, 그걸 모르고 백 원 받았다고 좋아하는 사람들이 있지.

이희락은 돈 같은 거 안 줬는데?

그런 말이 아닌 줄 알잖아. 이희락은 건달들과 싸우는 그 순간을 그냥 즐긴 것뿐이야. 오정훈을 위해서가 아니었다고.

어쨌든 오정훈을 도와주었지. 그에게는 이희락이 영웅이었어.

그건 오정훈이 자신을 위해 스스로 만들어낸 전설에 불과해.

그렇게 비딱해서 어떻게 글을 쓰나?

비딱하지 않고 어떻게 글을 쓰지? 아무튼 이희락을 정말 싫어한 인간도 있었어.

꼬마 시절 친구 말이야?

그래, 큰 희락. 그는 이희락과 이름이 같다는 것을 자신의 인생에서 가장 재수 없는 일로 여겼지.

기억이 안 나는데?

능청 떨지 마.

정말로 기억이 안 나. 당신이 제대로 얘기를 해보든지.

바라던 바야.

대결

이희락과 이희락은 같은 초등학교를 다니고 있었다. 사람들은 재미있어 하면서 두 사람을 큰 희락, 작은 희락으로 나누어 불렀다(작은 희락이 우리의 이희락이다). 물론 덩치의 차이에 따라 붙인 이름이었다. 큰 희락은 자신의 신체적인 결함, 예를 들면 살짝 찢어진 눈이라든가 비정상적으로 구부러진 귀 등을 집어내어 별명을 만들지 않은 것이 그나마 다행이라 생각했다(물론 남들은 아무도 그렇게 생각하지 않았지만, 큰 희락 본인은 자신의 눈과 귀 때문에 고민이 많았다). 어쨌거나 그는 자신과 이름이 같은 누군가가 있다는 사실이 못내 불편했다.

작은 희락은 전혀 불편해하지 않았다. 그는 기꺼이 큰 희락을 큰 희락으로 불렀고 자신을 작은 희락이라 칭했다.

희락아! 큰 희락! 아, 잘못 말했다. 희락아, 작은 희락아!

아이들이 그렇게 놀릴 때에도 작은 희락은 눈살 한 번 찌푸리지 않았다. 그는 실없이 웃는 아이들을 따라 웃었다. 그리고 이름이 같은 희락이 자신의 가장 친한 친구라도 되는 양 친근하게 굴었다. 그는 큰 희락을 큰 희락으로 부르는 게 즐거운 듯 보였다. 큰 희락은 공짜로 술빵을 얻어먹은 것처럼 기분 좋아 보이는 작은 희락을 보지 않을 수만 있다면, 술빵 따위는 기꺼이 포기할 수도 있을 것이라 생각하곤 했다. 그는 이름이 같은 이희락이 마음에 들지 않았다. 초등학교를 졸업할 때까지 내내 이름 때문에 사람들의 주목을 받고 놀림받을 생각을 하면 미칠 것만 같았다. 그들은 이제 겨우 2학년이었다.

생각다 못한 큰 희락은 어느 날 작은 희락을 불러냈다. 희락 둘이 같이 있다고 또 놀려댈 친구들을 피해 학교 근처의 뒷산까지 올라갔다.

너 전학 가면 안 되나?

우리 집이 여기 있는데 전학을 어떻게 가?

난 니가 정말 싫다.

난 니가 정말 좋은데? 왜 내가 싫어?

큰 희락은 이름이 같은 것부터 시작해 모든 면이 싫다고 말하고 싶었지만 굳이 또 한 번 이름을 들먹이고 싶지 않아 잠자코 있었다. 게다가 어떻게 모든 면이 싫은지 일일이 설명할 수도 없었다(큰 희락은 사실 작은 희락이 자신보다 작고 말랐음에도 불구하고 더 산수를 잘하고, 더 달리기를 잘하며, 더 아이들과 잘 어울린다는 게 싫었다. 무엇보다 이름이 같은 누군가가 있는 상황을 전혀 불쾌해하지 않는다는 점이 싫었다. 하지만 그는 구차하게 이런 것들을 설명하고 싶지 않았고, 조리 있게 설명을 잘 할 수도 없었다). 그는 애꿎은 땅을 발끝으로 쿡쿡 파댔다.

아무튼 너 전학 좀 가라.

우리 집이 이사 가지 않는 한 안 될걸? 나도 그렇게 해주고 싶긴 하지만, 이사는 나만 가는 게 아니잖아. 그냥 니가 전학을 가.

큰 희락은 억지를 부려서라도 작은 희락을 없애버리고 싶었다. 그는 몇 날 며칠을 고민해서 얻은 한 가지 제안을 했다. 큰 희락의 생각으론, 결코 작은 희락이 감당할 수 없는 일이었다.

내기에서 지는 쪽이 무조건 전학 가는 거다.

질 리가 없다고 생각한 작은 희락은 큰 희락의 제안을 흔쾌히 받아들였다.

두 사람은 붓글씨를 써야 하는 아침 자율학습 시간에 몰래 학교에서 나와 마귀 할멈이 산다는 집이 보이는 나무 뒤에 숨어 있었다. 늙은 여인은 동네의 떠돌이 고양이를 잡아다가 삶아 먹는 것으로 알려져 있었다. 지병을 고치기 위해서라지만 사람들은 마녀처럼 고양이를 먹는 노파를 고운 눈으로 보지 않았다. 아이들은 노파에게 욕을 퍼붓기 위해 일부러 그 집 앞을 지나다니기도 했고, 자지러지는 비명과 함께 단지 도망 다니는 쾌감을 맛보기 위해 근처를 기웃거리기도 했다. 이런저런 말들이 많았지만 실제로 고양이의 껍질을 벗기는 장면을 목격한 아이들은 없었다. 모두 어른들, 아이들에게 그런 이야기를 들려줌으로써 자신이 대단히 힘이 세고 지혜로운, 어른다운 어른이된다고 믿는 그런 부류의 어른들의 입을 통해 들은 이야기일 뿐이었다. 그러나 그날 두 아이는 소문이 사실이었음을 확인했다.

숨어 있는 동안 큰 희락과 작은 희락은 노파가 고양이 손질하는 소리를 모두 들었다. 가끔 뼈 따위를 쪼개는지 둔탁한 소리가 나기도 했지만, 기대했던 고양이 울음소리는 들을 수 없었다. 산 채로 고양이의 껍질을 벗긴다는 소문은 일단 거짓임에 분명했다. 숨어 있던 큰 희락은 노파의 손질이 끝났다고 여겼을 때 잠시 망설였다. 죽은 고양이를 본다는 게 결코 유쾌하지 않을 것이기 때문이었다. 하지만 그는 작은 희락을 이기기 위해 큰 용기를 냈다.

큰 희락은 작은 희락의 손을 급작스럽게 잡아 끌었다. 담이랄 게 없는 집이라 두 아이는 거대한 솥을 사이에 두고 노파와 마주 보게 되었다. 노파가 놀랐는지, 낮은 소리로 욕지거리를 내뱉었다. 묵직한 살덩어리가 아홉 살 두 아이의 눈앞에 드러났다. 그것은 마치 살아 있는 세포로 충만한 듯 이상한 질량감을 가지고 있었다. 그렇게 길었나 싶게 축 늘어진 몸이며 쾽하게 비어 있는 눈구멍이 두 아이의 기를 질리게 하기에 충분했다(큰 희락은 노파가 틀림없이 고양이의 눈알을 사탕처럼 입에 넣고 굴려 먹었으리라 생각했다). 큰 희락은 용기를 내기 위해 안간힘을 썼다.

노파는 갑작스런 아이들의 출현에도 불구하고 하던 일을 멈추지 않았다. 그녀는 끓는 물을 휘휘 저은 후 분홍색의 살덩어리를 집어 들었다. 큰 희락은 자신의 손을 통해 축축해진 작은 희락의 손을 느꼈다(두 사람은 다정한 친구가 되기라도 한 것처럼 아직도 손을 잡고 있었다). 큰 희락은 드디어 작은 희락을 멀리 쫓아버릴 수 있을 것 같았다. 그 기대 때문에, 그는 다리가 후들거리는 공포감에도 불구하고 안간

힘을 썼다. 높은 곳에서 뛰어내리기 직전처럼 간질간질한 느낌이 들었다. 이제 곧 작은 희락은 오줌을 지리면서 도망치고 말 터였다. 큰 희락은 자신들을 노려보는 노파의 불투명한 회색 눈으로부터 징조를 읽어내기 위해 바짝 긴장하고 있었다.

마침내 노파는 자신의 빨간 고무장갑보다 더 붉은 살덩어리를 커다란 솥에 집어넣었다. 펄펄 끓던 물이 고양이를 애도하듯 옅은 김만을 뿜어냈다. 늙은 여인은 스스로 부끄럽지 않다는 것을 과시하기 위해 더욱 자신의 동작에 몰입하는 것처럼 보였다. 큰 희락은 언젠가 담장 위에서 눈을 깜빡거리며 귀엽게 야옹거리던 얼룩 고양이를 기억해냈다. 그의 다리에 힘이 풀리고 있었다. 하지만 조금만 버티면 될 터였다. 곧 작은 희락은 자신의 손을 뿌리치고 달아나고 말 테니까. 녀석의 숨소리가 들리는 것 같았다. 동요, 불안, 불신의 기운……. 큰 희락은 모든 것을 빠짐없이 느끼기 위해 예민해져야 했다. 벼린 칼날 위에 서 있는 것처럼 신경이 저려왔다. 고지가 가까웠다. 하지만……. 짧은지 긴지 가늠할 수 없는 시간이 흐른 후에 큰 희락은 다만 이런 말도 안 되는 소리를 들었을 뿐이었다.

할머니, 그 고양이 삶아서 드실 거예요?

작은 희락은 평소와 조금도 다름없는 명랑한 목소리로 천연덕스럽게 노파에게 말을 걸고 있었다. 노파의 몽글거리는 동공이 크게 확장되는 것 같았다. 마치 어둠 속의 고양이처럼. 그 순간 큰 희락은, 조금 전에 끓는 물속으로 사라진 고양이가 길게 울음 우는 소리를 들었다. 핏빛 고통에 마지막까지 무감하지 못했을, 무력한 짐승의 절규였다.

어이없게도 작은 희락은 자신보다 먼저 노파에게 인사를 건넸을 뿐만 아니라 태평스레 말도 주고받고 있었다.

어디가 아파서 드시는 거예요?

대결은 싱겁게 끝나버렸다. 노파는 그녀의 주름진 얼굴을 더 주름지게 만들며 미소를 지었다.

이곳저곳 다 아프다. 삭신이 쑤셔.

큰 희락은 더 이상 그곳에 서 있을 수가 없었다. 그는 자신이 먼저 쥐었던 작은 희락의 손을 뿌리치고, 애초에 둘이 숨었던 나무 뒤로 뛰어갔다. 역겨움을 참아내기가 어려웠다. 된장찌개와 함께 먹었던 아침밥이 죄다 뿜어져 나왔다. 작은 희락과 고양이와 노파, 그들은 모두 한통속이었다. 삶은 고양이를 먹기라도 한 것처럼 큰 희락은 계속 구역질을 해댔다. 그에게 다가와 '괜찮아?'라고 물어보는 작은 희락 때문에 속은 더 메스꺼웠다.

물론 큰 희락은 내기에 졌지만 전학을 가지는 않았다. 작은 희락도 그에 대해 가타부타 따지지 않았다. 큰 희락은 작은 희락을 슬금슬금 피해 다녔다. 물론 규모가 크지 않은 시골 학교에서 그와 마주치지 않기란 쉬운 일이 아니었다. 4학년 때는 심지어 또 같은 반이 되기도 했으니까 말이다.

큰 희락은 이전보다 더, 작은 희락을 싫어했다. 자신의 인생에서 작은 희락을 영영 떼내지 못하는 게 아닌가 싶어 초조해하기도 했다. 그러므로 큰 희락은 그의 집안에 닥친 불행한 이야기를 전해 듣고도 도무지 그를 동정하는 마음이 생기지 않았다. 마침내 그가 전학을 간다는 소문을 들은 후, 큰 희락은 비로소 안도의 한숨을 내쉬었다.

전학을 가는 날, 작은 희락이 큰 희락에게 다가와 말했다.

잘 지내라, 친구.

큰 희락은 당황스러워서 아무 말도 할 수가 없었다. 자신이 누누이 싫어한다고 얘기했음에도 불구하고 일부러 인사까지 하는 그를 이해할 수 없었다. 큰 희락은 '친구'라는 말이 고양이를 삶아 먹는 노파보다 더 무섭다는 생각을 했다. 그러므로 '나는 진심으로 너 좋아했다, 큰 희락아.'라고 말하는 작은 희락에게 그는 끝까지 '잘 가라.'는 한마디도 하지 못했다.

오랜 세월이 흐르고서야 큰 희락은 당시의 자신이 왜 그토록 작은 희락을 싫어했는지 알 수 있었다. 그는 자신과 본질적으로 다르고, 때문에 영원히 이해할 수 없는 한 인간을 그때 처음으로 만난 것이었다. 작은 이희락의 세상은 귀여워서 강아지의 눈을 찌르기도 하는 아이들의 세상과 비슷했다. 천진하지만 잔인하고, 가벼운데도 도무지 들어올릴 수가 없는 어떤 세상. 이후 큰 희락은 자신의 삶에서 그런 작은 희락을 만나게 될 때마다, 늘 진땀을 흘리며 거리를 두곤 했다.

당신도 자신할 수 없잖아.

나 말이야?

이희락의 진심은 놀라서 묻는 내게서 뭔가 대단한 약점을 잡기라도 했다는 듯 싱글거리고 있다. 물론 그에게는 싱글거릴 수 있는 얼굴이나 표정이라는 게 없지만, 당신은 내가 의미하는 바를 알 것이다. 나는 단호하게 말한다.

나 역시 작은 이희락들이라면 신물이 나. 결코 그들처럼 살지 않아, 난.

자신할 수 없을 텐데?

나는 지금, 껍질 벗겨진 고양이가 내 눈 앞에 있기라도 한 것처럼 메스껍다. 대결, 대결, 난무하는 끝없는 대결들……. 이겨본 기억이 없지만, 이기고 싶지도 않다. 이희락의 진심이 삶은 고양이 한 대접을 잘 먹었다는 듯 다시 말한다.

차라리 당신 역시 작은 이희락과 다를 바 없다고 인정해버려. 그럼 가벼워질 텐데 말이야.

나는 머리를 흔들지만 이전처럼 단호하게 반박을 할 수가 없다. 빈번하게 기절을 해버리는 『캉디드』의 주인공들처럼 이 순간 나 역시 쉽게 정신을 잃을 수만 있다면, 그렇다면 더 이상 이희락의 진심을 상대하지 않아도 될 텐데…….

작은 이희락이 된다는 것은 상상만 해도 끔찍한 일이다. 가당치 않다. 사실 아무나 그렇게 될 수 있는 것도 아니다. 이희락이 어떻게 세상을 대했는지 알게 된다면, 그가 어떤 식으로 자신의 진심을 발휘했는지 알게 된다면, 더더군다나 말이다.

진심으로 세상을 대하다

이희락이 전학을 가게 된 것은, 아흔 살의 나이에 이른 증조할머니를 제외하고 더 이상 그를 돌봐줄 사람이 없게 되었기 때문이었다. 누군가에 의해 더 이상 다려질 수 없었을, 구깃구깃한 치마저고리를 입은 늙은 여인이 이희락의 손을 잡고서 종가가 있는 마을을 방문했다.

이 아이를 맡으셔야 합니다.

사람들은 놀랐다. 자신들에게 책임이 전가되리라고는 생각지도 못한 집안의 어른들이 모두 긴장했다. 그러나 늙은 여인은 당당했다.

문중의 종손입니다.

이희락의 증조할머니는 힘주어 말하고 휘적휘적 마을을 떠났다. 자신의 증손자가 자신이 지어준 이름대로 빛나고 빼어난 사람이 되기를 간절히 바라며. 아무도 그녀에게, 하루쯤 묵어 가거나 어디로 가느냐는 인사치레의 말조차 하지 않았다. 문중 사람들은 그들의 이상과 관념 속에서 얼마간 우상시했던 종손이 살과 뼈를 가진 모습으로 자신들에게 다가오자 아연실색했다.

이희락의 거처를 논하기 위해 종친회가 열렸다. 아직도 도포를 벗고서는 길을 나서지 않고, 비록 근대화의 바람이 불어 머리를 짧게 잘랐다고는 하나 반드시 그 위에 갓을 쓰고 다니는 집안의 어른들이 심각한 얼굴로 둘러앉았다.

선산 아래쪽을 빌리고 싶어 하는 사람들이 있습니다. 그들에게 밭을 좀 떼주고 그 돈으로 희락이를 공부시키도록 합시다.

선산을 훼손하고서, 조상님을 무슨 면목으로 뵙는단 말입니까? 누군가가 종손을 맡아야 합니다.

지금으로서는 그와 가장 가까운 친족이 누구라고도 할 수 없는 형편입니다.

우리는 일제를 겪고 전쟁을 겪었습니다. 지금 선산이 대숩니까? 종손을 보존하는 게 더 큰 책무입니다.

그리하여 이희락은 그곳에서 잠시 초등학교를 다니다가, 곧 명문으로 알려진 중학교가 있는 인근 소도시에서 하숙을 하게 되었다. 얌전한 과부의 태를 채 벗지 못한 이순영은 부모가 없는 아이를 맡는다는 것, 그것도 이제 갓 중학교에 들어갈 아이를 맡는다는 것이 부담스러웠지만 갓 쓴 노인들의 위엄에 굴복할 수밖에 없었다. 그녀는 어설프게 인연을 만드는 것이 남편을 잃었을 때처럼 가슴에 피멍을 남기는 일이 될지도 몰라, 그냥 하숙생으로만 여기자고 단단히 다짐을 했다.

제가 해줄 수 있는 것은 그저 밥 먹이고 빨래해주는 것밖에 없습니다.

더 이상은 해서도 안 됩니다. 아이가 조숙하여, 제 일은 제가 다 알아서 할 겁니다.

그렇게 이희락은 이순영의 삶으로 들어오게 되었다. 하지만 그녀가 아무리 냉정하게 대하려 해도, 이희락에게는 그럴 수 없게 만드는 무언가가 있었다. 이희락은 문중 어른들의 말대로 조숙했고, 공부도 그럭저럭 잘해냈다. 그는 증조할머니를 통해 얕게나마 익힌 한문이 수학을 제외한 모든 과목에 도움이 된다고 자랑스레 말하곤 했다. 이순영은 부모를 잃은 아이에게서 보이는 어두운 그늘이 그에게서 보이지 않는다는 점에 우선 안도했다. 이순영은 가끔 전화로 이희락의 안부를 묻는 어른들에게 아이가 잘 지내고 있다는 말을 자신 있게 했다. 그녀는 자신을 어머니로 부르며 친근하게 구는 이희락이 싫지 않았다. 이희락도 그런 이순영의 마음을 모르지 않았던지, 중학교에 들어가고서는 더욱 격의 없이 그녀를 대했다. 그는 자신보다 스무 살이 많은 이순영에게 장난기 많은 연인처럼 농을 걸곤 했다.

제가 송천 이씨 중시조님의 43세 손으로 원래 '락'자 돌림을 쓰고, 어머니의 아버님이 저와 같은 항렬인 '용'자를 쓰시니까, 어머니는 사실 제 조카뻘인 셈입니다.

뭐 그런 게 다 있니? 내 이름이 순영이니까 '영'자 돌림으로 다시 찾아봐라. 니가 내 조카뻘이겠지.

'영'은 돌림자에 없습니다. 여아에게는 돌림자를 주지 않기도 하니 그러신 게지요. 아무튼 아버님 성함이 이, 기자, 용자 쓰시고 현령공파 42세가 맞으시다면, 제 말도 틀림이 없습니다.

요즘 세상에 족보가 뭐이 그리 중요하니? 너는 내 아들뻘이야.

신라의 초대 촌장으로부터 시작해 우리 송천 이씨가 얼마나 유서 있는 가문인데, 그리 구렁이 담 넘어가는 말씀을 하십니까?

남자들이야 그럴지 몰라도 우리는 그런 거 몰라.

아니, 조카님은 조상 중에 왕비 혜량원부인과 효령원부인 등 빼어난 미모와 재주를 자랑하는 여성들에 대해 들은 바가 없으시단 말입니까?

뭐라…… 뭐라고?

여러 왕비를 배출한 가문에 자부심을 가지셔야 합니다, 조카님.

참말, 네 넉살에는 못 당하겠구나.

실제로 이순영은 자신의 본에 대해 정확히 알고 있지 않았다. 하지만 이희락은 이순영이 얼핏 들은 것에 불과한 가계에 얽힌 이야기를 차곡차곡 정리하여 기정사실로 만든 후 그녀를 같은 문중, 같은 종친, 즉 같은 핏줄의 인연으로 만들었다.

그러나 그런 족보가 아니더라도 이순영은 진심으로 이희락을 아끼게 되었다. 자식도 남편도 없이 혼자 늙어가는 여인으로서 고아와 다름없는 이희락이 아들로 여겨지는 것은 어쩌면 당연한 일인지도 몰랐다.

이희락은 이순영을 따랐다. 이순영은 다른 누가 하숙집 주인이었더라도 그렇게 하였을 이희락의 진심을 간파했지만 개의치 않았다. 아이를 낳아본 일이 없었지만, 그랬더라면 매우 크게 발현하였을 그녀의 모성이 조심스레 이희락에게 가닿았다. 마음이 따뜻한 그녀는 눈치 없이 자신의 통찰력을 드러냄으로써 이희락을 겸연쩍게 만들지도 않았다. 자신의 진심과 다른 성격을 띤 진심이 있을 수도 있다는 것을 알지 못하는 이희락에게는 어쩌면 과분한 마음이었다.

이희락을 기특하게 여긴 사람은 비단 이순영만이 아니었다. 신기하게도 이희락에게 그를 미워할 수 없게 만드는 무언가가 있다고 느끼는 사람들이 꽤 있었다. 사실 미워할 만한 요소는 얼마든지 있었는데도 말이다.

월사금을 제때에 내지 못하면 사람 취급을 하지 않는 선생들조차 이희락에게는 특별히 시비를 걸지 않았다.

빨리 내야 할 거 아냐?

죄송합니다, 선생님. 시골에서 이제 돈을 보냈다고 합니다.

이희락은 돈을 내지 못해 지나치게 비굴하거나 내지 못하는 게 자신의 잘못이냐는 듯 반항적으로 구는 여느 아이들과 달랐다. 그는 공손하게 사과했지만 당당했고, 선생들의 기분이 상하지 않을 정도로만 당당했기에 대체로 모욕적인 처우를 피해 갈 수 있었다(물론 언제나 그랬던 것은 아니다. 그 어떤 예외도 허용치 않는 무자비한 선생들이 꼭 있었다).

그건 아마도 제대로 된 존경심을 받아본 일이 없는 선생들이 이희락을 통해 자신이 제법 존경받는 교사라고 느꼈기 때문일 것이다. 평생 다른 어떤 학생을 통해서도 그와 같은 지지를 받아본 일이 없는 사람일수록 이희락을 더욱 괜찮은 학생으로 여겼다. 사실 그들 대부분은 이순영의 통찰력만큼도 갖지 못한 자들이었다. 그들은 자신들의 인품이나 권위 때문에 이희락이 진심 어린 존경을 보낸다고 믿었던 것이다. 선생들은 이희락에게 얼마간의 자비를 베푼다는 느낌이 싫지 않았다. 어쩌면 그것은 이희락이 가정환경이 불우한 학생치고 꽤나 높은 성적을 유지해서였을 수도 있다. 예나 지금이나 공부 잘하는 학생에 대해 사람들은 모종의 예의를 갖추기도 하니 말이다.

가끔 이희락의 상태를 꿰뚫어 보는 선량한 선생들도 있었다(선량하지 못한 이들은, 이희락뿐만 아니라 다른 어떤 학생들에 대해서도 관심이 없었으므로 아무것도 알지 못했다). 마음이 고운 그들은 진심 어린 이희락의 태도가 아이답지는 않은 것이라 여겼다. 이희락 자신은 전혀 의식하지 못했지만, 그들은 매사에 어른스러운 태도를 보이는 이희락을 동정했다.

몇몇 친구들 역시 이희락을 나쁘게 평가하지 않았다. 사실 그들이 이희락을 특별히 좋아했다기보다 이희락을 그다지 싫어하지 않았다고 하는 편이 더 옳을 것이다. 공부를 잘하는 무리들은, 이희락이 자신들을 능가할 정도로 잘하지 않으며 그럴 욕심도 없어 보여서 흡족해했다. 또 공부를 못하는 무리들은, 이희락이 결코 잘난 척을 하는 법이 없어서 좋아했다(그 무렵에도 이희락의 영어 실력은 상당했지만, 누구도 그가 실력을 자랑한다고 느낀 적이 없었다). 부유한 아이

들은, 그가 부에 대해 질시하지 않고 오히려 솔직하게 존경심을 드러
낸다는 점을 높이 샀다. 게다가 그는 존경심을 갖고 있다가 별안간 욕
심을 내기도 하는 어떤 부류의 아이들처럼 위협적이지도 않았다.

어쨌거나 스스로에게 도취되는 특별한 경우에만 선량할 수 있는 대
부분의 또래들은, 이희락이 바로 그 도취감을 고조시켜주었으므로
그에게 선량하게 대했다(그러나 결코 두드러지는 법이 없는 이희락의
부드러운 태도 때문에 그들은 그 사실 자체를 인식하지는 못했다). 그
들 모두는 이희락과 있을 때 기분이 나아지는 것을 느꼈다. 이희락 때
문에 친구들은 자신이 아주 큰 부자거나 뛰어난 수재라고 느꼈고, 그
다지 가난하지 않거나 둔재가 아니라고 느끼기도 했다. 지나치게 이
희락을 좋아하거나 숭배하는 몇을 뺀 대부분의 친구들은 있는 듯 없
는 듯한 그를 편안한 친구로 여겼다.

사실 이희락은 근접한 거리에 있는 사람들을 제외하고는 거의 아
무에게도 불편함이나 불쾌감을 주지 않았다(그의 아내와 아들은 그
와 함께 있을 때 무척 불편했는데, 너무 불쾌해서 잠도 이루지 못하곤
했다). 그를 매우 좋게 보는 사람들은 그가 소탈하고 편안한 사람이라
평했고, 그를 그렇게까지 좋게 보지 않는 사람들도 최소한 이희락이
자신들에게 예의를 지킨다고 믿었다.

이희락은 자신이 그들 모두를 진심으로 좋아하므로 그들도 자신을
싫어하거나 미워할 일이 없다고 생각했다. 실제로 대부분의 사람들
이 자신들에게 충실한 그의 태도를 가상히 여겼다. 그의 마음은 표면

적으로는 거짓이 없어 보였다. 이희락은 자신을 속였고 다른 사람들도 속였다.

하지만 나는 알고 있다. 알게 되었다(나는 이 순간 들썩이는 이희락의 진심을 조용히, 그러나 힘 주어 누른다. 비록 오래 이러고 있지는 못하겠지만 말이다).

단언컨대 이희락은 근본적으로 자신을 존중하지 않았기에 엄밀히 말해 타인도 존중할 줄 몰랐고, 따라서 누구에게나 감정을 남발했을 뿐이다. 그는 자신을 존중하지 않았으나 그 사실을 잊어야 했으므로 아무것에나 몰입했다. 그는 스스로를 건사하는 데 총력을 기울이느라 타인에게까지 관심을 기울일 여유가 없었다. 그러므로 그가 진심으로 대하는 것처럼 보이는 모든 대상들은 실제로 그가 전혀 관심을 기울이지 않는 다른 대상들과 다를 바가 없었다. 본인도 알지 못하고 상대방도 알지 못하는 공허한 진심만이 늘 분주했다.

사실 나는 더 이상 진심이라는 단어를 쓰고 싶지 않다. 이 세상에 '거짓이 없는 참된 마음'이라는 게 있을 성싶지 않아서다(물론 나는 낙관주의자가 아니다). 그러니 앞으로 내가 이희락과 관련해 언급하는 진심은 '그저 진심처럼 보이는 어떤 것'으로 간주해야 할지도 모른다. 비록 이희락의 진심은 여전히 '진심'을 주장하지만 말이다.

3

진심이라는 너른 평원

어쩌면,
진심이 아닐 수 없었을 뿐이다

역시 어떤 부분도 작가에게 전적으로 맡겨놓을 수가 없다. 이희락의 진심인 내가 버젓이 보는 앞에서 저렇게 확신을 갖고 진심에 대해 운운하다니 가관일 따름이다. 이희락은 진심이 통하는 세상을 믿었고 자신이 사랑하는 세상을 진심으로 대했다. 처음부터 끝까지. 그러나 바로 그 때문에 그가 언제나 한없이 우울했던 것도 사실이다. 작가가 이 점을 이해하지 못하다니 유감스러울 따름이다.

모든 사람은 우울에 빠지는 성향을 타고나지만, 일부만이 우울을 습관화한다고 한 로버트 버턴의 언급에 대해, 필립 로스는 자신의 소설에서 배신을 당하면 그런 습관이 생긴다고 말한 바 있다. 이희락의 진심인 내 입장에서는 배신 따위가 문제가 아니라고 말하고 싶다. 나는 매사에 진심인 사람에게는 우울이 신체 기관의 일부처럼 모호하게 (어디서부터가 귀이고 어디서부터가 뺨인지 엄밀하게 구분할 수 있는 사람이 있겠는가? 대관절 그런 것이 가당키나 하겠는가?), 그러나 매우 굳건하게(칼이나 총으로 잘라내지 않고서 손이나 발이 저절로 뭉텅, 떨어져나가는 경우는 거의 없다. 물론 '거의'이니만큼, 그런 경우가 없지는 않을 것이다) 붙게 마련이라 말하고 싶다. 모든 일에 진심이며 진심이 아니고서 무엇을 할 수 있는지 알지 못하는 그런 인간은 언제나 홀로 또한 다른 여지 없이 온전히 그러하므로 우울하지 않을 수 없는 것이다. 그들의 절망, 다시 말해 나의 절망, 나의 절대적인 고립과 고독에 대해 아무도 함부로 이야기해서는 안 된다. 나는 홀로 아주 오랫동안 우울의 무게를 견뎌왔기 때문이다.

어쩌면 그러한 우울은 전심으로 최선을 다하는 것과 그 결과 사이에 아무런 상보 관계도 없는 생존의 과정에 참여했던 정자와 난자의 유전자에 애초부터 새겨져 있었던 것인지 모른다.

산성비가 쏟아지는 질을 통과해 자궁 벽에 무수히 머리를 부딪쳤음에도 살아남아 마침내 생사의 두 팔을 늘어뜨린 나팔관 중 한쪽을 선택해 난관임에 분명한 난관을 뚫는 동안, 0.05밀리미터를 겨우 넘는 크기의 정자가 우연이라는 난폭한 괴물에게 겁을 먹지 않을 방도는 없다. 게다가 마지막 난자의 투명대를 뚫은 녀석은, 동료가 뚫다 죽어나간 자리에 또 다른 동료가 참여하여 그마저 죽어나가기를 영악하게 기다린 정자가 아니다. 거센 힘을 축적했다가 마침내 막이 가장 얇아진 순간을 포착해 기세 좋게 진입한 영리한 정자가 결코 아닌 것이다. 물컹물컹한 승리의 화관을 쓰는 녀석은 대개의 경우, 자신도 알 수 없는 기운에 이끌려 달리다 보니 어느 순간 가장 얇아진 막 앞에 다다르게 된 어리벙벙한 미토콘드리아 에너지체에 불과하다. 녀석은 아무런 공포도 그 어떤 허무도 제거하지 못한 채 온몸이 흩어지는 것을 처연히 바라보면서 무지막지한 새 생명의 영역으로 넘어간다.

오랜 기간, 700만이 넘는 동료들이 왜 하나둘씩 사라지는지 알지 못했던 난자의 입장도 마찬가지다. 갓 태어난 여아의 몸에서 이유 없이 100만으로 줄고, 사춘기 소녀의 몸에서 다시 40만으로, 그리고 성숙한 여인의 몸에서 결국 400여 개에 이른 난자들 중 하나로 살아남은 이유를 어떻게 알겠는가? 난자는 또한 자신이 왜 갑자기 그토록 뚱뚱한 몸이 되었는지를 알지 못한다(식욕이 너무 왕성하여 영양분을 과다 섭취했거나 스트레스 해소를 위해 과식을 한 탓은 아닐 것이다). 게다가 왜 다른 모든 친구들을 제치고 유독 자신만이 난데없이 난소로부터 미끄러져 자궁에 떨어졌는지도 알지 못한다. 어쨌거나 이 거대 알은 마침내 세포소기관이 소실된 감수분열 중기 상태로, 즉 제대로 씹지 못한 산낙지의 긴 다리를 반쯤 목구멍 뒤로 넘긴 찜찜한 상태로 갑자기 늙기 시작해 최대 스물네 시간이라는 한계선 안에서 초를 세게 된다(산낙지의 경우, 손가락을 입에 넣어 혀 뒤로 넘어간 다리의 이쪽 부분을 당겨 도로 빼낼지, 아니면 아직도 왕성하게 꿈틀거리는 그것을 그대로 삼켜버릴지를 재빨리 선택해야만 한다). 그리하여 난자는 자신의 몸무게의 75분의 1에 불과한 침입자가 히알루론산 효소 따위를 난사하며 막을 찢을 때, 영문도 모르는 채 자궁점관액효소를 분비해 침입자를 도와주기도 한다. 더욱이 알 수 없는 것은, 이때 난자가 그 침입자에게 심히, 진심으로 감사한 마음이 된다는 점이다.

어떠한 의도도 없이, 어떠한 거부권도 행사해보지 못한 채 이 모든 재탄생의 과정이 이루어졌다는 사실을 기억하고 있는 생명의 알은, 그럼에도 짐짓 전심을 다해 세상에 나온 것처럼 행동해야 한다는 사실에 기가 막힌다. 그러나 죽을 때까지 끝나지 않을 것 같은 이 분열과 해체를 유도한 것이 자신이 아니라면 도대체 누구란 말인가? 또 다른 하나의 생명체가 된 수정란은 이제 밀려드는 회의와 우울을 감당하지 못한 채, 차라리 이 모든 과정을 원했던 것이 오직 자신이라고 믿기로 한다. 그의 진심은 우연 혹은 운명의 무거운 깔개 아래 납작하게 엎드려, 영원히 우울한 얼굴을 지우지 않기로 한다.

그 무자비한 우울! 흘끔흘끔 바라보는 것으로 그치지 않고 숫제 달려들어 물어뜯어버리고야 말 광포한 그 우울은 언제든 외부가 아니라 '내부'에 단단히 도사리고 있다. 때문에 이 우울은 호락호락 넘어가는 법이 없다. 다들 알지 않는가? 손가락이 찢어지는 것보다 마음 한 자락 찢어지는 게 더 아픈 법이다.

그러므로 사람들은 어떻게든 이 우울의 비위를 최대한 맞춰주고자 노력하지 않을 수 없다. 어떤 이들은 경우에 따라서만 진심인 방식을 택함으로써 우울의 된서리를 살짝 피한다. 또 다른 어떤 이들은 깡그리 진심을 무시함으로써 우울로부터, 동시에 삶으로부터 아주 멀리 도망가버리기도 한다.

하지만 이희락은 이렇게도 저렇게도 하지 못했다. 태어난 순간부터 하나하나 죽어나가는 가족을 경험한 그가 우울과 진심, 혹은 운명 따위를 분간하기란 쉽지 않았다(이마와 뺨과 턱에 닿아 있는 어디서부터 어디까지를 눈, 귀, 입이라고 하겠는가? 무슨 수로 그것들을 구분해내겠는가?). 그 모든 것은 빈틈없이 완벽하게 한 덩어리가 되어 그를 에워싸고 있었다. 이희락은 그것들과 함께 뒹굴면서 친구처럼 지냈고, 실제 현실에서 없어져버린 가족처럼 여겼으며, 때문에 점차 그것들을 매일 먹는 혈압약처럼 대수롭잖게 여기게 되기도 했다. 이희락은, 다른 모든 사람이 각자의 방식대로 그리하는 것처럼, 제 나름으로 진심으로 세상을 대하는 방법을 터득하는 수밖에 없었다.

그는 자신의 탄생과 더불어 혹은 그 이전부터 시작되었던 가계의 모든 불운이 자신에게서도 결코 떨어져 나가지 않을 것임을 본능적으로 알고 있었다. 그는 아무런 기대도 하지 않았지만 어느새 달리고 있었고, 달리는 자신의 몸을 거대한 우울이나 운명 따위가 꽁꽁 에워싸고 있는 것을 발견했을 뿐이었다.

작가여, 알겠는가? 이희락은 진심이 통하는 세상이라는 것을 그저 밝고 해맑게 긍정했던 게 아니다. 그는 잔혹한 세상이 이유도 없이 혹은 공짜로, 신뢰를 주는 일 따위는 결코 없다는 것을 그 누구보다 잘 알고 있었다. 그는 우울하게 세상을 응시하기보다 우울이 본질인 세상을 끌어안고자 했던 것이다. 그는 우회할 수도 도망갈 수도 없는 세상을 살아나가기 위해 할 수 있는 것을 했을 뿐이다. 그는 매사에 진심이 아닐 수 없었다. 그의 진심이 진심이 아니라면, 다른 누구의 진심도 진심이라고 할 수 없다. 허리가 꺾이고 살점이 뜯겨 나가지 않은 진심이라는 것을 나는 본 일이 없다. 넘어지고 멍들고 상한 것이야말로 진심의 본질이다.

그나저나 작가여, 나는 어느새 '알'에 관한 이야기를 마쳤다네. 이제 어떻게 하겠는가?

나는 그 일을 알지 못하였노라

짚고 넘어갈 게 있다. 때때로 어떤 삶은 알 따위와 무관하게 전개되기도 한다는 점이다. 알에 어떤 것들이 덕지덕지 엉겨 붙었든지, 알이 모종의 비애를 느꼈든지 말았든지에 상관없이 말이다. 나는 이희락의 진심이 주절댄 이야기에 대해 반박하고 싶은 것이 아주 많다. 그러나 논쟁은 또 다른 논쟁을 낳을 뿐이다. 결국 이희락의 진심은 알을 굴리든 알을 품든 자신의 길을 가야 할 것이고, 나는 나대로 내 길을 갈 수밖에 없을 것이다.

유대계 독일인 클라라 임머바르가 독일 여성 최초로 화학 분야 박사 학위를 소지하게 된 것은, 여성의 대학 입학이 간신히 허용되었던 1900년이었다. 클라라는 이러한 성과를 화학자로서 딸의 공부를 장려하였던 아버지 필립의 공으로 돌렸으며, 지역 신문과의 인터뷰에서 다음과 같이 말했다.

진리를 추구하고 그럴 만한 가치가 있는 과학의 품위를 최고로 발전시키기 위해, 말하고 쓰는 데 있어서 신념에 반하는 그 어떤 것도 하지 않을 것입니다.

연구와 강연 등 왕성한 활동을 하던 클라라는 1901년, 카를스루에 대학의 교수였던 유대인 프리츠 하버와 결혼을 하게 된다. 촉망받는 화학자 하버는 영향력 있는 사람들을 초대하고 야심을 펼 기회를 잡기 위해 클라라의 내조를 요구했다. 가사와 자신의 일을 병행하기가 쉽지 않았지만, 클라라는 최선을 다해 두 가지 모두를 해냈다. 그녀는 질소와 수소를 암모니아로 합성하는 남편의 연구를 도왔고, 특별히 가스 반응에 관한 열역학에 관한 책을 만드는 데 함께 참여했다. 1905년, 프리츠 하버는 그 책을 클라라에게 헌사하면서 '콰이어트 콜라보레이션(quiet collaboration)'에 대해 감사한다고 밝혔다. 하지만 클라라는 나중에 그 문구가 남편 단독으로 책을 만든 것으로 읽힌다는 사실을 알고 분노했다. 많은 사람들이 그것을 '묵묵히 함께한 공동 연구'가 아니라 '조용한 내조'로 받아들였던 것이다. 아무튼 하버는 이 연구를 통해 인류의 식량난 해결에 큰 도움을 주게 될 질소 비료를 생산하게 되었고, 그 공로를 인정받아 1918년 노벨 화학상을 받았다.

하지만 프리츠 하버는 곧 나치를 도와, 질산을 이용해 전쟁에 쓰일 폭발물과 독가스를 제작하기에 이른다. 클라라는 남편을 도저히 이해할 수 없었다. 1915년 4월 22일, 염소 가스로 인해 이프르 전투에서 만 5천여 명에 가까운 가스 중독자와 5천여 명의 사망자가 나오자, 클라라는 남편과 남편의 연구를 도왔던 자신이 저지른 짓을 더 이상 묵과할 수 없었다. 대장으로 승진한 프리츠 하버를 축하하기 위한 5월 2일 밤, 그녀는 평소 '평화시에는 인류에, 전시에는 조국에 봉사한다.'거나 '독가스가 전쟁을 빨리 끝내게 할 수 있다.'고 주장했던 남편을 저주라도 하듯 그의 총으로 자살하고 만다.

나중에 프리츠 하버가 만든 살충 가스로 인해 탄생한 치명적인 독가스 치클론 베(Zyklon B)는 그의 직계 친인척을 포함한 수많은 유대인들을 대량 학살하는 화학 무기로 쓰였다. 그와 동시대의 인물이었고 동료이기도 했던 아인슈타인은 하버의 삶을 독일계 유대인의 비극, 즉 일방적인 짝사랑의 비극으로 평가했다.

클라라는 과학자로서의 양심을 저버리지 않은 위대한 평화주의자였다. 하지만 자신의 가슴이 아니라 하버의 가슴을 향해 총을 쏘았더라면, 2차 대전 중의 홀로코스트에서 적어도 하버나 자신의 흔적을 조금이나마 지울 수 있었으리라는 사실은 결코 알지 못했다.

이스라엘을 14년간 통치해왔던 히스기야 왕이 울음을 터뜨렸다. 이제 죽을 때가 가까이 왔노라고 예언한 선지자가 보는 앞이었지만, 왕은 아이처럼 벽을 향해 돌아누운 채 훌쩍거렸다.

그는 자신이 신의 비호를 받으며 신의 이름으로 치렀던 수많은 전투를 떠올렸다. 아시리아 왕 산헤립이 유다 백성을 두고 '자기가 눈 대변을 먹고 자기가 본 소변을 마실 하찮은 백성'이라고 욕하던 날,

왕은 자신의 옷을 찢으며 엎드려 기도했었다. 그의 기도를 들은 신은 천사를 보내 아시리아 군 18만 5천 명을 하룻밤에 죽이고, 오만한 산헤립 왕의 아들들로 하여금 자신의 아버지를 칼로 찌르게 했다. 기쁨으로 가득 찼던 무수한 날들, 영광으로 빛났던 수많은 밤들은 모두 신의 도우심이 있기에 가능했다.

이제 그 모든 날들을 놓아야 했다. 하지만 히스기야 왕은 모험과 도전, 아름다움과 풍성함이 넘쳐나는 생으로부터 결코 떠나고 싶지 않았다. 그는 흐느껴 울며 신에게 간구했다.

견고한 요새들을 한갓 돌무더기로 만들고 대적하는 무리들을 자라기도 전에 말라버리는 풀포기로 만들어버리셨던 주여! 과거의 일뿐만 아니라 미래의 일도 모두 알고 계시며, 오래전에 결정하고 계획한 대로 이루는 게 분명하신 내 주여! ……

결국 히스기야 왕은 선지자를 통해 자신의 생명이 연장되었다는 예언을 전해 들었고, 그 증거로 10도 뒤로 물러난 해의 그림자도 보게 되었다. 그는 죽음의 장막 너머로 사라지기 직전, 빛나는 삶의 무대로 다시 돌아왔다.

'유다 왕 가운데 전에도 후에도 그만한 왕이 없었다.'고 평가받은 히스기야는 생명을 연장받기 전까지는, 조상 다윗이 한 모든 것을 그대로 본받아 실천한 훌륭한 왕이었다. 하지만 병석에서 다시 일어난 그는 넘치는 자신감 때문에 분별력을 잃었다. 왕은 마침 병문안을 온 바빌로니아의 사자들에게 왕궁 안의 모든 보물들과 무기들을 보여주며 자신의 건재함을 과시했다.

보물을 구경한 사자들로 하여금 다른 마음을 품게 만든 왕의 그 작은 실수는 이후 바빌론 침략의 빌미가 된다. 왕은 연장받은 생을 누리며 즐겁게 살다 갔지만, 왕의 사후 왕의 백성들은 비참한 노예로 전락하고 만다.

이 일을 미리 알았던 선지자는 히스기야 왕이 생명을 연장받을 경우 환난이 어떻게 진행될 것인지에 대해 세세히 예언한 바 있었다.

너의 보물은 물론 조상들이 모은 것까지 모두 잃게 되리라! 너의 아들들이 포로로 끌려가고 또 거세를 당한 후 환관이 되리라! 그리하여 마침내 너의 백성들이 그때야말로 자신의 소변을 마시고 대변을 먹으며 고통 속에 신음하게 되리라!

하지만 히스기야 왕은 자신이 들은 것을 받아들이고 싶지 않았다. 왕은 이 모든 것을 듣기는 들었으되 자신과 상관없는, 자신의 것이 아닌 귀로 들었다. 그는 다만 이렇게 생각했다. '내가 살아 있는 동안만이라도 평화와 안정이 계속된다면, 그것만으로도 다행이다.'

히스기야 왕은 자신을 살려달라는 기도를 들어준 신을 향해, 다시 자신을 죽이는 한이 있더라도 이스라엘을 살려달라는 기도를 결코 하지 않았다.

1519년, 멕시코 만의 소읍에서 귀족 가문의 딸로 태어났으나 노예로 팔려간 말린체는 그의 새 주인이자 정부인 에스파냐인 코르테스에게 다음과 같이 말했다.

아즈텍에 관한 원한은 치코텐카틀을 포함한 틀락스칼라의 모든 부족들에게 뿌리 깊은 것입니다. 아즈텍인들은 자신들의 신 우이칠로 포치틀리가 인신공양을 원한다고 생각합니다. 그들이 끝이 뭉툭한 화살을 쏘고 날을 뺀 몽둥이를 쓰는 이유는 오로지 포로들을 산 채로 잡아 신에게 바치기 위해서입니다.

정복자 코르테스는 말린체가 언급하는 신에 대해 이미 들은 바가 있었다. 아즈텍 사람들은 태양의 신, 생명의 신인 우이칠로포치틀리가 어두움의 신이자 죽음의 신인 케찰코아틀을 이기기 위해 인간의 피를 얻어야만 한다고 믿고 있었다. 붉은 피를 가진 인간 제물을 산 채로 얻기 위한 이른바 '꽃 전쟁'이 치러졌다.

아즈텍의 사제들은 피라미드 꼭대기 신전에서, 사로잡은 포로들의 심장을 꺼내 신에게 바쳤다. 죽었거나 죽어가는 몸뚱이가 계단 아래로 굴러떨어지면 저며진 살 중 넓적다리는 왕을 위해 바쳐졌고, 나머지는 귀족이나 그들의 친척에게 분배되었다.

아즈텍인들은 시체의 살을 후추와 토마토로 만든 소스에 버무려 먹는 자들입니다.

말린체는 언젠가 소스로 버무려진 채 그들의 식탁에 놓여본 일이 있다는 듯 파랗게 질려 있었다.

코르테스는 가냘파 보이나 그 여린 얼굴 뒤의 배짱을 굳이 숨기지 않는 말린체를 사랑스럽게 바라보았다. 여러 부족의 언어에 능통하고 통역사로서, 또한 참모로서 지혜로운 조언을 아끼지 않는 말린체는 하늘이 자신에게 내려준 행운의 선물임에 틀림없었다. 그는 나긋나긋한 그녀의 허리를 감싸 안았다.

그래서 내가 어떻게 해야 하는 거지?

왜 모르는 척을 하십니까? 당신은 우이칠로포치틀리와 영원한 대적 관계에 있는 케찰코아틀의 현현이 아니십니까? 당신은 한때 우이칠로포치틀리와의 싸움에 지고 동쪽 바다 위로 사라지면서 "세 아카틀의 해에 반드시 돌아와 내 나라를 요구하겠다."고 약속하신 바로 그분입니다. 당신의 하얀 피부와 검붉은 털이 증거이고, 당신이 가지고 계신 십자가가 징표입니다. 그 상징물은 학문과 성직자의 신으로 알려진 케찰코아틀께서 별을 보는 도구라고 알려주신 것과 똑같습니다.

원정대장 코르테스는 자신감을 얻었다. 그는 자신이 유카탄 반도에 도착했을 때 마야족이 보여준 환대를 선명하게 기억하고 있었다. 아즈텍과 적대 관계에 있는 틀락스칼라 부족 역시 든든한 지원군이 될 터였다. 그는 아즈텍의 수도 테노치티틀란에 어마어마하게 많다는 황금을 직접 확인해보기로 마음먹었다.

틀락스칼라의 일부 생각 있는 부족장들이 말린체에게 우려를 표했다. 인신공양 때문에 죽은 사람들보다 더 많은 사람들이 죽을 수도 있소! 코르테스는 우리들의 신이 아닐지도 모른단 말이오! 하지만 말린체는 자신이 경험하지 못한 죽음보다 경험한 죽음을 더 증오했다. 정복자라는 뜻을 가진 콩키스타도르가 '살육자'란 뜻 또한 가지게 된다 한들, 그것은 자신과 무관한 일이었다. 경험한 죽음을 모르는 것으로 만들지 않기 위해서는, 경험하지 않은 죽음을 모르는 수밖에 없었다.

결국 스페인 원정대와 아즈텍인들의 생명을 무수히 앗아간 '슬픔의 밤'에 일어난 사건은 인신공양에서 뿌려진 피보다 더 많은 피를 뿌렸다. 오늘날, 유럽인들의 원정을 침략과 노략질로 보는 많은 사람들은 말린체를 '멕시코 역사에서 단 한 명 존재하는 악인'이라 칭하고 있다. 그러나 16세기 초반의 말린체는 자신이 최악을 막기 위해 적어도 차악을 선택했다고 믿었으며, 자신의 이름이 배신자, 변절자, 매춘부를 가리키는 말린치스타라는 단어로 남게 될 줄은 결코 알지 못했다.

안다는 것과 모른다는 것 사이의 막은 매우 얇다. 실은 막이라는 것 자체가 없다고 해도 과언이 아니다. 가끔 어리석은 사람들이 두 영역에 실제적인 금을 그었다고 자신하기도 하지만, 그것은 그들의 착각인 경우가 대부분이다. 사실은 언제나 다른 새로운 사실로 전복되며, 누구도 긴 매듭의 끝과 시작을 한꺼번에 볼 수는 없기 때문이다. 매듭의 윗부분을 거머쥔 자가 거기 어디쯤을 해석했노라고 장담하면, 아랫부분에 매달려 있던 자들이 더 큰 소리로 그게 아니라고 외친다. 아는 것과 모르는 것을 명확히 구분하기는 힘들다. 행인지 불행인지, 대부분의 사람들은 구태여 그런 것을 구분해야 할 필요성을 느끼지 않는다. 대개는 무엇을 아는지, 모르는지조차도 알지 못한다.

하지만 알지 못한다고 여겼던 것에 대해, 어느 순간부터 이미 알고 있었다는 사실을 자각할 때가 있다(대부분 그 순간이 언제였는지를 결코 기억해내지 못한다). 사람들은 어렴풋이 모습을 드러내기 시작하는 징후들을 불안하게 바라본다. 그 징후가 뚜렷한 사건과 증거로 제시될 때까지 침착하게 자신을 돌아볼 수 있는 사람은 많지 않다. 대부분의 사람들은 '모르지 않음'을 결코 인정하지 않는다. 그간 모르는 것으로 간주하고 살아왔던 시간들과 그 시간만큼 부피를 늘린 의미들을 쉽게 부정할 수는 없기 때문이다.

상황에 함몰되기 직전에 용기를 냄으로써 할 수 있는 최선을 다하는 사람들이 있다. 너무 늦지 않게 '알지 못함'을 그만두고자 하는 것이다. 그러나 그들 대부분은 가장 치명적인 약점, 즉 '악하지 않음'에 걸려 넘어지고 만다. 선량함을 포기할 수 없는 그들은, 몸부림을 치다가 결국 자신들의 도덕적 결계 안으로 도피하고 만다. 그들은 결코 자신을 향한 선량함마저 포기하려는 용기를 내지는 않는다. 제 몸 하나를 던짐으로써 겨우 제 영혼 하나를 건지는 게, 그들이 발휘할 수 있는 최고의 역량이다. 그러나 어쨌든 그들은 아무것도 하지 않은 자들보다는 분명 나은 사람들이다.

어떤 사람들은, 알지만 어쩔 수 없었다고 변명하며 공포에 압도당했다는 사실을 과장한다. '다른 도리가 없음'을 내세울 때 양심의 가책을 덜 받을 수 있다고 믿으며, 한계와 무능을 방패 삼으면(가령 그 한계와 무능을 미리 선포해버림으로써) 일종의 면죄부를 받을 수 있다고 생각하기 때문이다. 약삭빠른 그들은 어린아이처럼 떼를 쓰면서, 자책하지 않는 것은 아니라는 듯한 태도를 취하곤 한다. '그건 그렇다 하더라도'가 그들이 가장 잘 쓰는 말이다.

가장 위험한 사람들은 알거나 알지 못함을 구태여 돌아보려 하지 않는 자들이다. 그들은 대개, 자신들이 하잘것없는 대안들 중 그나마 가장 나은 선택을 했다고 믿는다. 스스로를 신뢰하는 그들은 매듭의 시작과 끝 따위는 염두에 두지 않은 채, 스스로 선택한 도막만을 세상의 전부라 생각한다(심한 경우, '스스로' 선택했다는 사실조차 인정하지 않는다). 언제나 진심인 그들은 필경 자신보다 수명이 길게 마련인, 예측할 수 없는 결과에 대해 오래 고민하지 않는다. 모를 수밖에 없는 것을 모르는 것이 결코 잘못되었다고 생각하지도 않는다. 무시할 수 없는 징후가 드러나더라도 그들은 그것이 사소한 희생에 불과하다고 여긴다(아이러니하게도 훗날 이들의 반쯤은 영웅으로, 반쯤은 당대의 악인으로 평가받는다). 나중에 어떤 진실과 마주하게 된다 하더라도 그들은 고민 없이 말할 것이다. 나는 정녕 그 일을 알지 못하였노라!

결정적인 그 사건이 터지기 전까지 이희락에게 호의를 잃지 않았던 사람들이 이렇게 말하곤 했다.

참, 사람은 좋은 사람인데 말이야.

사실 정치가치고 그만 한 사람도 없어.

모두 운이야, 운.

그들은 이희락이 연수원을 운영하면서 아주 적은 돈도 없어 쩔쩔맨다는 소문을 듣고는 고개를 갸웃거렸다. 그토록 오랜 정치 생활을 하는 동안 최소한의 치부조차 하지 않았다는 것을 납득할 수 없었다. 그들은 처음으로, 평소 그를 지나치게 칭송하던 사람들의 증언이 진짜일지도 모른다는 생각을 했다.

드러난 정황은 사실 그러했다. 저당 잡힌 이희락의 집이 경매로 넘어갔다. 그의 부인이 그를 떠났다(같이 망하기 싫어 남편을 버렸다고 최진희를 욕하는 소문도 돌았고, 예전부터 그에게 다른 여자가 있었다며 그녀를 동정하는 소문도 돌았다). 은행의 계좌에는 거의 한 푼도 남아 있지 않았다. 이희락은 자신의 이익을 전혀 돌보지 않고 사회를 위해 헌신한, 말 그대로 '청렴한' 정치인으로 보였다. 겉으로 드러난 부패와 타락의 흔적은 거의 없었다. 그는 결코 일신의 안위를 위해 약삭빠른 짓을 한 것으로 보이지 않았다.

그럴 수밖에 없었을 것이다. 이희락은 자신이 하고 싶은 것, 해야 한다고 정한 것을 전심을 다해 했지만, 사전에 어떤 준비를 하거나 대책을 마련하는 일이 없었다. 그는 즉흥적이었고 저돌적이었다. 어쩌면 그런 점이 고은미가 소위 예술가적 기질이라며 칭송했던 특질이었을 것이다(그 예술이라는 것이 생활에 치명적인 타격만 입히지 않는다면, 누구나 그 정도의 환상은 품을 수 있는 법이다).

회 먹고 싶어요.

고은미의 한마디에 이희락은 예술가 협회로 향하던 차를 돌려 바다로 향했다. 물론 이희락 자신이 그 순간 낚시를 하고 싶었기 때문이기도 했다.

모임은 어쩌고요?

거기도 가야지.

두 사람은 정장 차림 그대로 바다에 뛰어들었다(양복이 소금물에 절어 망가지는 것 따위는 아랑곳하지 않았다). 이희락은 낚시 세트를 파는 곳이 눈에 띄지 않자 마을 사람에게서 낚싯대를 빌린 후 기어이 피라미 몇 마리도 잡았다(그는 새 낚싯대를 살 수 있는 돈의 세 배쯤 되는 돈을 기분 좋게 마을 사람에게 주었다). 고은미와 그는 오존이 많아 취하지도 않는다는 말을 주고받으며 소주 두 병에 회 한 접시를 비웠다. 협회의 간사 몇이 번갈아 전화를 넣을 때마다, 이희락은 천연덕스레 말했다.

어, 일이 좀 생겼어. 먼저들 식사하고 얘기들 나누라고.

지금 가는 길이야. 길이 많이 막히네.

이희락은 느긋하게 자리를 정리한 후, 교통경찰 따위는 신경도 쓰지 않으며 소도시로 다시 돌아갔다(음주 단속에 걸렸다 해도 도당 사무처장 명함 한 장으로 문제없이 빠져나갈 수 있는 시절이었다).

이희락을 아주 오래 기다려서 화가 난 사람들에게 그가 시원스레 말했다.

오늘 3차까지 제가 다 쏩니다!

그는 어떤 것이든 어느 순간 마음을 사로잡는다면, 주저 없이 그것을 향해 나아가곤 했다. 그 '어떤 것'이 꼭 '어떠해야 하는 것'일 필요는 없었다. 그가 원하는 것만이 그가 아는 전부였다. 그러므로 그가 아이들의 교육에 헌신하는 것과 똑같은 마음으로 아동 성매매를 하거나 아동 학대를 했다고 해도 놀랄 일은 아니었다. 이희락이 선거에 지고도 얼마간 좋게 평가를 받은 것은, 요행히 이전에 사람들의 비난을 크게 받을 만한 일에 관심을 두지 않았기 때문이었다. 그는 바다에 가고 싶어 바다에 갔고, 바다에 간 대가로 아쉬울 것도 없는 돈을 썼다.

그뿐이었다.

　그는 저축 같은 것을 하려고 생각해본 일이 없었다. 저축은 그가 원하지 않는 영역이었다. 돈은 필요한 순간에 도처에 있었다. 당장 없더라도 자신에게 없을 뿐이었는데, 그건 크게 문제가 되지 않았다. 이희락은 자신이 가진 것과 별개로 늘 많은 돈을 썼다. 사실 그 후한 인심 때문에, 그는 결코 탐욕스러운 정치인으로 보이지도 않았다.

　이희락은 언제나 진심이었으므로 갈등하거나 방황하는 일이 없었다. 그는 단순했다. 원하지 않는 것은 알 바가 아니었다. 그는 쉽게 말할 수 있었을 것이다. '나는 그 일을 알지 못하였노라! 정녕 그 일을 알지 못하였다.'라고.

　이희락은 늘 즐거웠고 주저하지 않았으며 고뇌 같은 것은 아예 할 줄도 몰랐다. 그러나 그것은 가까운 누군가에게는 치명적인 일이었다.

　그렇지 않아. 말도 안 되는 소리야.

　당연히, 이희락의 진심은 내 말을 부정한다. 그러나 그가 이희락의 진심이라 해서 나보다 더 진실에 근접해 있다고는 볼 수 없다. 도대체 어떤 인간이 자신의 진심이란 것을 제대로 알고 있는가 말이다. 이렇게 이희락을 추적하는 나, 그의 진심과 쌈싸우며 엉덩이에 멍이 들 정도로 앉아서 자판을 두들기는 나 역시도 내 진심에 대해 확신할 수가 없는데 말이다. 이희락의 진심이 골을 낸다.

　당신 역시 당신 진심에 대해 알지 못하면서 도대체 왜 이런 글을 쓰는 거야?

이희락의 진심이여, 내 생각은 복잡하지만 하나의 중심을 찾을 수 없는 것은 아니다. 그러나 나는 너에게 결코 쉽게 그것을 알려주지 않을 것이다.

말해보라니까? 왜 나를 괴롭히는 거지?

이희락의 진심이 얼마간 초조해한다는 걸 느낄 수 있다. 만족스럽다. 그의 투덜거림이 들리지 않도록 나는 두툼한 헤드폰으로 귀를 감싼 후 볼륨을 올린다. 빠른 북소리가 다른 모든 소리를 삼킨다. 그를 잠시 밀어내고 나 홀로 달릴 것이다.

출세 가도

1994년 8월, 도민일보, 화제의 인물

지난 7월 26일, 민의당 도당의 부국장인 이희락(상산동, 42세) 씨는 수해로 100여 명의 이재민이 생긴 용수동을 방문, 직접 복구 작업에 참여해 따뜻한 이웃 사랑을 실천했다. 복구 작업이 시작된 첫날, 피해를 입은 주민들 대부분은 물을 퍼내고 젖은 가재도구들을 운반하는 이희락 씨를 평범한 이웃 주민으로 여겼다고 한다. "어디서 자원봉사하러 온 사람인 줄 알았어요. 양복 입은 양반이 바지를 둥둥 걷어 올리고, 유난히 열심히 일한다, 그렇게만 생각했죠."라고 말한 이지연(용수동, 30세) 씨는 수고한 그에게 물 한 잔도 건네지 못했다며 미안한 마음을 전했다. 그는 밀려온 토사로 돌담이 무너진 도로에서 허리까지 흙탕물로 범벅이 된 채 쉴 새 없이 삽질을 하고, 하수구가 역류하지 않도록 손으로 진흙을 퍼내기도 했다. 주민 이행자(용수동, 65

세)씨는 "참말 고마운 사람이요. 우리 아들 트럭 바퀴에 나뭇가지랑 흙이 범벅이 되어 끼여 있었는데, 그 사람이 다 빼줬어요."라며 고마움을 표했다.

이희락 부국장은 그간 지역의 여러 재난 현장에서 '말보다 발'을 앞세우는 봉사를 실천해왔다. 1992년 수해 현장과 작년 우미산 산불 화재 현장에서도 이희락 부국장은 며칠씩 복구 작업에 참여했던 것으로 알려져 있다.

이희락 부국장은 칭찬받을 일이 아니라며 겸손하게 정치 소신을 밝혔다. "도민의 안전과 안녕을 위해 일하는 것이 정치인으로서 마땅히 할 일입니다. 저 혼자 한 일이 아닙니다. 국장님 이하 저희 당원들 모두가 이번 재해에 대해 함께 걱정하고 함께 고민했습니다. 도당에서는 주민들을 돕기 위해 여러 방면으로 애를 쓰고 있으며 다양한 지원책을 준비하고 있습니다. 재해가 일어나기 전에 미리 방지하는 것이 최선이지만, 그럴 수 없는 불가항력적인 재난 시에 주민과 함께하는 것이 진심을 전할 수 있는 방법이라고 생각합니다."

이희락 부국장은 고등학교의 영어교사로 재직 중 1987년 민의당 도지부로 자리를 옮기면서 정계에 입문했다. 청년부장으로 시작해 그간 한국청년지도자연합회 고문, 민주평화통일자문회의 자문위원, 한국자유총연맹 운영위원, 한국예술문화단체총연합회 고문 등을 역임하며 올 봄 도당 부국장의 자리에 올랐다. 그는 지역을 발전시킬 수 있는 특화 사업을 통해 보다 나은 양질의 삶을 지역 주민들에게 제공하고 싶다는 포부를 밝히기도 했다.

도대체 어디에 가 있었나? 부국장이라는 사람이 사무실 자리를 지키지 않고 무슨 일을 제대로 하겠다는 거야?

죄송합니다, 국장님.

이희락에게 부국장 승진의 기회를 빼앗긴 주영수 부장은 흐뭇한 기분으로 국장실에서 울려 나오는 소리를 듣고 있었다. 좀 물러서 그렇지 사람이 너무 좋다는 칭찬만을 받던 이희락이 제대로 혼쭐이 나고 있었던 것이다.

주영수는 이희락에 대해 늘 억울한 기분을 누를 수가 없었다. 그는 이희락보다 더 빨리 도당에 들어온 것도 자신이고, 더 열심히 일한 것도 자신이라는 사실을 언제나 스스로에게 되뇌곤 했다. 서울 여의도 한복판에서 정치를 하는, 그다지 멀지 않은 친척이 자신에게 있다는 사실 또한 억울한 기분에 한몫을 더했다. 어째서 친척의 지지와 도움에도 불구하고 이희락의 뒤로 밀려난 것인지 이해할 수가 없었다. 주영수는 이희락이 늘 무언가로 분주했지만 그것이 개인사로 인한 것인지 일로 말미암은 것인지, 명확히 구분할 수 없다고 보았다. 그는 이희락이 일을 미뤄둠으로써 다른 사람들로 하여금 그 뒤치다꺼리를 모두 하게 한다고 생각했다. 국장의 훈계가 주영수의 불편한 심사를 오랜만에 후련하게 풀어주었다.

하지만 다음 날 오후 이희락의 행적이 지방지의 한 귀퉁이에 소개되면서 사태는 역전되고 말았다. 중요한 위치에 있던 중앙당 간사가 기사를 보았다며 도당 전체에 고무의 말을 전했던 것이다. 중앙으로 옮겨가려는 기회만 노리고 있던 국장은 순식간에 태도를 바꾸어 이희락을 칭찬했다.

사람이, 참……. 그랬으면 그랬다고 할 일이지. 잘했어요, 잘했어.

주영수는 이희락이 읽곤 하는 코리아헤럴드를 거칠게 쓰레기통에 처박음으로써 소심하게 분노를 표출했다(그는 왜 이희락만이 볼 수 있는 코리아헤럴드 따위를 도당 예산으로 구독해야 하는지에 대해서도 불만의 소리를 낸 바 있다). 잔소리를 하지 않기 때문에 이희락에게 호의적으로 대하는 다른 직원들도 모두 짜증스러웠다. 그는 회계 장부를 잘못 기입한 경리 직원을 불러다 놓고 한참 설교를 늘어놓는 것으로 언짢은 심사를 달랬다. 주영수는 언젠가 한번은 이희락이 쓰러지는 모습을 보고야 말겠다며 이를 갈았다.

2000년 5월, 한국문화신문, 이 계절의 예술인

지난 5월 10일 한국예술인협회에서는 해마다 예술계에 큰 기여를 한 인물에게 주는 '참예술인상'을 한국당의 도지부 사무국장인 이희락(상산동, 48세) 씨에게 수여했다. 이희락 국장은 1987년 정치 생활을 시작한 후 그간 한국연극인협회 이사장, 아람무용예술인연합회 고문 등을 역임하며 지역 예술의 발전을 위해 다양한 사업을 추진해 온 것으로 알려져 있다.

특히 그는 1995년 삼풍백화점 붕괴 사고를 예견했던 김점례 씨를 비롯, 지역 무속인 100여 명으로 구성된 한국무속인연합회의 정기 공연을 장려하여 지역 문화의 계승에 힘을 쏟았다. 이희락 국장은 "무속을 전근대적인 행동 양식이나 미신으로 폄하하려는 태도를 우선 거두어야 합니다. 무속의 계승을 통해 우리는 우리 민족의 한과 흥을 풀어낸 음악, 무용, 연기 등을 발전시켜나가야 합니다. 인생이 예술이고 예술이 곧 인생입니다."라며 앞으로도 서민들의 끼를 되살려내기 위한 활동을 중단하지 않을 것이라고 다짐했다.

가만히 앉았으면 다리가 부러진다네, 부지런히 돌아다녀야 하는데, 마침 그러고 있는 듯하니 만사형통이구만.

봄바람에 꽃들이 만발하고 만물이 기지개를 펴는구나. 크게 활개를 피는 계절이 돌아왔네그려.

끝없이 재물이 나가도 또 끝없이 재물이 들어오는구나. 욕심만 내지 않으면 주위에 덕 베풀고 살 팔자라.

5와 9가 복을 주는 숫자일세. 3과 4는 피해 다니시게나.

무속인 김점례는 만면에 미소를 띠고 이희락의 사주를 읊조렸다. 그녀는 나중에 기운만 통하면 그가 바라는 최고의 지위에도 이를 수 있을 것이라고 장담을 했다. 이희락은 사주대로만 되는 일이 있느냐며 손사래를 쳤지만 읊어주는 풀이를 기분 좋게 들었다.

김점례는 무엇보다 현대에 들어 완전한 멸시에 잠겼던 무(巫)를 이희락이 예술이라는 매개로 접근해주었다는 사실이 고마웠다. 굿 속에 녹아 있는 춤과 음악, 미술과 연극 등을 이희락이 새로이 평가하고 지지해준 덕분에 생긴 파장은 컸다. 물론 무속인의 입장에서 예술은 종교의 하위 개념일 뿐이었지만, 쪼그라들어 있던 무속을 당당하게 세상 밖으로 끌어내준 것만도 치하할 일이었다.

김점례는 기왕 생긴 인연인바, 도울 수 있는 한 이희락을 돕겠다고 마음먹었다. 그러나 그녀는 그가 결코 점괘를 신뢰하지 않으며 어떤 경우에도 자신의 말을 듣지 않으리라는 것을 알고 있었다. 김점례는 이희락이 무속을 천시하지는 않으나 어디까지나 본인이 인정하는 부분에 관해서만 존중한다는 점을 간파했다(그녀가 보기에 이희락은 부적 한 장도 살 위인이 아니었다). 그러므로 그녀는 그의 말년에 석연치 않은 무언가가 있다는 것도 알려주지 않았다. 좋은 말만 해주는 게 상책이라 여겼다. 어차피 그의 업은 부적 몇 장으로 해결이 될 성싶지도 않았다.

원래 범띠들이 예술적 잠재력이 어마어마하네. 집중력과 추진력도 있고……. 자네 하는 일이, 그래서 아주 잘하고 있는 것일세.

저야 뭐, 예술가가 아니죠. 다들 고생하는데, 도움이 되면 다행입니다.

많은 도움을 줄 걸세.

김점례는 쓸데없이 입을 놀리는 일이 없도록 주의했다. 그녀는 세상의 모든 일어날 일은, 무슨 일이 있어도 일어나고야 만다며 냉정하게 마음을 접었다.

2004년 9월 대성스포츠신문

지난 5일, 다가오는 추석을 맞아 대한씨름연맹에서 주최하는 '추석장사씨름대회'의 입장권 예매가 조기 마감되었다. 그간 다른 스포츠에 비해 크게 각광받지 못했던 지역 씨름 대회의 입장권이 경기를 한 달이나 앞둔 시점에서 모두 팔린 것은 이례적인 일인데, 이는 경기가 끝나고 진행될 경품 행사 때문인 것으로 알려졌다. 관계자는 입장권 판매를 위해 지난 두 달간, 지역의 각종 신문에 행사 경품에 대한 광고를 꾸준히 게재한 것이 효과를 발휘했다고 전했다. 주민들은 자동차, 가전제품, 쌀 등 유례 없이 풍성한 경품 행사에 참여하기 위해 서둘러 표를 구매한 것으로 보인다.

지역 씨름의 저변 확대를 위해 행사를 준비한 대한씨름연맹 고문 이희락(한국당 도지부 사무국장, 52세) 씨는 광고주와 소비자 간 협의를 통해 상생을 꾀한 결과, 대회를 보다 풍성하게 만들 수 있었다고 전한다. 대한씨름연맹의 부회장 정윤수(사답동, 51세) 씨는 "이 행사로 지역민들뿐만 아니라 전 국민들의 관심을 끌어, 우리 고유의 운동인 씨름을 부흥시키기를 희망합니다."라며 큰 기대를 보였다. 주최 측은 행사 당일, 경기장 곳곳에 경품을 제공한 업체들의 자체 광고를 게시할 수 있도록 하였으며, 이날의 경기를 홍보한 각 신문사들은 무료로 행사를 홍보해주는 대신 광고주와 이희락 고문을 통해 일정 부수의 신문 정기 구독을 확보했다고 한다.

미리 입장권을 구입한 이오석(대장동, 40세) 씨는 "경기 관람하는 사람들 반은 경품을 받을 수 있다는데, 한번 가봐야지요. 우리 가족이 네 명이니 두 명은 뭔가를 받을 수도 있잖아요."라며 입장권 구입 동기를 밝혔다. 행사의 또 다른 하이라이트는 경기 당일, 학생 자녀를 동반한 관람객들을 대상으로 별도 추첨을 통한 소형 모터보트 증정식이다. 길이 3미터 폭 1.5미터에 이르는 모터보트는 이희락 고문이 직접 제작한 것으로 알려져 더 관심을 끌고 있다.

그간 지역의 각종 체육 행사 등에 지대한 관심을 보여온 이 고문은 그 자신이 태권도, 합기도, 유도 등의 단증 보유자이며 씨름을 비롯해 축구, 테니스, 탁구, 배구 등 다양한 체육 활동에서 탁월한 실력을 선보여온 것으로 알려져 있다. 한국당 도당 사무국장이기도 한 이 고문은 지역 체육 활동의 활성화를 통해 건전하고 건강한 주민들의 생활을 선도하겠다는 의사를 밝혔다.

큰일 했다, 고맙다!

고교 시절, 이희락으로 인해 유도에서 씨름으로 종목을 바꾼 후 대한민국 씨름계의 거물이 되었던 김성복이 두툼한 손으로 그의 어깨를 두드렸다. 지역 대학의 체육학과에서 운 좋게 교수 자리를 얻은 김성복은 은퇴한 후로 더욱 살이 찌고 있었다. 그는 작은 동작을 할 때도, 심지어 말을 할 때도 숨을 헐떡이곤 했다. 날렵하게 상대의 공격을 피하고 잽싸게 안다리, 바깥다리를 걸던 모습은 그 어디에서도 찾을 수 없었다.

하지만 그의 씨름에 대한 애정은 결코 줄지 않았다. 그는 좀 더 현대적이고 세계적으로 보이는 다른 스포츠에 밀려, 씨름이 그간 민족문화 계승 차원에서 간신히 명맥만 유지해온 데 대해 늘 안타까워했다. 이희락의 제안은 김성복으로 하여금 기대를 품게 만들었다. 그는 이희락이 부탁한 대로 자신의 친구들, 동료들, 제자들을 총 동원해 신문 구독자를 확보해주었다.

일단 사람들에게 알리는 게 중요하니까.

진심으로 씨름을 아끼는 김성복은 이희락의 조언에 따라 경품의 규모를 늘리기 위해 개인 돈을 기부하기도 했다. 유례 없는 전석 매진의 경기. 드디어 씨름이 당당한 스포츠로 주목받을 수 있는 물꼬가 트인 것 같았다.

김성복은 씨름을 세계적인 스포츠로, 적어도 국내 인기 스포츠로 만들겠다는 자신의 꿈을 펼치고 싶었다. 선수들이 벌거벗고 살을 출렁이며 그저 샅바나 잡아당겨대는 경기가 씨름이 아니며 얼마나 다양한 씨름의 기술들이 있는지, 또 그 씨름의 기술들에 얼마나 무궁무진한 철학이 담겨 있는지를 대중들이 알게 되기를 바랐던 것이다. 그리하여 씨름이 명절에만 방송되는 지루한 구경거리가 아니라 전 국민의 관심을 받는 당당한 스포츠로 각광받게 되길 원했다. 자신을 두고 '씨름 선수가 교수는 무슨 교수야?'라며 은근히 조롱하던 무리들의 코를 납작하게 해주고도 싶었다.

이제 시작이다. 두고 봐라.

이희락이 자신 있게 말했다.

아무튼 고맙다, 희락아. 무조건 잘될 거다!

김성복은 굵은 손가락 사이에 간신히 볼펜 한 자루를 끼워 넣고는 여러 장의 수표에 사인을 했다. 경품으로 내놓았던 보트 외에도 이희락이 직접 만든 다른 보트를 구입함으로써 감사의 마음을 보이고자 했던 것이다.

보트는 이희락이 몇 달이나 용접을 해가며 손수 만든 것이었다. 사실 그 작은 배가 거구의 김성복을 무사히 물 위에 띄울 성싶지는 않았다. FRP로 만든 보트는 조잡하게 마감이 된 데다 튼튼해 보이지도 않았다. 연료를 주입하는 방식도 허술해서, 펌프를 통해 휘발유를 넣기가 여간 까다로운 게 아니었다. 시운전을 하는 자리에 같이 있었던 김성복은 아까운 석유가 흘러내리는 것을 보고 혀를 끌끌 찼지만, 이희락에게 불평을 하지는 않았다. 그는 이희락이 자신이 만든 배에 얼마만한 애정을 갖고 있는지 잘 알고 있었다. 김성복에게 이희락은 중학교 시절부터 내내 떼려야 뗄 수 없는 친구였다. 이렇고 저런 장점이 있어서 친구가 된 게 아니라, 친구여서 이것도 저것도 모두 장점이 아닐 수 없게 되었다. 하지만 김성복은 아무나 그를 친구로 감당할 수는 없다는 사실을 모르지 않았다.

교사에서 정치가로 신분을 바꾼 후 10년이 안 되는 짧은 기간에 도당 사무국장의 자리에까지 오른 운 좋은 인물 이희락에 대해, 일부 사람들은 의혹의 시선을 보냈다. 그의 뒤를 봐주는 폭력 조직이 있다는 말도 돌았고(그의 고교 시절 전설에서 시작된 이 소문은 그가 교육감 선거에 나올 때까지도 모호하게 그를 따라다녔다), 집 안에 집 크기만한 금고를 두고 산다는 재계 큰손의 후원을 받아서라는 말도 돌았다. 학생 시절부터 죽마고우로 지내는 친구들이 워낙 발 넓은 사람들이라, 그들의 도움을 받았다는 소문도 있었다.

그러나 이상하게도 이희락에 관한 소문은 여느 소문의 행보처럼 이 집 저 집 모두 건너다니며 몸집을 불리는 일은 없었다. 그에 관한 구설은 언제나 그저 그만한 자리에서 애매하게 멈춰버리곤 했다. 그에게는 하다못해 정경 유착이라거나 특혜 시비 같은, 정치인들이 액세서리처럼 하나씩 달고 다니게 마련인 꼬리표도 거의 붙어 다니지 않았다. 이례적인 승진을 이루었으나 이례적으로 주목을 받지 않는 사람이 바로 이희락이었다.

이희락을 좋게 보는 사람들은 이렇게 말했다.

워낙 인물이 소탈하니 시샘하는 사람들이 없어 그런 거야.

매사를 의심하지 않고 보는 법이 없는 사람들은 확신을 갖고 말했다.

어디 한 군데서도 실수를 안 하는 거지. 정치하는 사람들이 깨끗하다고 하는 건 장사꾼이 밑진다고 하는 것보다 더 거짓말이야.

그러나 보다 많은 사람들은 이희락이 누구인지 알지 못했고 특별히 관심을 가지지도 않았다. 온갖 봉사를 했고, 지방 신문에서 여러 번 기사화되기도 했으며, 각종 예술 행사를 지원하느라 크고 작은 일들을 벌인 이희락이었음에도 말이다. 그는 아무도 모르게 조금씩 커가는 나무처럼, 혹은 왔는지 가는지도 모르게 오고 가는 새벽이나 황혼처럼 은근했다. 사람들은 그가 눈앞에 바짝 다가오고서야 비로소 그를 인식하고는, 자신들이 매우 오래전부터 그를 알아왔다는 사실을 가까스로 떠올리며 놀라곤 했다.

확실히 그러한 면은 이희락에게 유리한 점이었다. 그러나 사실 그는 보통 사람을 강조했던 어느 대통령처럼 보통의 정치인에 지나지 않았다. 특별히 사람들의 눈에 띄는 비리를 저지르지 않았을 뿐, 집권

여당의 지역 실세로서 누릴 수 있는 모든 것을 자연스레 누렸다. 어쨌거나 그의 지갑에는 항상 퍼런 지폐들이 가득했고, 집 안 장식장에는 와인이며 양주들이 쌓여 있었다. 브리태니커 백과사전 한 질이 어디선가 배달되어 책꽂이 가득 자리를 차지하기도 했고, 수시로 과일 상자며 한우 세트가 배달되기도 했다. 그는 자신이 직접 산 일이 없는 골프채로 골프를 치러 나갔으며 한적한 사냥터에서 시간을 보내느라 하루 이틀씩 집을 비우기도 했다. 다양한 명칭의 동창회가 이희락을 찾았으며 그 와중에 지인들의 사업도 번창했다(이 과정에서 유일하게 배제를 당한 이들은 최진희의 친인척들이었는데, 그래서 그들은 한동안 이희락이 정말 청렴한 정치가라고만 생각했다). 그는 돈이 들어갈 수밖에 없는 많은 취미 생활들을 마음껏 영위했다.

그러나 이희락은 자신이나 가족을 위해 축재를 하지는 않았다. 집을 사고 땅을 사고 저축을 하는 여느 정치가들의 행보를 결코 따르지 않았던 것이다. 최진희는 그것이 오로지 자신만을, 또 현재만을 즐기려는 이기심 때문이라며 그를 비난했지만, 이희락은 그런 말을 귓등으로도 듣지 않았다.

그는 자신이 돕고 싶을 때 돕고 싶은 사람을 최선을 다해 도왔는데, 도움을 받은 사람들은 대개 두 가지 반응을 보였다. 그가 아무에게라도 그럴 수 있다는 것을 간파한 사람들은 도움을 받은 후 시치미를 뗐다. 하지만 그 친절이 특별한 이유로 자신에게만 쏟아졌다고 생각하는 사람들은 오래도록 고마워하는 마음을 버리지 않았다.

정작 이희락은 어느 쪽에도 신경을 쓰지 않았다. 그는 소위 카르페

디엠(Carpe Diem)을 제대로 살고 있는 사람으로 보이기도 했다. 어쨌거나 그가 누리는 것들과 그가 베푸는 것들 사이에, 충돌은 거의 일어나지 않았다. 이희락은 얼핏 보기에도 꽤 운이 좋아 보였다.

하지만 그가 정치가가 되기 전까지는? 고아와 다를 바 없고 지지리 가난하며 아무런 인맥도 배경도 없는 그가 도대체 어떻게 그 자리에까지 오를 수 있었을까? 대개의 사람들은 의문을 품을 정도의 애정을 갖고 있지 않았지만, 가까운 몇몇 사람들은 가끔 정말 그 부분을 의아하게 여기곤 했다. 세심하지도 주도면밀하지도 않은 그가 어쨌거나 세심하거나 주도면밀한 사람도 얻기 힘든 자리에 올랐으니 말이다.

주어지는 것이 모두 같을 때 공평하다고 해야 하는 것일까, 아니면 모두 같지 않을 때 공평하다고 해야 하는 것일까? 우리는 흔히 키가 크고 잘생겼으나 공부를 못하는 사람과 키가 작고 못생겼으나 공부를 잘하는 사람을 두고, '세상, 그래서 공평하다.'는 말을 하곤 한다. 이희락에게 좋은 가정환경이 주어지지 않은 대신 다른 사람에게는 잘 붙지 않는 행운이 매번 따랐던 것인지 모른다. 어쩌면 다른 사람들은 직접 갖다 안겨줘도 잘 잡지 못하는 기회를, 이희락만이 유독 덥석덥석 잘 잡았던 것인지도 모른다. 그랬다면 그것은 타고난 운동신경 때문이었을까, 아니면 어떤 간절함 때문이었을까?

그래, 나 여기 있어.

이희락의 진심은 바로 지금이야말로 내가 가장 절실히 자신을 필요로 하는 순간이라는 것을 알고 있다. 사실, 이 부분을 위해 여태 그를 끌고 왔다고 해도 과언이 아니다. 내가 어떤 상상력으로도 재구성할 수 없는 부분, 오가는 풍문으로도 들은 일이 없기에 어렴풋이 짐작만 할 수 있는 부분에 관해 그로부터 들어야만 한다.

　사실대로 말해줘.

　정말 듣고 싶어?

　그래, 진심으로.

　하지만 내가 왜 그래야 하지?

　알고 있잖아. 누군가의 진심이라니, 이제 제대로 그 길을 가봐.

　이희락의 진심은 여태 내가 한 번도 본 일이 없는 쓸쓸한 표정을 짓는다. 물론 그런 표정을 지었다고 내가 느꼈다는 말이다.

　그래, 어쩌면 난 살아남은 거야. 살아남아야만 했어.

대변을 찍어 먹고도
살아남아야 한다

수세에 몰린 월나라 왕 구천은 오나라 왕 부차의 천한 신하가 되겠다고 자처하여 목숨을 부지했다. 쇠코잠방이를 입고 나무꾼의 벙거지를 쓴 구천은 궁궐 외양간에서 말을 보살폈으며, 한때 천하일색으로 추앙받았던 그의 아내 서시는 말똥을 치웠다. 지혜로운 충신 범려가 다시 기회가 올 것이라며, 차디찬 돌바닥에 누워 자는 구천 부부를 격려했다. 범려는 말했다.

은 주왕은 서백을 감옥에 가두고 그의 큰아들을 삶아 먹었습니다. 서백은 눈물을 머금고 그 고기를 먹었지만 결국 감옥을 탈출하여 은나라를 멸하고 주나라를 세웠습니다.

뜸을 들이다 지친 것임에 분명한 기회라는 놈이 드디어 구천에게 찾아왔다. 오왕 부차가 병이 들었던 것이다. 구천은 범려가 일러준 대로 부차의 변을 찍어 먹고는 그가 곧 나을 것임을 예견했다. 충성심을 보인 구천에게 감동한 오왕 부차는 병석에서 일어난 후 그를 석방했다. 고국으로 돌아와 와신상담(臥薪嘗膽)하며 힘을 기른 구천은 마침내 오나라를 멸망시켰다.

1969년, 미국 청년 마크 애비가일은 셰익스피어에 관한 논문을 마무리하기 위해 런던에 들렀다가 우연히 화가 엘리자베스 키스의 책을 발견하게 되었다. 중고 책을 찾아 마치몬트 거리를 배회하던 중 1946년에 발간된 『옛 한국 : 고요한 아침의 나라』를 손에 넣었던 것이다. 동양의 작은 나라를 마치 인형의 나라처럼 앙증맞게 표현한 키스의 그림을 보고 깊은 인상을 받은 애비가일은 모험을 기꺼이 즐기는 미국 젊은이답게 한국행을 결심했다. 그에게 한국은, 한국전을 치른 처참한 이미지가 아니라, 아이를 업은 여인네들이 마음 가는 대로 몸을 뻗은 소나무 아래를 산책하고 두런두런 다정한 수다를 떨며 깨끗한 강에서 빨래를 하기도 하는 아름다운 이미지로 다가왔다.

애비가일은 자신과 상관이 없어졌다고 느낀 셰익스피어 논문을 가까스로 끝낸 후 그 어느 때보다 열심을 내어 한국행을 추진했다. 선교사로 나간 사람들이 이미 자리를 잡았기 때문인지 아니면 학위가 그럴듯한 대학에서 나온 것이 아니어서인지, 추천을 받은 곳은 한국의 지방에 있는 국립대였다. 하지만 그는 굳이 서울을 고집할 이유가 없다고 생각했다. 검은 말총으로 된 모자를 쓴 채 긴 파이프로 담배를 피우는 남자, 와글와글 모여 앉아 글을 외우는 조무래기들, 그리고 무섭게 생긴 전쟁의 신들에게 머리를 조아리는 지순한 여인들은 한국이면 어디서든 볼 수 있을 거라 여겨서였다.

　그러니까 애비가일은 그림이 그려진 1919년으로부터 반세기가 지나 이미 옛 모습을 잃어버린 한국을 만나게 되리라고는 미처 예상치 못했던 것이다. 1970년대의 한국은 돌아갈 수 있는 길을 잃어버린 늙은 창녀 같았다. 특히 도시들은 약을 더 투여받지 못해 극도로 난폭해진, 위협적인 마약 중독자와 다를 바가 없었다. 장가를 가고 시집을 가는 즐거운 가마 행차도 보이지 않았고, 여러 겹의 치마를 끈으로 묶은 후 요강을 들고 길을 나서는 생동감 있는 여인도 보이지 않았다. 색동저고리를 입고 까불거리며 연을 날리는 아이들 대신 뺨에 검은 땟물을 흘리는 아이들이 콧물을 훌쩍거리고 있을 뿐이었다. 애비가일은 다소곳하게 한복을 입고 앉아 바느질이나 다림질을 하는 여인이 아니라 금방이라도 악다구니를 해댈 것 같은 우악스런 여인의 식당에서 밥을 먹어야 했다.

　다행히 실망은 오래가지 않았다. 애비가일이 영문학 교수로 재직하게 된 학교에서 그래도 아직은 키스의 그림에서 느꼈던 순수한 감성을 유지한 학생들을 만났기 때문이었다. 그가 외국인이어서 더 경외감을 보이고 더 쑥스러워하는 것인지 알 수 없었으나, 아무튼 학생들은 귀여우리만치 순박해 보였다. 그중에서도 애비가일이 평생 잊지 못할 정도로 사랑한 학생은 이희락이었다. 이희락은 명랑하고 경쾌한 태도로 그를 따랐다. 1학년 때부터 그를 눈여겨본 애비가일은 2학년이 된 그를 조교수 보조 자격으로 불렀다. 이희락은 그가 교수실에 들어서기 전에 이미 흠 없는 강의 자료를 준비해놓았고, 그가 어디를 가든지 제 시간을 아까워하지 않고 따라다니며 보필했다.

　애비가일은 이희락 덕분에 한국 생활에 좀 더 정을 붙일 수 있었다. 하지만 그의 내면에서 한 번도 사라진 적 없었던, 단지 사라진 척만을 했던 어두운 기운이 서서히 모습을 드러내기 시작했다. 검은 주먹이 수시로 날아왔다. 이래도 안 덤빌래? 이래도 계속 숨어 있기만 하겠다고? 애비가일은 기습 공격을 물리칠 재간이 없었다. 한국에 대해, 한국 사람에 대해 실망을 할 때마다 검은 주먹에 더 힘이 들어갔다. 앞니에 금이 갔고 턱뼈가 깨졌다. 애비가일은 화가 났다. 그것은 어쩌면 신비하고 아름다운 채로만 머물지 않은 세상 탓인지도 몰랐다. 키스가 그린 우아하고 도도하며 청순한 한국 여인들은 모두 자취를 감추어버린 것만 같았다. 수줍어하면서도 제 할 말을 다 하고 자신의 생각과 어긋나는 일에 대해 선한 고집을 부릴 수 있어 보이던 그림 속의 여인들은, 실제 세상에서는 상대해야 할 대상에게가 아니라 엉뚱한 약자에게만 화풀이를 해대는 무력한 존재들이었다. 애비가일 자신의 어머니와 크게 다르지 않았다.

　마크 애비가일은 자신이 허상을 좇았을 뿐이라고 결론 내렸다. 키스의 그림에서 본 것은 모두 환상일 뿐이었다(애비가일은 환상이란 것이 실재하는 세상의 그물망 사이사이에 매우 굳건하게, 또한 한결같이 자리 잡고 있다는 것을 깨달을 만한 위인은 아니었다). 이미 5년을 한국에서 보낸 그는 자신이 미국을 떠났던 보다 근원적인 이유에 대해서도 인정했다. 애비가일은 가족으로부터, 엄밀히 말해 어머니로부터 늘 도망치고 싶었다. 그는 자신과 동생들을 돌본다는 명목으로 쉽게 몸을 팔았던, 그러므로 아이들을 다 키우고도 끝내 술에서 벗어나지 못한 어머니를 증오했다.

미국의 1960년대는 탄압 속에서도 꾸준히, 동성애가 확산되던 시기였다. 60년대에 대학을 다닌 애비가일에게는 여러 명의 남자 애인들이 있었다. 하지만 그는 자신이 진정한 동성애자인지 확신할 수가 없었고, 그것이 어머니를 포함한 여성에 대한 반발심으로부터 기인한 게 아닌지 의심스러웠다. 그는 한국으로 떠나면서 자신을 한 번 더 돌아보고 싶었다. 청순하면서도 당당한 한국의 여성들을 만나면 생각이 바뀔지도 모른다고 기대했던 것이다.

실제로 애비가일은 몇 명의 한국 여인과 사귀었다. 하지만 그는 누구에게서도 기대했던 것을 얻을 수가 없었다. 여성들은 지나치게 인습과 도덕에 사로잡혀 있거나 쉽게 자신을 놓아버릴 수도 있는 약한 근성만을 소유하고 있었다. 그는 늘 술에 취해 스스로를 학대하고 그 학대의 잔여물을 아들에게도 던져주었던 어머니의 그림자를, 도망쳐온 이국 땅의 여인들에게서도 보았다.

교수는 더 이상 자신을 제어하지 못했다. 사건이 일어난 날, 그는 만취해 있었다. 허망함에 지친 이 미국인은, 달구어진 냄비에 빠진 살아 있는 장어처럼 몸부림을 쳤다. 술인지 물인지 알 수 없는 액체가 발을 적셨고, 땀인지 피인지 모를 것이 손바닥에 흥건했다. 그는 이미 의식을 잃은 상대의 배를 계속 차대며 외쳤다. 왜 두들겨 맞으면서도 도망가지 않는 거지? 왜 고된 시집살이 따위를 견디는 거야?

자신도 모르게 이희락에게 전화를 건 모양이었다. 허겁지겁 달려온 이희락을 본 순간 교수는 울음을 터뜨렸다. 이희락은 아이를 달래듯 애비가일의 등을 쓸어준 후, 침착하게 일을 처리했다. 이희락이 오지 않았더라면, 그는 결국 이국의 철창 신세를 졌거나 추방을 당했을지도 몰랐다.

나중에 모든 일이 수습되고서도, 애비가일은 그날 함께 있었던 여자의 얼굴이 생각나지 않았다. 미국으로 공부하러 가고 싶다던 당돌한 여학생이었던 것 같기도 했고, 자주 가는 술집에서 몇 번 만난 적이 있는 여자였던 것도 같았다. 뚜렷이 기억나는 것은, 이상하게 거슬렸던 사물들뿐이었다. 플라스틱 손잡이에 금이 가 있는 병따개, 십자가 표시가 있는 아미 나이프, 한가운데만 색이 바랜 분홍 베개 등······.

어쨌거나 그날 이후 귀국하기 전까지, 마크 애비가일의 유일한 즐거움은 이희락과 어울리는 것뿐이었다. 이희락은 그의 어두운 마음을 이해하는 유일한 사람이었다. 다른 학생들이 없을 때 애비가일은 이희락을 동생이라는 한국말로 칭했고, 이희락은 동생으로 불린 이상 공평해야 한다는 듯 그를 형이라 불렀다. 두 사람은 늦게까지 술을 마신 후, 스티비 원더의 노래들을 함께 부르며 밤길을 걸었다. 반복되는 일상을 알지 못하는 변화무쌍한 달이 그들을 따라 흘렀고, 영혼들만이 빼곡히 들어찬 듯 신비롭게 반짝이는 별들이 그들을 내려다보았다. 두 사람의 술자리는 언제나 도시의 끝에 있는 항구까지 걸어가 검은 바다를 향해 시원스레 오줌을 누고 돌아서는 과정을 포함했다. 바다와는 다른 톤으로 펼쳐진 검은 하늘을 올려다보며 두 사람은 무한의 아찔함을 느꼈고 사제 간의 사랑, 혹은 그 이상의 것을 공유했다. 애비가일은 이희락을 아꼈다. 그는 더 이상 이국의 여인 따위에 환상을 품지도 않았다. 그는 마음 가는 대로 이희락을 사랑했다.

애비가일은 이희락을 두고 혼자 미국으로 돌아가고 싶지 않았다. 하지만 이희락은 싫은 것은 아니지만 아마 갈 수가 없을 거라며, 애매하게 거부의 의사를 밝혔다. 4학년을 마친 이희락이 더 이상 미룰 수가 없다며 입대하지 않았더라면, 애비가일은 결코 쉽게 한국을 떠나지 못했을 것이다.

한 해도 거르지 않고 미국에서 배달된 크리스마스 선물의 배경을 알겠군.

잼이나 쿠키로 표현할 수 없는 더 큰 애정이 태평양을 건너온 거지. 어쨌거나 좀 짠하지 않아?

왜? 이희락이 미국인 교수 뒤치다꺼리를 해서? 같이 잘 놀아서?

이희락도 나름 힘들었다고!

즐기기는 즐겼으나 우울이 늘 함께했다, 뭐 그런 얘기를 또 하려고?

겪어보지 않은 사람들은 몰라.

어쨌거나 입대했다니 다행이군.

알겠지만 군대란 까다로운 곳이야.

그곳에서도 이희락은 즐겁게 지냈을 거야. 언제나 그랬듯…….

그랬을 수도!

아무렴!

중령의 부인 허영숙은 관사에 드나드는 군인들을 자신의 하인처럼
부렸다. 부인은 작대기가 하나든 두 개든 모두 똑같이 '자네'로 불렀
다. 그들 하나하나의 계급을 익혀가며 이름을 불러주는 데에 자신의
에너지를 낭비하고 싶지 않아서였다. 일등병이든 이등병이든 그녀에
겐 모두 남편의, 즉 자신의 부하들이었다.

그녀는 다른 장교들의 부인들처럼 멋을 내거나 바람을 피우는 데에
흥미를 두지 않았다. 허영숙의 유일한 관심사는 관사를 꾸미고 맛있
는 음식을 만든 후, 자신의 집에 찬사를 보낼 수 있는 사람들을 초대
하는 것이었다. 허영숙은 한 달에 한 번 이상, 온갖 핑계를 만들어 사
람들을 불러들였다. 누가 진급을 하거나 예편을 하면 당연히 축하나
송별을 해야 했고, 누가 아프다가 나아도 명백히 함께 만나야 할 이유
가 됐다.

초대를 받아 중령의 집을 방문한 사람들은 반드시 달라지고 더 나
아진 그녀의 집에 대해 한마디씩을 해야 했다. 부인이 공들여 준비한
음식이나 장식품에 대해 칭찬을 하지 않은 사람은 그다음 모임에 초
대받지 못하는 것은 물론, 엉뚱하게 화를 입었다. 그녀는 누구누구의
부인이 자신에게 무례하게 대했다는 생트집을 잡아 남편으로 하여금
부하 직원들을 괴롭히게 했다. 중령은 부인이 왜 그런 트집을 잡는지

에 대해 고민해보지 않은 채, 그저 자신의 부인을 무시하는 게 곧 자신을 무시하는 거라고만 여기는 모자란 사람이었다.

부인은 사람들이 모이는 날을 위해 관사 전체를 뜯어고치곤 했다. 관사의 담장은 흰색이었으나 싶으면 어느 결에 엷은 하늘색이 되었고, 화단의 앵초며 베로니아는 수시로 베로니카나 사랑초로 대체되었다. 쿠션이나 컵, 꽃병 등의 소품들은 일주일이 멀다 하고 선반에서 장식장으로, 장식장에서 창고로, 그리고 다시 창고에서 테이블 등으로 자리 옮김을 했다. 중령의 부인은 침대의 시트를 갈아 끼우고 커튼을 바꾸느라 늘 분주했다. 그러나 엄밀히 말해 바꾸느라 분주했다기보다는, 그 모든 것들을 마음에 들 때까지 달고 닦고 고칠 것을 '명령하느라' 분주했다고 해야 할 것이다. 병사들은 그 집의 머슴이나 하녀와 다를 바가 없었다. 그녀는 집에 있는 것들을 요리조리 바꾸는 것만으로 성에 차지 않을 때면 한바탕 장을 보고 돌아오곤 했다. 운전병과 짐을 들어줄 장병이 새끼 오리처럼 그녀를 따라다녔다.

대학을 졸업하고 늦은 나이에 입대한 이희락 역시 중령의 사택에서 월등한 영어 실력과 아무런 상관이 없는 잡다한 일들에 투입되었다. 그는 감자탕에서부터 파스타에 이르기까지 국적을 망라하는 온갖 요리들을 했으며, 청소며 빨래, 다림질을 했다. 그는 허리를 두드려가며 땅을 팠고 꽃을 옮겼으며, 목을 부여잡은 채 숨어 있는 거미줄들을 처단하기도 했다. 이희락은 성실히 일했다.

중령의 부인은 곧 이희락을 눈여겨보게 되었다. 어떤 일이든 그에게 맡겨놓으면 두 번 세 번 같은 지시를 할 필요가 없게끔 깔끔하게 마무리가 되었다. 이희락은 심지어 자신이 한 일에 만족하지 못해 다시 하겠다는 제안을 하기도 하는, 예의 '요즘 젊은이'(시대를 막론하고 늘 비슷비슷한 지탄을 받곤 하는 '요즘 젊은이'가 있게 마련이다) 같지 않은 훌륭한 군인이었다. 이희락은 곧 허영숙이 관등성명으로 온전하게 부르는 유일한 사병이 되었다.

사모님, 현관 앞 국화들의 잎에 반점들이 생기기 시작했습니다. 아무래도 백수병인 것 같은데 한 번 생기면 계속 번지니까 말입니다. 다 뽑아버리고 다른 것으로 심으면 어떨까 싶습니다. 흙도 새로 갈고 말입니다.

사모님, 물건들을 보관할 장소가 더 필요합니다. 창고 옆에 작은 창고를 하나 더 지으면 보관이 용이할 것 같습니다만……

사모님, 제가 세탁을 제대로 하지 못해 얼룩이 남았습니다. 시정하겠습니다!

허영숙은 주의 깊게 꽃들을 관찰하고 자진해서 창고를 짓고 심지어 자신의 팬티까지 아무렇지도 않게 손빨래를 해대는 이희락을 감탄의 눈으로 바라보았다. 그는 대강대강 일을 처리하고 어떻게 해서라도 쉬는 시간을 확보해 담배라도 한 대 더 피우려는 다른 사병들과 확연히 달랐다. 중령 부인은 크게 기뻐했다.

그녀는 외출을 할 때마다 지갑을 챙기는 것과 거의 같은 비중으로 이희락을 챙겨 데리고 나갔다. 장미 무늬 접시가 너무 촌스러워 보이지는 않을지, 손잡이에 굴곡을 준 컵이 사용하기에 불편하지는 않을지 따위를 이희락에게 물어보는 일은 즐거웠다. 물건을 사고, 물건을 바꾸고, 사람들을 초대해 먹고 마시는 동안에도 끝없이 자신을 떠나지 않았던 외로움이 얼마간 가시는 기분이었다. 부여잡지 않을 수 없는 작은 세계에 변화를 주는 것으로라도 어떻게든 생을 이어나가보고자 하는 그녀를, 이희락만이 제대로 이해하고 있는 것 같았다.

허영숙은 그녀의 까칠한 성격에 걸맞게, 제대를 해버린 이희락을 다시 찾지는 않았지만 마지막까지도 이희락에게 군에 남을 것을 강하게 권유했었다.

중령님이 뒤는 확실히 봐줄 거야. 내가 장담해.

감사합니다만, 교사가 되고 싶습니다. 베풀어주신 은혜 잊지 않겠습니다!

이희락은 결정을 번복하는 일이 없으리라는 것을 부인이 모르지 않도록, 부드럽지만 단호하게 거절했다. 허영숙은 서운했지만 그를 더 붙잡지는 않았다. 부인은 다른 사병들도 모두 불러 이희락의 제대를 축하해주었다. 중령의 집에서 사병을 위해 식사가 차려진 것은 그때가 처음이자 마지막이었다.

재단의 이사장 정용태는 불편할 텐데도 시종일관 꿇어앉아 차를 마시는 이희락을 주의 깊게 바라보았다. 자신의 조카를 성실히 가르쳤고 영어 실력 하나는 탁월하다는 이야기를 전해 들었지만 그가 바라는 것은 인성이나 재능이 아니었다. 이사장은 좀처럼 보기 드문 관상을 가진 이희락의 얼굴을 주의 깊게 살펴보았다.

남자치고는 보기 드물게 선명한 입술선을 가진 것으로 보아, 이희락은 어떤 일이든 확실히 선을 긋고 열심히 노력하는 유형의 인간임에 분명했다. 하지만 동시에 꽉 닫히지 않은 채 말을 하지 않을 때도 슬며시 열려 있는 그의 입은 심기가 약해 어떤 일도 결코 지속적으로 해내지 못하는 성격임을 드러내고 있었다. 모호했다. 눈썹 역시 상반된 두 가지를 갖고 있었다. 눈 아래로 늘어진 눈썹은 자신의 뜻을 결코 굽히지 않는 고집을 드러냈다. 하지만 앞부분이 진하고 꼬리로 갈수록 희미해지는 데다 숫제 중간 즈음이 잘린 듯도 보이는 모양새는, 인내력이 없어 끝까지 어떤 일을 해내지 못하는 우유부단한 성격임을 보여주기도 했다. 귀는 더 오리무중이었다. 귓불이 없고 둥근 귀는 사교성이 좋고 밝은 성격임을 말해주고 있었다. 하지만 이희락의 귀는 귓불이 없음에도 불구하고 매우 크고 넓었다. 이사장은 크고 넓은 귀를 가진 사람이 창조적이긴 하나 주변을 배려하지 못해 고독하다는 것을 잘 알고 있었다. 자신의 귀도 그렇게 생겼던 것이다(물론 이사장은 자신이 주변을 배려하지 못해 고독한 것이 아니라, 주변이 자신을 배려하지 못해 고독하다고 생각했다). 이사장은 난감했다. 수많은 사람을 만났지만 상충된 특성이 신체 각 부위에 그렇게까지 함께 들어 있는 경우를 본 적이 없었던 것이다.

부모님은?

제가 아주 어렸을 때 모두 돌아가셨습니다.

고생이 많았겠구먼.

종친들의 도움으로 큰 어려움은 없었습니다.

자네 실력은 익히 들어서 아네.

감사합니다. 열심히 하고 싶습니다.

이사장은 잠시 말을 끊고 이희락을 지그시 바라보았다. 말하는 품새로는 우유부단해 보이지도, 인내심이 없어 보이지도 않았다. 이희락은 이사장의 침묵을 십분 이해한다는 듯 조용히 차를 마시고 있었다. 이사장은 겸손하게 무릎을 꿇고 앉아 물어보는 것에만 공손히 대답하는 이희락이 싫지 않았다. 지나치게 아부를 하려는 이들은 쓸데없이 말을 많이 하게 마련이었다. 이사장은 말 많은 사람들을 신뢰하지 않았다. 게다가 이희락의 말투며 태도에는 이사장 자신의 지위와 부를 공경한다는 느낌이 충분히 배어 있었다. 순수한 부러움과 존경이 감지되어, 어쩐지 오랜 외로움이 가시는 듯한 기분도 들었다(그는 자신의 안정과 성공을 과도하게 주변 사람들에게 떠벌리곤 했는데, 그러한 자랑에 대해 마음에서 우러나는 호응을 받고 있지 않다는 데 대해 늘 억울해하는 편이었다). 이사장은 이희락이 마음에 들었다.

그러나 그것만으로 임용고시도 치르지 않은 이희락에게 교사 자리를 선뜻 내줄 수는 없었다. 세상에 좋은 사람은 넘쳐났다. 문제는 그 좋은 사람이 자신에게 무엇을 해줄 수 있느냐는 것이었다.

만나서 반가웠네. 다시 연락하도록 하지.

이사장은 늘 그랬듯 상대가 다소 초조하게 느낄 수 있는 짧은 시간만을 허락한 후, 이희락을 돌려보냈다. 그리고 손수 이희락이 가지고 온 자연산 송이버섯의 포장을 풀었다. 기대만큼은 아니지만 기분이 썩 나쁘지 않을 정도의 두께를 지닌 하얀 봉투가 버섯 아래에 놓여 있었다. 관상만으로는, 이희락이 앞으로도 이런 흡족한 선물을 계속 자신에게 줄 것인지, 말 것인지를 알 수 없었다. 이사장은 누군가를 자리에 앉히는 것은 쉬운 일이나 그를 내쫓는 것은 결코 쉽지 않다는 것을 잘 알고 있었다. 이사장은 꽤 오래 이희락에 관해 생각했다.

일주일 후 이사장은 비서를 시켜 이희락에게 전화를 넣었다. 이사장의 예상대로 이희락은 활발하게 제 역할을 해내는 훌륭한 교사가 되었다.

자연산 송이나 돈 봉투나, 가난한 이희락이 도대체 그걸 어디서 마련한 거야?

그것까진 말하기 싫어. 어쨌거나 그 사립학교에 들어온 선생들치고 이사장을 거치지 않은 자는 없었어.

정치 생활을 하면서 이희락이 입버릇처럼 말했던 게, '깨끗한'이야.

그건 정치할 때 했던 일이 아니잖아.

청렴, 결백, 늘 그런 단어들을 주억거렸어.

그만하면 청렴하고 결백했지. 그래서 선거 끝나고 털어보니 축재한 게 하나도 없었던 거잖아.

그건 정말 멍청한 짓이었고!

나는 작가에게 '네가 더 멍청한 것이 아니냐'고 묻고 싶다. 하지만 그의 얼굴을 보니, 그만 몰아붙여야 할 것 같다.

표정이 왜 그래?

나? 내가 왜?

금방이라도 울 거 같잖아.

말도 안 돼. 내가 그런 별것도 아닌 이야기에 동정이라도 할까 봐?

별거 아닌 일로 가슴이 펑 터지기도 하는 게 인간이니까 물어본 것뿐이야. 아니면 말고.

우리는 멍하니 앉아 있다. 뭔가 다른 이야기를 해야 하는데, 어쩐지 그럴 수가 없다. 잠시 동안의 침묵이 작가에게도 내게도 위로를 준다. 하지만 평화스러운 분위기는 오래가지 않는다. 갑자기 한 여인이 우리에게로 다가와, 다짜고짜 찬물 한 컵을 들이켰기 때문이다. 나는 그녀를 안다. 누구든 붙잡아 싸우지 않고는 견딜 수 없어하는 최진희다. 그녀가 거칠게 컵을 내려놓으며 우리 앞에 앉는다. 물론 내겐 형체가 없으니 그녀가 보는 건 젊은 작가다. 한때는 그래도 꽤 예뻤다는 소리를 들었던 최진희의 얼굴은 이제 증오와 원망만이 남아 한 조각의 아름다움도 찾을 수가 없다. 최진희와 다른 영혼을 가진 육신이었다면, 분명 얼마간 곱다는 소리를 들을 수도 있으련만……. 그녀가 뿜어대는 거칠고 더러운 기운 때문에 주변에 있던 작은 컵이며 안경, 마우스 등이 순식간에 누렇게 말라버린다.

개자식의 진심

　버섯 상자에 든 돈 봉투, 그거 마련해준 게 나야. 돈이 없어서 선생을 할 수 없겠다는데 어떻게 해? 그 인간은 늘 그런 식이었어. 자기 일인데도 자기는 모르겠다, 그런 식으로 나왔거든. 아무튼 이제부턴 내가 말할 거야. 나야말로 그 인간에 대해 가장 잘 얘기할 수 있어. 알잖아? 구질구질한 다른 이야기를 백 번 늘어놓아봤자 남의 다리 긁는 것밖에 안 돼.

　체념과 분노로 이미 제정신이 아닌 최진희는 이희락의 진심 따위는 믿지도 못하거니와 작가인 나도 신뢰할 수 없다며 직접 이야기를 하겠단다. 나는 이희락과 25년을 함께 산 최진희에게 저항할 힘이 없다. 그의 삶에 누구보다 가까이 있었던 그녀는 이희락으로 인해 이희락이란 삶의 채찍을 혹독하게 맞았다고 주장한다.

그 개자식이 죽은 친구네 집에 쌀가마니를 어떻게 가져갔는지 알아? 혁대를 풀어 나를 때리고서 빼앗아 간 거야(최진희가 이희락을 언급할 때마다 '개자식'이란 단어가 들어가나, 이후로는 반복의 지루함을 고려해 생략해서 옮기기로 한다). 그때 그년의 집에 쌀이 떨어진 게 아니라 우리 집에 쌀이 떨어졌어. 나는 더 이상 도와주지 않겠다는 친정에 사정하고 또 사정을 해서, 겨우 쌀을 얻어 온 참이었지. 쌀가마니를 뺏기지 않으려는 나를 밀치며 그 인간이 뭐라고 했는지 알아?

내 친구 아내는 남편도 죽었고, 도와줄 만한 다른 가족도 없어. 너는 남편도 있고 부모도 있잖아.

그렇게 당당하게 말했지. 그래, 그 인간이 도와준 사람들은 많아. 폐품을 수집하는 할머니도 도와주었고, 동네에서 고물상을 하는 다리 저는 아저씨도 도와주었지. 자신의 고향에서는 또 어땠고? 갓 쓴 노인들이 수두룩하게 뛰어나와 그를 맞으면, 그 인간은 돈을 다발째 풀었어. 차에 싣고 간 온갖 선물 상자들을 집집이 나눠주는 것만으로는 모자라서 말이야. 그러나 그건 늘 나와 아들의 희생을 담보로 한 선심 쓰기였어. 우린 정말 굶어 죽을 수도 있다는 공포에 시달렸다니까? 이희락은 내게 해주지 않은 꼭 그만큼의 것들, 아니 그 이상을 남들에게 해주었지. 놈은 내게, 그리고 내 아들에게만 잔인했어.

많은 여자들? 난 진심으로 그 여자들이 제발 그 인간을 데려가줬으면 했어. 하지만 그 여자들은 모두 나보다 똑똑했지. 연애는 해도 그의 아내가 되지는 말아야 한다는 것을 영악하게 꿰뚫고 있었어. 그 인간도 아내가 바뀌는 걸 원하지는 않았어. 정치를 하는 사람이 이혼을 하면 치명타가 되는 시절이었으니까.

우리 부모가 말릴 때, 이희락의 엄마 시늉을 하는 하숙집 여자가 반대할 때, 나는 그 말을 들었어야 했어. 하숙집 여자의 말대로 나는 내가 주목받는 것을 좋아해. 그러나 그렇지 않은 사람이 있어? 누군가가 나를 예쁘게 봐주고 칭찬하고 존경하면 기분 좋은 게 인지상정이잖아. 그래, 그 여자가 맞게 봤던 거야. 내가 가장 시선을 끌고 싶었던 사람은 이희락이었어. 하지만 그와 결혼을 한 이후, 그만이 유일하게 나를 바라보지 않는 사람이 되었지. 처음에는 그를 대하는 내 태도가 문제라고 생각했어. 하지만 나중에는 결국 그 인간 자체가 문제라고 생각하지 않을 수 없었지.

나와 내 아이에게 왜 그랬는지 아직도 이해할 수 없어. 사실 이해라는 게 어느 정도 상식선에서 이뤄지는 거잖아. 하지만 그와의 관계는 도저히 상식적으로 설명할 수가 없어. 그래서 내가 미친놈이라고 하는 거야. 아니, 그렇게 오래 그 인간과 함께 살았으니 내가 미친년일 수도 있겠네.

결혼을 한 후, 그는 잠자리뿐만 아니라 모든 면에서 내게 소홀히 대했어. 사실 결혼하면 변한다는 남자들이 많지만, 그는 완전히 다른 사람이 되었지. 더 이상 쑴벙쑴벙 애 잘 낳게 생긴 엉덩이라며 놀리지도 않았고, 팝송을 불러주거나 장난을 걸지도 않았어. 나는 결혼 전에 그가 했던 모든 매력적인 행동들을 결혼 후에는 거의 보지 못했어. 그는 한숨을 쉬며 일어나 묵묵히 밥을 먹었고, 먹는 동안 내가 떠들면 밥알이 튀겠다며 화를 냈어. 선생질을 할 때는 늘 학교에서 애들의 야간 자율학습을 봐준다는 핑계로 늦게 돌아왔고, 정치를 할 때는 날마다 회의의 연장인 술자리가 있다고 했지. 쉬는 날에는 정말 쉬어야 한다며 또 밖으로 나갔어. 나가지 않을 때는 그 취미 생활 거리들과 함께 있느라 나를 봐주지 않았지. 그 무수한 새들, 물고기들, 개들, 나무들, 돌들……. 지금 생각해도 징그러워. 그 인간은 영혼 없는 그것들을 쓰다듬고 보살피면서도 자기 아들이랑은 눈 한 번 맞추고 웃는 법이 없었어. 내가 악을 쓰자, 그는 나를 때리기 시작했어.

애초에 왜 나와 결혼했을까? 단순하게 든 생각은 그가 나를 필요로 했던 게 아니라 내가 가지게 될 내 아버지의 재산을 필요로 했다는 거였어. 가까운 친지도 없고 가난한 그가, 내게 가장 얻고 싶었던 것은 그럴듯한 가족과 내 아버지의 돈이었을 거라는 거지. 어쨌든 아버지 덕에 우리는 신혼부터 우리 집을 갖고 출발했으니까 남들이 볼 때 버젓하긴 했어. 그래서 그 인간이 월급을 제대로 갖다 주지 않아도 어찌됐든 비바람은 피하고 살기도 했고 말이야. 하지만 결혼하고 2년 만에 아버지가 갑자기 돌아가셨을 때, 그는 내 형제들에게 재산을 모두 양보하고 한 푼도 받지 않겠다고 선언했어. 이미 장인에게서 너무 많은 것을 받았다며 유산을 거부하자, 가족들이 모두 그를 예찬하는 분위기였지. 그때만 해도 내 형제들은, 그가 얼마나 그악스럽게 돈을 뜯어갈 수 있는 인간인지를 알지 못했거든. 사람의 본색은 언제나 그가 가장 어려울 때 드러나는 법이야.

선거에서 지고 돈 한 푼 없게 되자, 그 인간은 밤이고 낮이고 내 친정 식구들을 찾아가 괴롭혔어. 마치 예전에 받았어야 할 내 아버지의 유산을 그때 받으러 온 것일 뿐이라는 듯 당당했지. 그래, 교육감 선거야말로 그 인간을 한 방에 날려버렸어. 말이 나왔으니 말이지만, 그런 인간이 교육감이라니 가당키나 해? 그리고 도당 사무국장직을 포기하고 교육감이 되겠다고 나서는 게, 말이 되는 짓이냔 말이야. 누가 봐도 이해할 수 없는 행보였어.

이희락은 자신이 살 궁리도 해놓지 않고 대책 없이 뛰어들었어. 사실 그는 늘 그렇게 살았어. 자기가 하고 싶은 대로, 하겠다고 마음먹은 대로……. 그러면서 가까운 사람들의 눈에서 피눈물이 떨어진다는 사실에는 무관심했지. 어쨌거나 나는 끝까지 몰랐어. 정말 그렇게까지 할 줄은 몰랐던 거야. 그간 그 인간의 도움을 숱하게 받은 친구들이며 지인들이 모두 후원을 해준 줄로 알았어. 어이없게도 그가 거절했대. 깨끗한 선거를 하겠다며……. 그래, 원래 제정신이 아닌 인간이야.

이희락이, 내 아버지가 내게 준 집을 저당 잡히고 감당할 수 없는 빚까지 끌어다 썼다는 걸 알았을 때는 모든 게 회복 불가능한 상태였어. 왜 명의를 내 이름으로 하지 않았었냐고? 했었지. 우리 아버지가 어떤 사람인데! 그러나 아버지 돌아가신 후 유산을 거부하고는, 나를 살살 구슬려 명의를 바꿨어. 아버지를 잃은 슬픔을 달래주는 척하며 이전까지 냉랭하던 태도를 갑자기 바꿨었지. 내가 바보야. 또 속았던 거지.

어쨌거나 유산을 포기한 시점에서는 혼란스러웠어. 그가 내게 원한 게 돈이 아니라면 도대체 뭐란 말이야? 어쩌면 애초부터 그의 목적은 내 삶을 철저하게 파괴하는 것이었는지도 몰라. 그러나 왜 나였을까? 왜 하필 나였던 것일까? 나는 너무 이른 나이에 돌아가신 아버지를 원망하며, 필사적으로 그 인간에게서 벗어날 방법을 찾았어.

왜 그와 헤어지지 않았냐고? 헤어지고 싶었어. 도망가고 싶었다고! 하지만 그는 나를 품으려고도 하지 않았지만 놓아주려고도 하지 않았어. 정치 때문이기도 했겠지. 그러나 반드시 그 때문도 아닌 것 같았어. 몰라. 알았으면 내가 이러고 살았겠어?

한때 어떤 모자란 인간들이 나를 두고 선한 남편들에게 있게 마련인 악처라고 평했다는 걸 알아. 그들은 이희락이 변변치 못한 옷을 입고 허름한 신발을 신고 다니는 것이 그악스런 여편네랑 살아서 했다지. 중년 남자들 다 나오는 뱃살도 나오지 않고, 개기름도 흐르지 않는 것이 모두 아내에게 들볶여서라고들 했다지. 그러나 그건 정말 억울한 말이야. 비싼 정장이나 구두를 입히고 신기면 뭐해? 하루도 안 가서 작업복이나 운동화처럼 더러워지는데……. 게다가 저 좋아하는 것을 좇아 그렇게 뛰어다니는데 살이 찔 리가 없잖아?

사람들이 내가 심한 의부증에 걸려 남편을 못살게 구는 이상한 여자라고 떠들어댔다지? 물론 겉으로 드러나는 모습은 그랬을 수도 있어. 내게 관심이 없었고 아주 오래 나와 자지도 않았으니까, 화가 났어. 한때 나는 그 인간의 주변에 있는 모든 여자들을 의심했어. 그러나 계속 그랬던 게 아니야. 그 인간의 면면을 알게 된 나는 가능하면 합법적으로 그와 헤어지고 싶었어. 하지만 이희락은 절대 그러지 않겠다고 했고, 만일 내가 도망가면 지구 끝까지라도 나를 좇아가 죽여버리고 말 거라고 했어. 칼이나 망치로 위협도 받아보고, 혁대나 막대기로 맞아도 보고, 구둣발에 배를 걷어차여본 적도 있었던 나는, 그가 정말 그럴 수 있는 사람이라는 걸 알고 있었어. 무엇보다 내 아이가 걱정되었어. 무서웠던 게 사실이야.

결혼 전에 여러 징후들을 못 본 바 아니었지만, 달라질 줄 알았어. 그래, 내가 어리석었던 거야. 도저히 견딜 수 없게 되자, 어머니와 형제들에게 도움을 청하지 않을 수 없었어. 이희락이 자신의 취미 생활에만 미쳐 있으며 나를 소 닭 보듯 하는 데다 월급도 제대로 주지 않는다고 호소했어. 맞아서 멍이 든 자국도 보여주었지. 어머니는 좁은 소도시의 소문을 들먹이며 노발대발하셨어. 이희락보다 내게 더 화를 내셨지. 그렇게 반대를 했는데도 애까지 만들어 결혼을 해놓고 이제 와서 무슨 말이냐며…… 내가 이혼을 하면 동네 부끄러워 자신은 아버지를 따라가는 수밖에 없겠다고 으름장도 놓으셨지. 그러나 돈을 주지 않는 문제와 폭력을 행사하는 데 대해서는 따끔하게 혼을 내겠다고 하셨어.

어째서 애가 굶어 죽겠다는 말을 하는 건가? 선생 월급이 몇 푼 안 되는 건 알지만 세 사람 먹고사는 데 모자라지 않을 텐데, 어째서 애가 친정에 와서 우는소리를 하는가? 또 이 멍 자국은 도대체 뭔가?

어머니는 늘 웃는 얼굴로 대했던 사위에게 어렵게 말을 꺼내셨지. 하지만 이희락은 조금도 미안해하거나 겁을 먹지 않았어.

무슨 소리십니까, 장모님? 제 용돈 얼마를 빼고 월급봉투째로 애 엄마에게 줍니다.

근데 그건 표면적으로만 사실이었어. 처음에는 내가 관리를 잘 못해서 돈을 헤프게 쓴 것이라 생각했어. 하지만 어느 순간부터 그가 내게 준 봉투에서 돈을 도로 빼간다는 것을 알게 되었지. 그는 딱 잡아뗐어.

　이 사람이 규모 있게 쓰는 법을 잘 모릅니다. 봉투에 돈이 떨어지면 제 탓으로 돌리지만, 교사의 월급봉투가 화수분은 아니니까요. 그리고 제가 먼저 손을 댄 게 아닙니다.

　그 인간은 자신의 셔츠를 열어 할퀸 손톱자국을 보여주었어. 짐승이 그런 것처럼 깊게 패어 있었지. 하지만 그건 그가 내 목을 졸랐기 때문이었어. 그는 반대로 말했지.

　어머니는 더 이상 나를 믿지 않았어. 아버지의 유산도 다른 형제들에게 양보한 그를 왜 더 의심해야 하느냐며 나를 나무라셨지. 나는 그가 얼마간 내게 돈을 준 것은 사실이지만, 이후에 꼭 집에 있는 물건들이며 식료품들을 들고 나간다는 말을 했어. 억울해서 소리쳤지.

　전기밥통을 들고 나가 동네에서 구두 닦는 애한테 줬다니까! 쌀이며 김치며, 집에 있는 건 뭐든 들고 나가, 이 사람이.

　나는 미칠 지경이었는데, 이희락은 너무나 사람 좋은 얼굴을 하고서 말했어.

　찬바람에 손이 갈라져서 진물이 나는 어린애였어요. 아픈 할아버지 대신 나와서 구두를 닦는다고……. 밥이 먹고 싶어도 어떻게 하는 건지 몰라서 못 해 먹는다는데, 불쌍해서 못 본 체할 수가 있어야지요.

　늘 그런 식이었어. 이희락이 하는 말을 들으면 왠지 늘 나만 피도

눈물도 없는 매정한 인간이 되었어. 그래, 우습게도 그는 늘 누군가를 돕고 있었어. 나와 내 아들을 도와준 일은 한 번도 없었는데 말이야.

다행히 어머니는 이희락의 편을 무조건 들지는 않았어.

지나치게 남을 도우면 그 사람들의 화가 오히려 자신에게 미치기도 하는 법이야. 옛말 하나도 그른 거 없네. 새겨듣게.

어머니는 돈을 무조건 통장에 넣어두라며 훈계를 늘어놓으시고는, 고생을 해야 내가 정신을 차리겠다고 혀를 차셨지. 그러고는 어이없게도 "이 서방, 애가 아직 철이 없어. 잘 부탁하네."라는 당부의 말과 함께 우리를 돌려보내셨어. 환장할 노릇이었지.

나는 내 어머니가 그토록 점잖게 이희락을 대하는 걸 이해할 수 없었어. 내가 아는 한 어머니는 쓸데없이 돈을 낭비하는 짓은 두고 못 보는 성격이었거든. 나중에야 알았어. 이희락 몰래 간간이 내게 용돈을 주시면서 이렇게 말씀하셨지.

안 살 거 아닌 마당에 내가 싫은 소리 하면 너만 더 고생하지, 이년아. 애도 있는데 어떻게 결혼을 엎냐? 지혜롭게 살아라, 제발.

그러나 나는 상황을 견디며 지혜롭게 산다는 게 어떤 것인지 알 수 없었어. 그럴 수 없었어. 상한 감정이 치유될 새가 없었으니까 말이야. 통장에 돈을 넣은 후로 우리는 더 자주 싸웠어. 그는 새 모이를 살 돈이 없다며 내게 그것을 사놓으라고 했지만, 나는 말을 듣지 않았어. 애 분유 값도 없는 형편인데, 새를 먹일 수는 없다고 거절했지. 그는 내가 불쌍한 동물들을 굶겨 죽이는 인정머리 없는 여자라며 욕을 해 댔어. 나는 더 자주 맞았지. 머리가 찢어진 적도 있었어. 봐, 지금도 여기는 머리카락이 나지 않아.

그는 내가 말을 듣지 않자, 집 안에 있는 것들을 들고 나가거나 내 것들을 아무렇게나 썼어. 내가 애지중지 아끼는 영양크림을 가지고 자기 돌들에 바르기도 했지. 닦아서 윤을 내고 쓰다듬어주어야 한다 나 뭐라나. 그는 낮은 소리로 말했지만, 기가 막힌 나는 악을 썼지. 동네에서 내가 악쓰는 소리를 자주 들었다고 한 사람들은 정말 상황을 몰라서 그런 말들을 한 거야. 나는 어린 아들만 아니었다면 정말 어디로든 도망을 가버렸을 거야. 딱히 기술이 있는 것도 아니고, 모아놓은 돈이 있는 것도 아닌 내가 아기를 데리고 갈 곳이…… 내가 갈 곳이 정말 아무 데도 없다는 게 문제였지.

다행히 그가 정계에 들어간 후, 나는 다른 살 도리를 찾았어. 여전히 그는 쥐꼬리만 한 돈을 월급이라고 주었는데, 달리 낙이 없는 나 자신과 커가는 아이에게는 더 많은 돈이 필요했지. 그래, 그래서 훔쳤어. 그 인간의 지갑에는 늘 만 원짜리 지폐가 두둑했으니까, 조금씩 빼가도 알지 못할 거라 생각했어. 어째서 그런 많은 현금을 가지고 다녔냐고? 정치하는 사람치고 안 그런 사람이 있는 줄 알아? 돈이 많아진 이후로 다행히 이희락은 더 이상 집에 있는 것들을 들고 나가거나 하지는 않았어.

나는 이희락의 돈을 요령 있게 훔칠 수 있게 되었어. 한동안 화장품도 사고 옷도 사고 가방도 샀지. 사람들은 내가 사치를 하네, 어쩌네, 수군거렸지만 나도 낙이 있어야 살 거 아니야? 그러나 곧 돈을 모으는 데 집중했어. 언젠가 반드시 필요하게 될 거라 생각했거든.

사실 그즈음, 조금쯤 형편이 핀 것도 사실이야. 이희락이 내게 돈을 더 주어서라거나 내가 많이 훔쳐낼 수 있게 되어서가 아니라, 다른 것으로 생활비를 충당할 수 있었기 때문이지. 명절이면 돌아서기가 무섭게 벨이 울리면서, 배달부들이 들이닥쳤어. 그래. 그때는 다 그랬어. 여당의 간부로 있는 사람에게 뭔가를 안 보내는 게 이상한 시절이었지. 포장 재질만 봐도 백화점에서 고가에 팔리는 것임에 분명해 보이는 영지버섯, 모조품이 아닐까 의심이 갈 만큼 반짝이는 과일들, 그 지역의 특산일 뿐만 아니라 한국의 자랑이라고 광고하는 멸치며 미역 등의 건어물, 집안에 병든 사람이 있다면 정말 요긴하게 쓰일 것 같은 인삼이나 산삼, 일등급 표시가 선명한 한우 세트 등이 말 그대로 상자째 쌓였어. 그런데 그 인간은 누가 무얼 보냈는지에 무관심했어. 처음에는 선물 포장 위나 사이에 끼여 있는 명함 따위를 모아서 보여주었지만 거들떠보지도 않는다는 것을 알게 되었어. 나는 생활비를 아끼기 위해 저장할 수 있는 모든 것을 저장해서 다음 명절이 올 때까지도 그런 것들로 버티곤 했어. 가끔 친정에 들고 가 생색도 내고 필요한 것으로 바꿔 오기도 했지. 가장 마음에 안 드는 품목은 국회의원의 이름이 금박으로 박힌 다기나 찬기 세트였어. 당장은 먹을 수도 없고 돈으로 바꿀 수도 없는 그것들이 부피만 차지한 채 다락에 처박혔지. 더 넣을 공간이 없어지면 나는 그것들을 주변에 인심 좋게 뿌렸어. 다들 나를 부러워했지. 남편 잘 만나서 폼 나게, 부유하게 사는 걸로 알았지.

맞아. 애는 어느새 다 컸고, 원한다면 정말 도망을 갈 수도 있을 때가 되었어. 하지만 그 인간이 정치를 하기 시작한 이래 얼마간 유명해져버린 게 문제였어. 동창들을 만나면, 그들은 그의 직급을 들먹이며 부러워했지. 나는 그가 실제로 어떤 사람인지를 드러내고 싶지 않았어. 친구들을 만날 때마다 사랑받는 척, 행복한 척을 하느라 어떤 진실도 알릴 수 없었지. 멍 자국이 몸에 남아 있을 때는 일절 외출을 하지 않았으니, 거의 아무도 내가 맞고 산다는 것을 몰랐어. 그래, 맞아. 사람들의 시선은 내게 중요했어. 특히 박명옥을 비롯해 그의 주변에서 얼쩡거렸던 여자들에게 내가 어떻게 살고 있는지를 결코 알리고 싶지 않았어. 그 좁은 바닥에서 바람을 피울 수도 없었고, 오해받을 게 뻔한 상태로 도망을 갈 수도 없었어. 나는 가끔 미친 듯이 폭발하는 것으로 울분을 달랬어.

수족관을 깨버린 건 내 실수였어. 다른 사람이 볼 수 있다는 생각은 하지도 못한 채, 감정을 다스리지 못했던 거야. 그래, 내 아들이 그 모든 걸 지켜보게 만든 것도 내 잘못이야. 하지만 그저 짐작만 하고 있었던 다른 여자라는 게 실제로 존재했음을 확인한 순간, 억눌러왔던 분노를 가라앉힐 수가 없었어. 집의 외벽을 따라 지은 수족관은 보는 사람마다 특이하고 아름답다고 칭찬하던 거였어. 하지만 나는 그가 가장 아끼는 것을 부수지 않고는 화를 가라앉힐 수가 없었어. 쇠망치로 수족관을 내리치자 한꺼번에 물이 쏟아지면서, 징그럽게 크기만 하던 물고기들이 죄다 땅으로 떨어졌지. 사실 속이 후련했어. 하필 그때 지나가던 세탁소 아저씨가 그걸 보고 나쁜 소문을 퍼뜨린 게 문제였지. 그는 전후 사정을 모르니 내가 미친 듯이 망치를 휘둘렀다는 사실만 전했겠지.

여자의 실체를 명확히 알게 된 건 선거운동이 한참일 때였어. 그년은 내가 전화번호를 알아내 집으로 불렀는데도 당당했지. 사실 고은미가 나보다 젊고 나보다 예쁜 여자라서 더 화가 났던 게 아니야. 어째서 내가 쓰레기처럼 생각하는 그 인간을 그 배우 년은 '존경하고 사랑한다'고 말할 수 있을까 싶어서였어. 그년이 제 입으로 그랬어. "국장님은 아무런 잘못도 없어요. 제가 그냥 너무 존경하고 사랑해서 쫓아다닌 것뿐입니다." 말이 돼? 나는 정말 참을 수가 없었어. 고은미만이 아니었지. 증거는 잡지 못했어도 그 인간에게는 분명 여러 여자가 있었어. 어째서 그 개자식은 내가 아닌 다른 모든 여자들한테는 잘 대해주었던 걸까? 왜 애초에 나랑 결혼하지 못하면 죽어버리겠다는 말을 남발했던 것일까? 나는 그를 좋게 평가하는 다른 사람들을 결코 이해하지 못해. 그 인간에게 형님아, 아우야, 혹은 친구야, 라고 부르며 알랑거렸던 수많은 인간들, 나는 그들을 증오해.

나는 돈을 모으기 위해 애를 썼어. 돈이 어떤 위력을 갖고 있는지 더 이상 모르지 않았거든. 게다가 언젠가 이희락에게 제대로 복수를 하기 위해서는 무조건 돈이 있어야 한다고 생각했어. 하지만 나는 이희락의 지위가 높아진 후로는 돈을 은행에 저축할 수가 없었어. 지역 은행의 은행장들이 죄다 이희락과 골프를 치는 사이거나 동창이거나 그랬거든. 그 인간이 마음만 먹으면 얼마든지 내 계좌에 얼마가 들어 있는지를 알아낼 수 있다고 생각했어. 정치력으로 못 할 게 없던 시절이었으니까, 잘못하면 모두 뺏길 수도 있다는 두려움이 있었지. 많이는 아니지만 보험 드는 기분으로 친정어머니에게 돈을 드리기도 했어. 어머니 돌아가시고 내가 받을 몫이 있다고 한 것도 사실은 그런 맥락에서야. 아무튼 가장 안전한 곳은 집이라 생각했어. 나는 돈을 신문지로 싸서 냉장고나 냉동실에 넣어두기도 했고, 책장이나 책상 아래에 테이프로 붙여두기도 했어. 시계, 액자, 베개, 소파, 침대 등 나 스스로도 깜쪽같다고 생각한 모든 곳에 돈을 숨겨두었어. 나는 어디어디에 얼마나 돈을 숨겨두었는지 날마다 점검해보며 잠이 들었지. 그렇게 버틴 거야. 그것만이 희망이었어.

선거에 실패한 후 그 인간이 내 돈을 거의 모두 찾아내 훔쳐갔다는 것을 알았을 때, 나는 정말 그를 죽여버리고 싶었어. 세심하지도 주도면밀하지도 않은 이희락이 도대체 그 많은 돈을 어떻게 찾아냈을까? 그는 그저 세심하지도 주도면밀하지도 않은 척만을 했던 것일까? 그가 언제부터 알았던 것인지 짐작도 할 수 없었어.

그 인간만 대변을 찍어 먹고 산 게 아니야. 그는 자기가 당한 것을 나와 아들이 고스란히 나눠 갖게 했거든. 도대체 왜 인간이 다른 인간의 대변 따위를 찍어 먹으면서까지 살아야 하는지를 모르겠어. 내 인생이 너무 불쌍해. 난 정말 살고 싶지 않아.

최진희는 역류성 식도염이 도진 것인지 갑자기 헛구역질을 하며 토할 것 같은 표정이 된다. 나는 사탕을 하나 내민다. 어떤 것이 솟구쳐 올라올 때 다른 어떤 것을 넣어 그것을 막을 수만 있다면……. 그녀는 말 잘 듣는 아이처럼 울먹이며 사탕을 입에 넣는다. 누군가와 25년을 살았다는 것이 누군가를 25년간 증오했다는 말과 다르지 않은 그녀에게 남은 것은 자조 어린 표정이다. 정말 어찌할 수 없었던 것일까? 정말?

사탕을 입에 넣은 최진희가 이 말만은 꼭 해야 한다는 듯 다시 입을 연다.

하지만 그래도 살면서 내가 가장 잘한 일은, 너무 늦었다 할지라도 떠날 수 있을 때 그를 떠난 거라 생각해. 그 인간과 마지막까지 붙어 있었다면 대변을 찍어 먹는 정도가 아니라 숫제 똥 덩어리가 돼버렸을 거야.

최진희가 말을 쏟아내는 동안, 저만치 떨어져 그녀를 외면하고 있던 이희락의 진심이 어느새 내게 바짝 다가와 있다. 그녀에게 어떤 사탕을 주었는지가 궁금해서는 아닐 것이다. 그는 어쩌면 좀 더 적극적으로 이야기를 할 준비가 되었을지 모른다. 그렇다. 진심이여! 이제 너는 그녀도 모르고 나도 모르는, 꼭꼭 감추어진 이야기를 해야만 한다. 이희락의 본모습은 무엇인가? 이렇게도 보이고 저렇게도 보이는 모습이 아니라, 진짜 모습 말이다. 그에게 과연 참모습이라는 게 있기는 있는 것인가?

4

길

꿈길

하늘이, 비 맞은 강아지 몸 털어대듯 후두두 빗방울을 흩뿌리는 오후였다. 이희락은 비를 피해 주황색의 텐트천이 드리워진 가건물 안으로 들어갔다. 자신과 비슷한 또래의 많은 사람들이 열띤 토론을 이어가고 있었다. 무엇에 관한 토론인지는 알 수 없었다. 어쨌거나 이희락의 눈에는 그들의 대화가 토론이라기보다는 다소 산만한 수다로 느껴졌다. 그가 원하는 것은 담배 한 대였다.

그는 아까부터 몹시 담배가 피우고 싶었던 터라 아는 얼굴을 찾았다. 왼쪽 모서리에 다른 곳보다 자리가 높은 테이블과 좌석이 있었는데, 이희락은 거기서 중학교를 함께 다닌 친구를 발견했다. 인문계 고등학교를 진학하면서 보지 못하다가 대학에 가서 우연히 다시 만나게 된 친구였다. 친구는 팔목에 여러 겹의 노란 고무줄을 끼운 채 그 고무줄을 하나씩 빼서 무언가를 만드느라 분주한 모습이었다. 탑과 다리와 별과 사다리와 로봇들.

뭘 하고 있는 거야?

인간의 진화와 역사의 진보를 연구하는 중이야.

이희락의 눈에 그것들은 단지 고무줄놀이에 지나지 않아 보였다. 보다 근원적인 고민이 없는 속 편한 자들의 놀음이라 생각했다. 그는 자신의 욕구를 해결하는 데 집중하기로 했다.

담배 하나 있어?

친구가 담배 한 개비를 내밀었다. 그러나 이희락은 담배에 불을 붙이고 한 번 빨아들인 후 아연실색하지 않을 수 없었다. 필터도 없는 담배의 내부에 모래가 가득 차 있었던 것이다. 이희락은 입으로 들어온 모래 알갱이들을 거칠게 뱉어냈다. 혀에 붙은 모래들이 잘 떨어지지 않았다. 친구는 무표정했다.

장난치지 말고, 담배 좀 주게.

이희락은 애원하다시피 하여 담배 한 개비를 더 얻었다. 하지만 그가 필터에 입을 대자마자 레고 조각이 분리되듯 담배가 부러지기 시작했다. 일정한 크기의 담배 조각들이 순식간에 이희락의 발아래로 떨어졌다. 손에 쥐고 있던 필터마저 반으로 부러지자 이희락은 자신도 모르게 신음 소리를 냈다. 강한 흡연 욕구로 숨을 쉴 수가 없을 지경이었다.

친구의 맞은편에 앉아 시시덕거리며 고무줄 장난을 치던 다른 이가 담배 한 갑을 통째로 꺼내 내밀었다.

한 개비 뽑아 가슈.

이희락은 새 것임이 분명해 보이는 스무 개의 담배 중 한 개비를 조심스레 뽑았다. 그러나 불을 붙여 입에 문 순간, 필터 쪽에서 깔때기 같은 것이 나오더니 이희락의 이에 붙어버리고 말았다. 이희락이 놀라 담배를 떼어내자 망가진 담배는 바닥에 떨어졌는데, 깔때기 부분은 여전히 이희락의 이에 붙어 있었다. 주변에서 웃음이 터져 나왔다.

이희락은 화가 나서 가건물을 나섰는데, 어느새 친구가 따라 나와 있었다. 쏟아지는 비 때문에, 건물 앞에는 거대한 도랑이 형성되어 있었다. 이희락이 먼저 도랑을 건너며 친구에게 물었다.

왜 따라오는 거야? 뭘 하려고?

친구는 대답 대신, 안됐다는 표정으로 흠뻑 젖은 이희락의 신발을 바라보았다. 친구는 그릇을 닦을 때 쓰는 동그란 스펀지로 만든 자신의 신발을 자랑스레 내밀었다.

우선 잘 건너야지.

이희락의 눈에, 신발 같지 않은 친구의 신발은 도랑을 건너기에 부적절해 보였다. 미끄러지면 자신처럼 발만 젖는 게 아니라 몸 전체가 물에 잠길지 모른다는 생각이 들었다. 하지만 친구는 여유 있게 뛰어오르기까지 하면서 무사히 도랑을 건넜다.

두 사람은 이제 가건물 맞은편의 장난감 가게 앞에 있었다. 친구는 이희락의 질문이 기억났다는 듯 답했다.

혁명과 개혁을 위해 전화를 돌려야 해.

친구의 손가락이 장난감 가게 쇼윈도에 진열된 장난감 전화기를 가리키고 있었다. 동그란 숫자판이 붙은 고전적인 스타일의 빨간 전화기였다. 이희락은 그들의 혁명이나 개혁이라는 것이 모두 터무니없이 우스꽝스러운 유희에 불과하다고 생각했다. 더불어 그러한 유희가, 원래부터 그들이 가지고 있던 모종의 여유 없이는 불가능하다고 생각했다.

이희락은 갑자기 친구를 도랑으로 밀어버렸다. 넘어진 친구가 스펀지로 만든 신발을 위로 치켜든 채 허우적댔다. 그는 친구를 외면한 채 천천히 걸음을 옮겼다. 그는 담배 따위, 자신이 직접 만들어 피우면 그뿐이라 생각했다.

이희락은 회의장에 들어가야 했다. 하지만 슬리퍼가 문제였다. 모두들 하늘색 슬리퍼를 신고 갔으므로 자신도 그것을 신어야겠다고 생각했지만, 신발장 주변에 남은 것은 검정색이거나 밤색인 슬리퍼뿐이었다. 그는 다른 사람이 신은 것과 같은 색의 슬리퍼를 신고 싶었다. 하지만 남은 것은 사람들에게 차이고 밟힌 탓에 지저분하거나 숫제 짝이 없는 검정과 밤색의 슬리퍼뿐이었다. 이희락은 신발장 덮개를 다시 한 번 꼼꼼히 열어보면서 하늘색 슬리퍼가 하나도 남아 있지 않다는 사실을 확인했다. 그는 하릴없이 검은 슬리퍼를 신었다.

회의장으로 가는 동안 그는 사람들이 신고 있는 하늘색 슬리퍼에 자신도 모르게 눈이 갔다. 아무래도 검은 슬리퍼를 신은 채로는 회의장에 들어갈 수 없겠다는 생각이 들었다. 그는 그 자리에 멈춰, 신고 있던 슬리퍼를 벗어두고는 다시 현관으로 돌아갔다. 하늘색도 아닌 더러운 슬리퍼를 신느니 차라리 자신의 신발을 도로 신는 게 낫겠다고 생각했던 것이다.

하지만 그때 그는 이제 막 들어오는 사람들이 하늘색 슬리퍼를 갈아 신고 있는 것을 발견했다. 자신이 신발장 전부를 뒤졌는데도 발견하지 못했던 그 슬리퍼를, 그들이 어디서 구한 것인지 알 수 없었다. 억울하고 부당하다는 느낌이 들었다. 그는 좀 전에 34라는 번호를 기억하고 넣어두었던 신발장에서 자신의 구두라도 꺼내 신고자 했다. 하지만 어찌 된 일인지 그것마저 보이지 않았다. 혹시나 싶어 24번 신발장과 44번, 심지어 43번 신발장까지 모두 뒤져보았지만, 거기에는 결코 자신의 것이라 할 수 없는 여자들의 신발만이 들어 있었다. 이희락은 초조해졌다.

이제 회의장의 두꺼운 문이 닫히려 하고 있었다. 하늘색 슬리퍼도 찾을 수 없었고 자신의 구두마저 잃어버린 이희락은 난감했다. 그는 좀 전에 자신이 벗어둔 검은 슬리퍼를 기억하고 그 자리로 뛰어갔다. 하지만 예감대로 그마저도 더 이상 보이지 않았다. 분노로 머리가 하얗게 세어버린 이희락은 온갖 먼지가 엉긴 자신의 양말을 내려다보았다. 양말 따위도 신을 필요가 없다는 생각이 들었다. 그는 양말을 벗어던지고 맨발로 다급하게 걸음을 옮겼다. 문이 닫히기 직전, 이희락은 간신히 회의장으로 들어갈 수 있었다.

이희락은 작은 배를 타고 바다를 건너고 있었다. 인생을 헛산 게 아니라 주장하고 싶어 하는 듯 엄숙해 보이는 중년의 수부가 노를 젓고 있었다. 징징거리며 울어대는 아기를 업은 여인과 큰 꾸러미를 든 노파도 함께 타고 있었다. 이희락은, 꾸러미를 자신의 숙명으로 여기기라도 하듯 소중히 보살피는 노파에게 물었다.

그게 도대체 무엇이오?

노파는 심술궂은 웃음을 흘리며 선선히 보따리를 펼쳐 보였다. 말을 하지 않아도, 그것이 그녀의 가장 소중하며 자랑스러운 보물이라는 것을 알 수 있었다. 이희락은 배를 뒤집고 있는 거대한 거북을 보았다.

거북이군요.

천만에. 이건 큰 전복이야.

아닌 게 아니라 껍질을 뒤로 하고 있는 그것에서 거북의 머리나 꼬리 등을 발견할 수는 없었다. 하지만 불리할 때 거북들이 잘 그러듯 눈에 띄는 부위들을 재빨리 숨긴 것일 수도 있었다. 이희락은 노파의 말을 믿을 수 없다는 듯 거북이라고 생각한 것의 배를 만져보았다. 누렇게 윤이 나는 배의 가두리에 순식간에 주름이 잡혔다. 물렁하고 물컹한 느낌은 분명 거북의 것은 아니었다. 하지만 이희락은 우겼다.

이렇게 큰 전복이 있다는 말은 못 들었소!

그는 노파가 자랑스레 끌어안고 있던 것을 번쩍 들어 바다로 던져버렸다. 그것은 물의 부력을 거스르며 가라앉는 팔다리 없는 전복처럼 보이기도 했고, 조금 더 안전한 곳에 다다른 후 비로소 팔다리를 내밀 거북처럼 보이기도 했다. 이희락은 애써 식별해내지 않아도 되는 상황을 유쾌하게 즐겼다. 노파의 얼굴은 시든 시래기나물처럼 누렇게 말라 있었다.

아기를 업은 여인이 노파를 위로하며 어디선가 술을 내왔다. 다양한 형태의 아메바처럼 이리저리 쭈그러진 납작한 양은 잔에 멀건 액체가 담겨 있었다. 갑자기 죽을 만큼의 갈증을 느낀 이희락이 성큼 손을 내밀었다. 하지만 세상을 헛산 게 아니라는 것을 증명할 때가 되었다는 듯 의욕적인 표정을 띤 수부가 노를 들어 이희락을 막았다. 배는 바다 한가운데서 멈추었다.

먼저 해야 할 일이 있네.

어느 사이엔가 술잔들은 단이 높은 제기 위에 올려져 있었다. 하지만 이희락은 자신보다 딱히 잘 살아온 것으로 보이지 않는 수부의 말을 무시했다. 당신이 내가 어떻게 살았는지를 알아? 그는 노를 피해 다시 팔을 뻗었다. 하지만 수부가 더 빨랐다. 기다란 노가 이희락의 가슴께를 막고 있었다.

전복을 모르는가? 거북을 모르는가?

이희락은 느닷없이 수부를 밀어버렸다. 수부가 밧줄 따위에 걸려 다시 일어서지 못하는 사이 그는 잽싸게 술잔 하나를 집어 들었다. 하지만 테두리가 구불구불한 잔이 순식간에 주둥이를 오므리고 말았다. 양은 잔이 마치 입을 꼭 다문 꽃봉오리처럼, 혹은 단단히 묶인 보자기처럼 고집스레 닫혀 있었다. 이희락은 잔을 거꾸로 들어 흘러내리는 술이나마 받아 마시고자 하였다. 하지만 잔에서는 한 방울의 술도 떨어지지 않았다. 그의 목이 금방이라도 타서 녹아버릴 것 같았다.

그 순간 몸을 일으킨 수부와 다른 사람들이 제기 위에 놓인 술을 향해 절을 하기 시작했다. 그들은 중얼거렸다. 전복은 전복입니다. 거북은 거북입니다.

이희락은 화가 났다. 모두 소용없는 일이라는 생각을 했다. 그는 술상을 엎어버렸다. 배에 타고 있던 다른 사람들이 술잔을 부여잡기 위해 바다로 뛰어들었다. 여인의 등에 업혀 있던 아기가 영문을 모른 채 짧게 울었다. 그러나 곧 그 소리도 잠잠해지고 말았다. 이제 어디로도 갈 수 없는, 혹은 어디로든 갈 수 있는 배에 이희락 홀로 남았다.

꿈이 아닌 길

옥수수, 연맥과 펠렛이 섞여 있는 배합사료 두 스쿱.

천천히 먹어라.

건강해야 한다.

넌 요새, 살이 좀 빠졌구나.

나는(지금부터 나는, 이희락의 진심인 내가 그냥 이희락 자신이라고 인정하기로 한다. 이젠 작가도 나도 더 이상 돌아갈 길이 없다는 것을 잘 알기 때문이다) 열 마리의 말들 하나하나에게 다정하게 속삭이며 사료를 나눠주었다. 가깝게 지내던 이웃 농가의 황씨가 밀린 대금을 주지 않으면 더 이상 보리를 줄 수 없다고 선언한 이후로, 나는 건초와 사료로만 말들을 먹이고 있었다. 생풀을 좋아하는 녀석들의 기호를 알지만 당분간은 창고에 남아 있는 오차드 그라스 건초 이상을 바랄 수 없었다. 그래도 아직은 말들의 기분을 풀어줄 각설탕도 넉넉하고, 텃밭에서 씩씩하게 자라는 당근들도 있으니 안심이었다. 새 팀을 받아 돈이 좀 들어오면, 1년 내내 걱정하지 않아도 될 만큼의 사료를 사다 놓으리라. 그리고 끝자리를 올림한 보리 대금을 당장 황씨에게 가져다준 후 수경 재배한 청보리를 넉넉하게 얻어 오고 말리라. 나는 그렇게 생각하며 흐뭇하게 말들을 바라보았다. 나는 진심으로 말들을 사랑했다.

연수원은 엄밀히 말해 완공이라고는 할 수 없는 형태로 개원이 되었다. 그러나 나는 육십 평생 어떤 일도 완벽한 준비를 마치고서 이루어본 적이 없었다. 정치라는 건 늘 그랬다. 교육도 마찬가지였다. 결혼이나 아이를 낳는 것, 사는 것 자체가 언제나 정체와 진행을 반복하며 정작 완성되지는 못한 채, 가까스로 완성의 외관을 띠고 있었을 뿐이다. '하지만'이 아니라 어쩌면 '그러므로', 나는 만족했다.

건축법 시행령 별표 1 제10호에서 정하는 교육연구시설로서의 자격은 폐교를 보수하고 정비함으로써 쉽게 충족시킬 수 있었다. 문제는 추가로 필요한 식당과 체육관을 겸한 강당 등이었다. 나는 가용 자금을 모두 끌어다 건물을 보수하고 또 새로 지었다. 그야말로 빚으로 채워진 목욕물에 몸을 담그고 있는 셈이 되었다. 그간의 신용으로 개인을 통해서든 은행을 통해서든 빌렸던 돈들이 아우성을 치며 계산서를 뿜어댔다. 그러나 나는 불안해하지 않았다. 살면서 동동거리거나 걱정해서 해결되는 일을 본 적도, 들은 적도 없었기 때문이다.

어떻게든 시간을 내서 들르곤 하는 정훈이나 경환이, 그리고 고은미, 순영 어머니가 나를 대신해 한숨을 쉬곤 했다. 하지만 나는 불행하지 않았다. 한 번의 실수로 거의 모든 것을 잃었지만 언제든 다시 일어설 자신이 있었다.

나의 재기를 궁금해하는 지인들을 만족시켜주기 위해 그들을 연수원에 초대했다. 처음부터 그들을 통해 따로 들여야만 하는 인건비를 절감시킬 생각을 했던 것은 아니다. 내가 일하고 있을 때 마침 몇몇 친구들이 도착했고, 자연스레 일을 같이 하게 된 것뿐이었다.

맑은 공기 마시고 운동도 하고, 좋지?

양복 차림으로 왔다가 옷도 갈아입지 못하고 삽을 든 친구들이 어색하게 웃었다.

희락이 너 많이 말랐다, 그동안.

다들 쓸데없이 붙은 군살 좀 빼고 가라. 내가 공짜로 운동시켜준다.

이후에 온 사람들은 더 자연스레 작업에 참가했다. 뽀얗게 시멘트 가루를 뒤집어쓴 채 일하는 나를 보고도, 멀거니 그냥 있기는 힘들었을 것이다. 하지만 나와 눈도 맞추지 못하고 멀찍이 서 있다가, 갖가지 변명을 중얼거리며 사라지는 사람들도 있었다. 본래부터 심성이 착해, 내가 아닌 누구라도 도왔을 사람들이나 저간의 안면을 도저히 외면할 수 없는 유약한 사람들이 우직하게 작업에 참여했다. 그들은 해본 적이 없는 일일 텐데도, 내 설명에 따라 열심히 목재를 나르고 시멘트를 갰다. 나는 예전에 수상 무대를 만들어주었던 목수의 조언에 따라 지붕과 외벽에 우레탄 폼을 끼워 넣은 패널을 둘렀고, 철망을 피스로 고정한 뒤 시멘트 미장도 했다. 철망을 치기 전 환기창이나 창문이 부착된 곳에 실리콘으로 마감을 하는 것은 홍학의 김 대표가 맡아 했다. 디자인을 고려하지 않은 단순한 직육면체 형태의 건물이었기에 크게 신경 쓸 일은 없었다. 집 짓는 일은 재미있었다. 나는 모두가 돌아갔거나 지쳐 곯아떨어진 밤에도 홀로 외등을 켜고 페인트를 칠하곤 했다. 공사는 빠르게 진척을 보였다.

드디어 연수원이 문을 열었다. 정계로 나가기 직전까지 8년간 근무했던 학교에서 천 명에 가까운 학생들을 순차적으로 보내주었다. '환영 대창선고교 동계 수련회'라는 현수막을 붙이고 기대에 들뜬 마을 사람들과 함께 수련회를 치르는 동안, 나는 분명 행복했다. 잠수복을 입고 차가운 바다 아래를 유영했을 때처럼, 또 그러다 몇몇 희귀한 물고기와 만났을 때처럼 편안한 기쁨을 느꼈다. 두당 약 2만 원으로 계산해 거두어들인 총 소득 2천만 원이 밀린 공사 대금과 임금, 비품 구입비 등으로 순식간에 빠져나갔지만, 시간이 지나면 선순환으로 돌아설 수 있으리라 확신했다.

하지만 나는 연수생을 서너 차례쯤 받은 후에 또 다른 꿈을 꾸기 시작했다. 언제나처럼 내게 다가온 그것들은 당장 다가서지 않으면 영원히 사라져버릴 것만 같았다. 그것들이 조급하게 내게 말했다. 토끼도 한 마리 없는 전원이 무슨 전원이야? 노루가 뛰노는 모습을 상상해봐! 아이들에게 자연을 보여주어야지, 자연을! 나는 곧 토끼와 노루를 사들였고, 공작과 칠면조를 방사했다. 우리가 만들어졌고, 울타리가 쳐졌으며, 사료 부대가 쌓였다.

여전히 완공은 미뤄진 채 완성된 외관만을 유지하고 있는 강당과 식당 뒤편으로 좀 더 쓰여야 할 건축 자재들이 방치돼 있었지만 신경 쓰지 않았다. 새로이 집중해야 할 것들이 더 많았기 때문이다. 나는 나무를 심고, 꽃을 가꾸고, 연못을 만드느라 바빴다. 특히 발 공원을 조성하는 데 많은 공을 들였는데, 그즈음 나는 사람의 건강에 가장 중요한 것은 뭐니뭐니해도 발이라 생각하고 있었다. 그리고 연수원과 연수생들의 창조적인 발전을 위해 말을 사들이기 시작했다.

최초의 말 사육은 기원전 5500년 카자흐스탄의 보타이 문화권에서 시작되었다고 한다. 나는 '우리나라가 이토록 가난한 것은 대체로 목축이 제대로 되지 못한 까닭이다.'라고 한 연암 박지원의 놀라운 통찰력에 적극 공감했다. 공부를 하면 할수록 말 혹은 말 산업이 실로 놀라운 보고라는 것을 알게 되었다. 나는 우랄 산맥 근처에서 발원한 민족의 후예라면 당연히 말을 타야 한다는 누군가의 생각에 동조했다.

열 마리의 말을 사들였다. 민간 승마 자격증 발급을 무더기로 승인하던 시절이기도 했지만 학원에서 예상 문제를 거의 알려주었던 터라, 자격증을 따기는 쉬웠다. 승마지도사 2급, 승마힐링지도사 2급, 승마심리상담사 2급, 모두 합격. 이미 말과 함께 호흡하는 법을 익힌 내게 실기 시험이라는 것은 형식에 불과했지만, 그래도 나는 연수원을 의식해 생활체육지도자 자격증도 갖추었다.

소 젖에 비해 영양가가 수십 배 넘는다는 말 젖, 최고의 말고기 요리, 말 기름, 현악기에 필수적인 말 꼬리털, 어디에도 견줄 수 없는 말 가죽, 그리고 발굽이 두 개로 갈라진 동물에게만 치명적인 구제역에서 자유로운 최상의 생명력. 경주마, 승용마, 관상마, 비육마. 나는 말이라는 지구상의 또 다른 위대한 생명체에 완전히 매료되었다. 왜 진작 말에 관심을 두지 않았던가 싶었다. 물살도 갈랐고, 하늘도 날았던 나는 이제 거침없는 바람을 맞으며 평원을 달려보고 싶었다.

피델리오, 아샤, 혜인이, 구벤, 당도리, 클리프, 덴버, 앨로이, 블리스, 셀리나……. 내가 구입한 것들은 대부분, 경주용으로 길러졌으나 마지막에 경주에 적합지 않다는 판정을 받은 말들과 승마와 경주에 얼마간 유용하게 쓰인 후 은퇴한 말들이었다. 거침없이 초원을 가르는 백 마리의 말들을 꿈꾸는 내게 턱없이 모자란 수에 모자란 기량을 지닌 녀석들이었지만, 당분간 나는 그 상태로 멈출 수밖에 없었다. 더 끌어다 쓸 돈이 없었기 때문이었다.

고은미와 순영 어머니마저 발길을 끊은 것은 그즈음이었다. 하지만 나는 낙담하지도 슬퍼하지도 않았다. 언젠가는 반드시 헤아릴 수 없는 많은 말들과 함께 초원을 누빌 것이고, 적토마가 부럽지 않은 명마를 가지게 될 것이기 때문이었다. 20세기 최고 운동선수 100인에 포함된 유일한 동물 세크리테리엇과 같은 말이, 나와 인연을 맺지 말라는 법은 없었다. 진심으로 원하면 길은 생기게 마련이다. 나는 언제나처럼 내 곁에 있는 시간을 다정하게 끌어안았다.

처음 한동안, 연수원을 방문한 사람들은 확실히 볼거리, 체험할 거리가 많다는 데 만족해했다. 하지만 어디서고 불평거리를 찾아내기 마련인 그들은 연수원의 시설이 너무 낡았다며 투덜대기 시작했다.

사실 연수원은 가난한 시골의 폐교를 개축한 것이니만큼, 애초부터 도시의 화려한 시설들과 비교가 되지 않았다. 전압이 약해서 자주 전기가 나갔으며, 냉난방 설비가 제대로 작동되지 않을 때가 많았다. 그들이 가장 문제시했던 것은 컴퓨터나 영상 시설 등의 절대적 낙후와 부족이었다. 하지만 나는 그들을 이해할 수 없었다. 오랜만에 도시를 떠나 기왕 시골로 온 마당에 어째서 자연의 수수한 모습을 접하고 즐기는 데 만족하지 않는 것인지, 왜 기를 쓰고 폐쇄된 공간에 들어앉아 대형 스크린을 띄운 채 인공적인 공기를 마시려는 것인지……

평가서를 들고 나타난 담당자가 난색을 표했다. 그는 내게 신세진 일이 있는 학교장과 나와의 관계를 잘 알고 있는 사람이었다.

이래서는 내년이나 내후년에 이곳에 다시 올 수가 없습니다.

평가서에는 투덜대기 좋아하는 아이들이 산모기가 어떻다는 둥, 위생 상태가 어떻다는 둥 엄살을 떠는 내용이 잔뜩 있었다. 하지만 나는 애들이 쓴 종이 쪼가리일 뿐인 것을 두고 쓸데없이 시간을 낭비하고 싶지 않았다. 사실 너무 바빠 선생들을 일일이 상대할 수도 없었다. 나는 젊은 담당자에게 머리를 조아렸다.

당장 시정할 겁니다. 안 그래도 시즌 지나고 나면, 바로 설비 보수에 들어갑니다.

인정하고 개선하겠다는데 뭐라 더 토를 달 수 없는 법이다. 담당자는 곤란해하면서도 우호적인 태도를 걷지는 않았다.

여러 팀이 연수원을 거쳐 갔다. 그들은 비슷하게 아둔한 소리들을 늘어놓았는데, 나는 그때마다 그들의 의견을 수긍했고 동의를 표했다. 사실 그들의 생각이 틀렸다고 할 것도 없었다. 중요한 것은 그것이 맞든 맞지 않든 나와 상관없다는 데 있었다. 나는 진정성을 가지고 해야 할 일을 해왔으며, 그 어떤 장애나 난관도 두려워한 적이 없었다. 나, 이희락에게는 뛰어넘을 수 없는 장애, 피해갈 수 없는 난관이라는 게 존재하지 않았다. 진심으로 원하면 못 이룰 일들이 없다는 것을 나는 경험을 통해 체득하고 있었다. 그간 밀어주는 이도 없었고 믿어주는 이도 없었으며 아무것도 가진 게 없는 나였지만, 그러고도 여태 잘 살아온 나였다. 나는 내가 옳다고 생각하는 것, 내가 간절히 원하는 일들이 나를 끌어주리라 믿었다.

교육감 선거에서 진 것은, 실은 내가 간절히 원하지 않았기 때문이었다. 한적한 시골에서 지내다 보니 알 수 있었다. 애초에 나는 교육감이 되고 싶었던 게 아니라 그저 복잡한 정치판을 떠나 순수한 아이들에게로 돌아가고 싶었던 것뿐이었다. 하지만 선거를 치르면서, 교육계야말로 정치판보다 더 정치적인 곳임을 깨달았다. 그러니 교육감이 안 된 것은 오히려 잘 된 일이었다. 아이들을 지원하고 교육의 미래를 튼튼히 하는 곳으로 연수원만 한 게 없다는 생각이 들었다. 나는 연수원을 내 식으로 훌륭하게 만들고 싶었다.

하지만 연수원은 학교만 상대해서는 운영이 되지 않았다. 게다가 내게 폐교를 임대해준 교육청은, 학교들의 연수비를 지원할 때마다 말도 안 되는 할인율을 적용하고 싶어 했다. 이윤이 많이 남는 기업 연수를 받지 않을 수 없게 되면서부터, 나는 점차 연수원 운영 자체에 흥미를 잃어가기 시작했다. 때 묻은 어른들이 원하는 것은 아이들이 즐겁게 물놀이를 할 수 있는 수영장도, 천진한 눈망울을 굴리는 동물들도 아니었다. 그들은 끝없이 불평을 해댔다. 이불에서 냄새가 난다. 춥다. 덥다. 전압이 약하다. 물이 잘 나오지 않는다. 나는 더 이상 그들을 상대하고 싶지 않았다.

나는 건물 자체의 정비와 보수보다 애정이 가는 다른 일에 더 마음을 쏟았다. 분주했다. 선거에 패하고 집을 정리하면서 죄다 팔아넘긴 분재와 수석을 도로 찾아와야 했으며, 늘어난 동물들과 식물들도 보살펴야 했다. 나는 연못 주위에 무화과나무도 심었고 사과나무도 심었다. 잉어와 붕어가 유영하고 옥잠화와 수련이 떠 있는 연못은 아름다웠다. 나는 전원 생활에 흠뻑 도취되었다.

특히 말을 키우는 일은 나를 완전히 매료시켰다. 도처에 말들이 뛰노는, 누구나 말을 타고 다니는 아름다운 세상에 대한 꿈이 나를 잠 못 이루게 했다. 나는 마사를 오가며 말들의 똥을 치우고, 먹이를 주고, 새 왕겨를 깔아주는 일들을 기꺼이 했다.

사람들은 내가 더 이상 교육자나 정치가로 보이지 않는다고 말했다. 계약이 취소되는 사태가 왕왕 발생했고, 수익이랄 만한 게 잡히지 않았지만, 그런 것들은 모두 사소한 문제일 뿐이었다.

비 맞은 깡통에 녹이 슬듯 상황이 순식간에 악화되었다. 가까스로 한 팀을 받아 돈이 좀 들어오는가 싶으면, 어찌 알았는지 밀린 고지서들이 아우성을 쳐댔다. 동물들은 먹기도 해야 했고 병도 들었으며 가끔은 사고를 치기도 했다. 겁 없이 칠면조에게 과자를 주려다가 손을 쪼인 학생도 있었고, 무리하게 속도를 내다가 말에서 떨어진 기업 간부도 있었다. 보험에 가입할 여유가 없었던 나는 병원비 전액을 자비로 부담해야 했다. 전기와 수도, 가스 등을 끊겠다는 통지서를 받은 후 간신히 고비를 넘긴 게 한두 번이 아니었다.

그 무렵 선거에 패한 나를 버려두고 떠났던 아들이 돌아오지 않았더라면, 나는 아마 난방이 끊어진 빈 교실에서 얼어 죽었을지도 모른다. 나는 아들의 이름으로 여러 은행에서 돈을 빌려, 우선 급한 불들을 껐다. 아들에게 연수원의 과장이라는 직함을 주었더니, 변변찮지만 신용 대출이 가능했던 것이다. 아들이 내 지인들에게 이리저리 연락을 해서 새로운 연수생들을 받은 것도 꽤 도움이 되었다. 얼마간은 그런대로 현상 유지가 되었던 것 같다. 하지만 아들은 결국 끝장이 날 거라며 징징거렸다. 제 어미를 닮아 비관적인 데다 불평불만이 많은 놈이었다. 나는 나보다 덩치가 커진 아들에게 어릴 때처럼 매를 들어 혼을 내줄 수 없는 게 아쉬웠다.

나는 당장 동물들에게 들어가는 경비부터 줄여야 한다는 아들의 말을 무시했다. 분재를 손볼 게 아니라 폐자재들을 치워야 한다는 말도 못 들은 체했다. 싸움이 잦아졌다. 아들은 올 때처럼 갑작스레 사라지고 말았다. 아들이 떠나자 연수원은 최악의 상태가 되었다.

마을 주민들이 하나둘씩 본래의 얼굴을 드러내기 시작했다. 진심이란 게 없는 인간들은 자신에게 손해가 가지 않는 한에서는 충실하게 가면을 쓰고 있다가, 자신들의 이익에 조금이라도 반한다 싶으면 당장 본얼굴을 들이밀며 날뛰기 마련이다. 가진 게 없을수록 베풀 줄 모르고 못 배웠을수록 더 무식하게 굴곤 한다. 연수원의 허드렛일을 도왔던 그들이 가당찮은 인건비를 들먹이며 거들먹거렸다. 하지만 돈이 있는데도 안 주는 게 아니라, 정말 없어서 주지 못하는데 어쩌란 말인가?

조금만 기다려주십시오.

나는 그렇게 사정했지만 그들은 기다리지 않았다. 어느 날, 그들은 항의의 표시로 자신들의 쓰레기를 몽땅 연수원 정원에 던져놓고 갔다. 그들이 거름으로 즐겨 쓰는 음식물을 포함해 당장 처리하지 못해 마당 한 귀퉁이에 오래 두었을 법한 묵은 쓰레기들까지, 실로 어마어마한 양이었다. 나는 연못 옆에 쌓여 있는 그것들을 이틀 내내 소각장으로 옮겨 불에 태웠다(연못 안에 던져놓고 가지 않은 게 천만다행이었다). 아무렇게나 뒤섞인 과자 껍질이나 플라스틱이 타면서, 속을 울렁거리게 하는 연기가 피어올랐다. 나는 묵묵히 그 연기들을 견뎠다.

젊은 시절부터 해끗했던 머리카락이 완전히 하얗게 셌고, 또 눈에 띄게 빠지고 있었다. 자고 일어날 때마다 무게감을 잃은 머리카락들이 베개 위에 뭉쳐 있는 것을 발견할 수 있었다. 거울 속의 내 얼굴은 낯설었다. 거칠게 갈라진 피부 군데군데에 검버섯이 자리 잡았고, 깊이를 알 수 없는 주름들이 무책임하게 제각각의 길들을 주장하고 있었다. 젊은 시절의 내 모습이 떠오르지 않았다. 나는 검고 더럽고 가난한 대머리 노인이 되어 있었다.

그러나 나는 실망하지 않았다. 이제껏 걸어온 길이나 지금 걸어가고 있는 길이 크게 다르지 않으므로, 앞으로 걸어갈 길들 역시 비슷하리라 생각했다. 어쨌든 그 길은 다른 누구도 아닌 나의 길이기 때문이었다.

길이 가다

작가도 이희락의 진심도 잠시 쉬기를 바란다. 길인 내가 보여줄 것이 있기 때문이다. 이야기는 길지 않을 것이다. 그러니 그대들은 잠시나마 긴장을 풀고 내 위에 편안히 드러누웠으면 좋겠다. 눈을 감고 귀를 닫고 다른 모든 감각기관을 막아버리면, 머릿속에 오직 나만이, 길인 나만이 떠오를 것이다.

길인 나는 내 시작을 본 일도 내 끝을 본 일도 없다. 어쩌면 나는 그 시작과 끝을 발견하기 위해 내내 달리는 것인지도 모른다. 그러나 혼자 가는 것은 아니므로 외롭지 않다.

나는 조롱하기 좋아하는 바람과 간섭하기 좋아하는 물, 또 멀찍이서 경원시하는 것이야말로 자신의 위엄을 잘 드러내는 일이라 생각하는 거만한 태양을 친구로 두었다. 그리고 구름과 먼지와 그림자와 들풀 등도 모두 내 친구들이다. 엄밀히 말해 나는 친구가 아닌 것들을 말하기가 더 어렵다. 그들은 모두 나와 닿아 있다. 어쩌면 그들 모두가 나인지도 모른다.

친구들은 내가 가는 대로 나를 따라다니며 비웃거나 훈수를 두거나 멸시한다. 그런 이들을 어떻게 친구라고 할 수 있느냐고? 나는 그렇지 않은 이를 친구라고 말할 수 있는 세상을 알지 못한다(그러나 친구들이 매번 내게 부정적이라는 말은 아니다. 그들은 때로 격한 감정에 사로잡혀 나를 옹호하거나 동정하기도 한다).

그렇다. 나는 비관적인 길인지 모른다. 내가 좀 더 낙관적인 친구들을 두었더라면 우둘투둘하거나 구부렁한 모습이 아니었을까? 좀 더 다정한 친구들을 두었더라면 좁거나 더럽거나 하지 않을 수 있었을까?

그렇지 않을 것이다. 내가 반듯하고 곧고 넓고 깨끗하게만 생겼다면 나는 이미 내가 아닐 것이다. 물론 내게도 번듯한 면이 있다는 것을 안다. 때로 나는 넓고 매끄럽고 시원해 보이기도 한다. 그러나 기본적으로 나는 어딘가로 끝없이 가야 하고 무언가를 자꾸 남겨두고 떠나야 하기에 불안할 수밖에 없고 서운할 수밖에 없다. 쭈그렁거리거나 비틀린 모습이 어쩌면 내 본질이다.

지금 나는 좁고 높은 곳으로 오르고 있다. 납작한 양철 지붕들이 빗방울에 한 대씩 맞을 때마다 비명을 지르고 있다. 꽁, 꽁, 깡깡깡깡깡. 난쟁이 여인이 사는 집 앞에 이르렀다. 그녀는 마흔이 넘었지만 애인을 만들어본 일이 없다. 남자들이 그렇게 생긴 여인을 좋아하지 않는 모양이다. 머리카락이 이마 위에서 갈매기 날개 형태로 자라고 있는 키 작은 여인은 원숭이를 닮았다. 물론 원숭이보다는 키가 크다. 그녀는 피아노를 잘 치지 못하지만 피아노를 가르친다.

그녀의 집에서 조금 더 올라가면 지적 장애가 있는 소년이 사는 집이 나온다. 사람들은 그를 바보라 부른다. 바보는 늘 바닥에 떨어진 얼음과자 막대기를 줍고 다닌다. 그러므로 바보는 사람들이 하드를 많이 먹는 여름에 신이 난다. 한 손으로 막대기를 주운 후 다른 손에 옮겨 모은다. 그는 한 손에 막대기가 가득 차서 다른 손으로 막대기를 줍기도 해야 하고 쥐기도 해야 할 때 울상을 짓는다. 바보는 규칙대로 이루어지지 않는 일에 난감해하는 듯 보이며, 익숙하지 않은 일에는 거의 공포에 가까운 두려움을 느끼는 것처럼 보인다. 바보가 그 많은 막대기를 모아서 무엇을 하는지는 아무도 모른다. 동네 사람들은 그가 바보이기 때문에 막대기를 모으는 것 이상의 행동은 하지 않으리라고 생각한다.

더 올라가보자. 나는 이제 좀 더 가팔라지고, 몇 개의 계단으로 이어지기도 한다. 계단이 있는 곳의 오른 편에 설탕 과자를 만들어 파는 중년의 남자가 산다. 일명 ‘뽑기’라고 불리는 투명한 금빛의 설탕 과자와 아이들의 동전을 바꾸는 게 남자의 일이다. 하지만 모든 아이들이 돈과 과자를 바꿀 수 있는 것은 아니다. 아이들은 100까지의 숫자가 적힌 판 위에 다섯 가지 단어가 적힌 네 개의 판을 놓고 제비를 뽑는다. 100개의 숫자 중 하나를 얻게 되기까지 혹은 얻지 못하게 되기까지, 아이들은 100가지 이상의 꿈을 꾼다(5분의 1, 10분의 1, 20분의 1만큼의 가능성이라 해도, 그것이 인생을 좌지우지할 수 있다면 기대를 걸어볼 만하지 않겠는가?). 그의 설탕 과자 중 어떤 것은 만들기가 무섭게 나가지만, 어떤 것은 결코 뽑혀 가는 일 없이 해를 넘기기도 한다. 다행히 설탕 과자는 썩지 않는다.

이제 나는 세 갈래로 갈라진 나를 마주한다. 하나는 소년과 소녀들이 서로 관심 어린 욕지거리를 주고받으며 오가는 학교로 통하고, 다른 하나는 은밀히 하늘과 만나는 산으로 뻗어 있다. 또 다른 하나는 내가 올라온 곳과는 전혀 딴판인 부자 동네로 향해 있다. 물론 나는 모든 곳을 알고 있다. 내 일부가 나의 다른 일부를 만나거나 무시하거나 애써 피해 가기도 하는 모든 지점을, 내가 모를 수는 없다.

이제 나는 근방에서 가장 높은 산에까지 이르렀다. 누군가는 내가 그곳에서 하늘과 만날 리가 없다고 믿는다. 아무리 멀리 가도 또 높이 올라도, 내가 하늘에 닿을 수는 없다고 생각하기 때문이다. 내 친구 태양도 그렇게 생각하기에 나를 얕보는 것인지 모른다(반드시 한 번은 잘난 체하는 녀석의 머리카락을 뭉텅이로 뽑아낼 수 있게 되기를 바란다). 하지만 내 친구 바람은 내가 이미 저 아래에서부터 하늘이나 태양과 살을 부비고 있었다는 것을 안다. 그가 속삭인다. 저기 한 아이가 있다.

나는 그 아이를 알고 있다. 아이는 방금 전 부엌 천장 들보에 목을 맨 채 죽은 제 어미를 보았다. 하지만 아이는 비명도 지르지 않은 채 집을 나와 뽑기 장수를 찾았다. 그의 손에는 증조할머니의 베개 밑에서 훔친 동전 몇 개가 들려 있다. 중년의 사내는 아이를 좋아하지 않지만 돈은 좋아한다. 그가 아이에게 네 개의 막대기를 준다. 여느 아이라면 이렇게 생각했을 것이다. 이번에야말로 거북선을! 아니면 폼 나는 용을! 잉어보다 양은 적겠지만 칼이라면 두고두고 먹지 않고 보검으로 삼을 것이다. 어쨌든, 제발 붕어라도 한 마리……. 그러나 아이는 아무것도 바라지 않는다. 유리로 만든 기다란 판을 이리저리 옮기는 것과, 열 개의 세로줄과 열 개의 가로줄 사이에서 직사각형 네 개로 자신이 만들고 싶은 어떤 모양을 만들어내는 데에 열중해 있을 뿐이다. 기다란 기차, 비행기, 사다리, 우물, 태극기……. 아이는 유리로 만들어진 막대기를 구부릴 수 없는 게 안타깝다. 빨리 해라! 설탕 과자 장수가 신경질을 내자 아이는 할 수 없이 말판에서 손을 뗀다. 언제나처럼 아이는 아무것도 건지지 못한다.

아이는 동네 슈퍼 앞을 지나치다가 바보를 만난다. 바보는 가끔 자신을 괴롭히는 동네 개구쟁이들을 무서워한다. 막대기를 빼앗기면 미친 듯이 제 가슴을 치고 제 머리를 쥐어뜯으며 괴로워하기도 한다. 때로 벽에 머리를 찧기도 하는데, 그럴 때면 그의 어미가 달려와 함께 울부짖곤 한다. 하지만 바보는 아이만은 무서워하지 않는다. 아이는 자신이 주운 자신의 막대기로 바보 앞에서 다양한 것들을 만들곤 했다. 집, 학교, 다리, 성, 별, 나무……. 바보는 아이가 만드는 모양들이 신기해, 자신이 들고 있던 막대기 중 몇 개를 슬그머니 내려놓기도 했다. 그러니 사실 바보는 아주 바보는 아닌 셈이다. 오늘 아이는 바보가 이해할 수 없는 어떤 모양을 만들었다. 바보는 아이가 만든 목 매단 여인을 알아볼 수가 없다.

비탈진 길을 얼마간 올라간 아이는 난쟁이 여인의 집 앞에서 숨을 고른다. 언제나처럼 피아노 소리가 들리기를 기다린다. '피아노 동요곡집'이나 '부르크뮐러'를 들고 들어간 학생 중 누군가가 틀리게 치더라도 어떤 곡이든 쳐주기를 바란다. 아니면 여느 때처럼 난쟁이 여인의 가슴을 만져주는 대가로 피아노 소리를 들을 수 있으면 좋겠다고 생각한다. 그러나 오늘 여인의 집에는 정말 아무도 없는 모양이다. 아이는 간격을 두고 서너 번 대문을 두드려보다가 실망한 채 여인의 집을 떠난다. 아이는 당장 피아노 소리를 들을 수 있다면 난쟁이 여인의 가슴이 아닌 다른 어떤 것도 만져줄 수 있으리라 생각한다.

산에 오른 아이가 나를 내려다보고 있다. 자신이 있는 곳이 아래에서 보았을 때만큼 높지 않아 실망한 눈치는 아니다. 아이는 내가 헤아릴 수 없이 많다는 사실에 다소 놀란 듯하다. 그렇다. 산꼭대기에서는 한둘이거나 서넛이 아닌 무수한 내가 존재한다. 갈 수 있는 곳만을 길이라 하겠는가? 갈 수 없는 곳도 길이라 하지 않는가! 게다가 갈 수 있는 곳과 갈 수 없는 곳의 경계는 너무도 흐릿하다. 나무가 막고 있어 내가 아니라고 하면 내 친구 나무는 당장 스스로 벼락을 일으켜 자신을 태워버리려 들 것이다. 누구에게도 밟힌 적 없는 풀들이 자라고 있으니 내가 아니라고 하면, 내 친구 풀은 보란 듯이 허리를 꺾어버릴

지도 모른다. 그들은 내게 속해 있고, 사실 나 자신이다.

아이는 골똘히 나를 보며 잠재력을 발동시키고 사유하고 상상한다. '길은 언제나, 어디로든, 또 어떻게든 가고 있다.' 아이는 나에 대한 단순한 명상을 끝낸다. 아이는 자신만의 길을 찾은 듯 보인다.

무너진 길

300명에 이르는 학생들이 강당을 겸한 체육관에 모여 장기자랑을 시작했다. 저녁 식사도 형편없었고, 날씨도 추웠지만 그 나이에 활기를 잃어버리기 어려운 아이들은 신이 나 있었다(물론 아이들은 결코 자신들이 신이 나 있다고 인정하지 않는다. 그것은 존중해주어야 마땅한 사춘기 청소년들의 특징이요 심지어 권리이다). 몇몇이 유행하는 걸그룹의 춤을 추었고, 몇몇이 인기 있는 텔레비전 개그 프로그램을 패러디했다. 사람들 앞에 서는 것을 좋아하면서도 싫은 내색을 해야 한다고 느끼는 어떤 아이는 시간만 끌다가 야유를 받으며 무대를 떠나기도 했다. 또 어떤 아이는 제대로 무언가를 보여주진 않으면서, 그 무언가를 곧 보여줄 거라는 제스처만 한참 취하다가 허망하게 내려가기도 했다.

그럼에도 강당은 삶에 대한 순진한 기대와 무지에서 오는 소박함으로 즐거웠다. 누구도 갑작스레 혈맥이 찔릴 수 있는 위험을 감지하지 않았다. '늙지 않음'에서 오는 '진지하지 않음'이 그들 모두를 태평스럽게 만들었다. 그 나이의 아이들에게 진지함은 사실 악보다 더 나쁜 것으로 간주되었다. 그들은 모두 진지함 따위가 몸에 묻을까 봐 신경을 쓰며 자랑과 동경, 비난과 시기 등이 아무렇게나 뒤섞인 감정들을 쏟아내고 있었다. 자신과 타인을 동시에 의식하며, 수다를 떨거나 킬킬거리면서.

눈이 내리고 있었다. 3월 중순에 내리는 것치고는 대단한 양이었다. 3월이라 더 얇게 입고 왔고, 또 3월이라 더 춥게 느끼는 선생들이 불만을 토로했다.

보일러를 이렇게 최대한으로 올렸어요.

이희락은 페인트 방울이 군데군데 묻어 있는 난방 장치를 가리키며 변명했다. 아직까지 자신을 떠나지 않은 몇 사람의 인맥을 동원해 겨우 받은 팀이었다. 이희락은 애를 썼다.

아니다. 애를 쓴 것은 기실 이희락의 아들이었다.

그렇다. 작가로서 전권을 장악한 나는 이제 아들에 관한 이야기를 하고자 한다. 그것은 더 이상 청소를 미룰 수 없는 책장 맨 윗줄, 혹은 선반 제일 꼭대기 먼지처럼 나를 압박하고 있다. 그 먼지가 얼마간 얼굴로 떨어질 것을 감수해야만 청소를 할 수 있을 것이다. 어쩔 수가 없다.

이희락의 진심, 아니 이희락은 길을 따라다니느라 고단했는지 깊은 잠에 빠져 있다.

이희락의 아들이 선거 직후 잠시 고향을 떠나 세상을 떠돌다가 하릴없이 연수원으로 들어갔으나, 신용불량자가 된 채 도망치듯 연수원을 다시 떠났다는 사실은 이미 밝힌 바 있다.

딱 집어서 몇 년이라고 할 필요도 없는 무의미한 시간이 흐른 후, 아들은 떠날 때처럼 온다 간다 말도 없이 연수원으로 돌아왔다. 젊은 날의 이희락을 쏙 빼닮은 아들에게서 어쩐지 다 늙어버린 이희락의 표정이 비쳤다. 아들은 소중한 무언가를 영영 잃어버린 사람처럼 침울해 보였다.

어쨌거나 다시 돌아온 아들 덕에, 이희락의 연수원은 열악함을 최대한 감출 수 있는 방향으로 정비가 되었다. 아무렇게나 버려져 있던 자재 위로 깔끔한 고무천이 덮였으며, 쓰레기들이 대거 소각되었다. 중고이긴 해도 꽤 쓸 만한 컴퓨터와 영사기가 회의실에 비치되기도 했다.

그러나 열악함을 얼마간 감추었을 뿐, 연수원의 상태가 호전된 것은 아니었다. 아들의 주선으로 가까스로 몇 개 학교가 캠프 신청을 했지만, 그런 신청이 계속 이어지리란 보장은 없었다.

악명 높은 산모기가 없는 계절인 것은 그나마 다행이었다. 그러나 그 3월에도 맹위를 떨치는 추위가 보다 심각한 문제를 낳았다. 아이들이 모인 강당은 10대들의 체온으로 잠깐은 따뜻해진 것 같았으나 곧 바닥에서부터 올라오는 냉기를 감당하기 어려워진 선생들이 발을 동동 구르기 시작했다. 소형 전기난로 서너 대가 강당 중간 중간에 놓였다. 하지만 사실 그것들은 열효율이 좋지 않은 값싼 난로가 그렇듯, 주변 몇 사람의 종아리만 뜨겁게 달굴 뿐이었다.

강당 한가운데에 모닥불이라도 놓을까요?

이희락의 제안에 선생들은 놀랐다. 그들은 이희락이 정말 그렇게 할 수 있다고 생각해서 한 말인지, 조금이라도 미안해서 던져본 말인지 알 수 없어 당황했다. 그의 최근 근황을 얼마간 알고 있는 한 선생이 이희락이 행여 그런 일을 벌이기라도 할까 봐 겁을 먹고 말했다.

애들은 들떠서 추운 것도 모를 겁니다. 숙소 난방만 좀 확인해주시죠.

이희락은 안 그래도 그럴 생각이었던 터라 순순히 강당을 나섰다. 아침에 손톱만 했던 눈송이가 이제 밤톨만 하게 커져 있었다. 60년을 산 이희락으로서도 생전 처음 보는 거대한 눈발이었다. 발을 내딛자 무릎까지 올라오는 장화의 3분의 2가 눈에 파묻혔다. 그는 숙소로 향하려던 발길을 돌려 마사로 걸음을 옮겼다. 갑자기 말들이 걱정되던 것이다. 난방 장치도 제대로 되어 있지 않은 곳에서 콧김을 뿜으며 맑은 눈망울만 굴리고 있을 그것들이 염려스러웠다. 깡마른 그의 몸이 곧 눈밭에 쓰러지기라도 할 듯 휘청거렸다.

진절머리 나게 내리는구나.

이희락은 자신과 친하다고 여기는 하늘에 대고 중얼거렸다. 작은 알전구 하나만을 켜둔 마사에 거의 도달할 무렵이었다. 뒤로하고 왔던 방향에서, 무언가가 둔중하게 내려앉는 소리가 났다. 이희락은 추위로 곱은 몸을 가까스로 돌려 소리가 난 쪽을 돌아보았다. 믿을 수 없는 광경이 벌어지고 있었다.

거대한 강당이 무너져 내리고 있었던 것이다. 아니, 이미 무너져 내렸다. 세상 일이 모두 이렇게 만화 같을 뿐이라는 듯 우습게, 또 어이없게……

쌓인 눈들이 연기처럼 공중으로 흩어지고 있었다. 잇따른 비명 소리와 울음소리, 고통의 극에 달해 자신의 소리인지도 모르고 내지르는 소리, 신체의 어느 부위가 꼼짝달싹 못 하도록 눌렸거나 끊어졌거나 하여 절망적으로 내뱉는 신음 소리. 그 모든 소리들이 보다 큰 눈의 소리에 파묻히고 있었다. 순식간에 일어난 일이었다. 눈과 함께 내려앉은 강당은 마치 심술궂은 아이가 짓밟아버린 장난감 집처럼 찌그러져 있었다. 누군가 화를 내며 구겨버린 종이처럼, 혹은 쓸모없이 길이나 막고 있는 거대한 바위처럼 한심한 모습이었다.

보고도 본다고 자각할 수 없는 광경, 듣고도 들린다고 인식할 수 없는 소리들이 사방에 가득했다. 이희락이 곱은 몸을 돌려 눈 한 번을 크게 떴을 뿐인 10여 초 상간에 일어난 일이었다.

말들 역시 끔찍한 참사를 감지했음인지 히히힝거리며 날뛰기 시작했다. 이희락은 무너진 강당을 어이없이 바라보다 곧바로 마사를 향해 뛰었다. 10미터도 되지 않았지만 눈 때문에 쉽게 도달할 수 없었다. 다른 생각은 들지 않았다. 강당처럼 마사가 무너질 수도 있다는,

그래서 열 마리의 말들이 모두 눈에 깔려 죽을 수도 있다는 생각만이 그의 몸을 움직이게 하고 있었다. 말들은 거친 콧김을 내뿜으며 몸부림치고 있었다. 이희락은 문을 열고 말들이 각각 따로 있는 우리를 하나씩 열기 시작했다. 그는 급하게 연 반작용으로 방사장의 문이 도로 닫혀 자동으로 걸쇠가 걸렸다는 사실을 알지 못했다. 우리에서 나왔으나 밖으로 나갈 수 없는 말들이 좁은 마사 내부에서 날뛰기 시작했다. 지나치게 힘이 좋거나 예민하게 흥분한 몇 마리의 말들 중, 어떤 놈이 최초로 이희락을 넘어뜨렸는지는 알 수 없었다. 말들은, 바닥에 깔린 이희락이 자신들을 쓸어주고, 보듬어주며, 먹이를 준 사람이라는 것을 잊었다. 구제역에 취약하지 않은, 갈라지지 않은 튼튼한 발굽들이 제각각의 무게로 이희락을 짓밟았다. 서로의 몸에 부딪히면서 말들은 더욱 흥분했고, 이를 드러내고 침을 흘리며 뛰어올랐다. 소란의 와중에 문이 망가지며 길이 트였다. 열 마리의 말들은 급하게 마사를 빠져나갔다. 여물과 배설물로 범벅이 된 바닥에 이희락 홀로 남겨졌다.

　사고 경위. 수련회에 참석한 대영중학교 2학년 학생 295명 중 34명 사망, 99명 중상. 그 외 다수의 학생들은 골절 및 찰과상을 입었으나 회복 및 치유 가능한 상태로 진단받음. 강당의 앞쪽부터 붕괴 시작해 10여 초 만에 지붕 전체가 내려앉음. 패널로 이루어진 연수원 강당의 지붕이 60센티미터 높이로 쌓인 습설의 무게를 이기지 못해 무너진 것으로 추정. 애초에 강당은 경사진 지붕이 아니라 단위 면적당 압력에 취약할 수밖에 없는 평지붕으로 지어졌음. 또한 지붕을 지탱하는 내부 기둥 여덟 개가 바깥쪽에만 있고 가운데에 없었던 것이 붕괴를 가속화시킨 것으로 보임. 내리는 동시에 녹으면서 습기를 머금어 더 무거워진 눈의 무게는 1평방미터당 약 300킬로그램에 달함. 사고 당시 강당의 지붕을 덮었던 눈의 무게는 거의 100톤에 이르렀을 것으로 추정됨. 중상을 입은 사람 중 몇몇은 강당에 비치된 전기난로에 피부 표면이 밀착됨으로써 2도 이상의 화상을 입음. 출입구 외에 다른 비상구는 없었음. 초기 신고가 늦어져 사상자를 더욱 많이 낸 것으로 추정. 당시 강당 밖에 있었던 것으로 알려진 연수원장은 구조 작업이 끝날 무렵 원내 마사에서 발견됨. 쓰러질 때의 충격으로 인한 뇌진탕과 저체온증 등으로 뇌사 상태.

우회로

나를 예뻐했던 외할머니는 내가 작가가 되는 것을 보지 못하고 돌아가셨다. 하지만 현대를 사는 사람들의 소위 희망 직업인 의사나 변호사가 아니라 작가가 되었다는 것을 알면, 기뻐하실 것이다. 받은 원고료에 대한 기억은 까마득하고, 앞으로 받을 원고료는 보장되지 않은 채 줄곧 홀로 앉아 있어야만 하는 고독한 업일지라도, 최소한 의사나 변호사는 아니니 말이다.

외할머니가 의사나 변호사, 약사 등이 되지 말라고 이르신 것은 남을 돕는 사람은 반드시 화를 당하게 된다는 지론 때문이었다. 그녀는 당할 만큼 당해야 하는 고통을 누군가가 덜어준다면 덜어준 사람이 그 고통을 대신할 수밖에 없다고 주장하곤 하셨다.

윗동네 약국집 아들을 봐라. 약사가 그리 약을 잘 지어주니까 아들이 꼽추로 태어났지 뭐냐? 삼거리 병원은 또 어떻고? 그 아들이 결국 차로 사람을 치어 난리가 났단다. 특히 가난한 사람들을 조심해라. 불쌍하다고 함부로 도와서도 안 되고 절대 남의 송사에 끼어들어서도 안 된다.

외할머니는 집집이 문제 있는 사람, 사고 일으키지 않는 사람, 아프지 않은 사람이 없다는 일반적인 현상은 무시한 채, 본인의 생각에 확고부동한 증거들을 대며 내게 경고하곤 하셨다. 그녀는 더 심각한 예를 들 수도 있다는 표정으로 나를 바라보다가 혼자 고개를 가로젓기도 하셨다. '애한테 할 말은 아니지.' 그렇게 생각하시는 것 같았다. 어쨌거나 남을 돕는 것에 대한 외할머니의 공포는, 결코 빠질 일이 없어 보이는 광부의 손톱 밑 때만큼이나 절망적인 것이었다. 아무리 손톱을 깎아도, 제 아무리 거품이 많이 나는 비누를 써도 결코 지워지지 않을 검은 광물의 흔적 말이다.

가난 구제는 지옥 늦이라 했다. 가난한 사람을 구제하는 것은 지옥에 떨어질 징조라는 말이다. 결국에는 그 가난이 가난한 자를 도와준 사람에게 옮겨와버린단 말이다. 알겠니?

그러나 남을 돕지 말아야 한다고 믿은 외할머니가 평생 표독스럽게 자신의 이익만을 챙기며 사셨던 것은 아니다. 10원짜리 동전 하나라도 행여 함부로 흘릴까 봐 전전긍긍하던 그녀였지만, 불쌍한 사람들을 그냥 지나치지 못하셨다. 도와주면 안 된다는 뿌리 깊은 믿음을 배반하지 않는다고 스스로를 속이기 위해, 결코 도움이 아닌 듯한 제스처를 취해가면서 말이다. 맨발인 채 주정꾼 아버지의 술 심부름을 다니는 아이에게, 외할머니는 실제로 그다지 낡지 않았으나 당신의 선언에 의해 당장 버릴 것이 되어버린 내 신발을 주셨다. 물론 나름 주도면밀하게 내게 새 신발을 사주면서 "큰 신발을 신어야 키가 쑥쑥 크는 법이다."라고 하신 연후에 그렇게 하셨다. 그녀는 젖이 나오지 않는다며 갓난아기를 들쳐 업고 구걸을 나온 여인도 외면하지 않으셨다. 누가 볼세라 서둘러 찬밥 덩이와 못 입는 옷가지를 챙겨주면서, 찬밥을 쉰밥이라 우기고 걸레로도 못 쓸 옷이라고 누누이 말씀하시기도 했다.

어찌 보면 그것은 사고의 체계가 확장될 기회를 얻지 못한 사람들이, 자신이 알고 있는 세상을 어떻게든 살아나가기 위한 하나의 방편이었을 것이다. 선생이나 정치가, 설령 작가라 할지라도 누구에게든 어떤 방식으로든 도움을 줄지 모른다는 가능성 따위를 고려할 필요가 없는 작디작은 세상에서 말이다. 편협하므로 안전한 범주 내에서 할 수 있는 것, 혹은 하고 싶은 것을 다 하는 것. 때때로 가족들은 그런 할머니를 비난하기도 했고 핀잔을 주기도 했지만, 내가 보기에 그것은 나름 현명한 태도였다. 나는 외할머니가 대체로 지혜로운 삶을 살다 가셨다고 믿는다. 하지만 이희락의 부모들은 그러지 못했다.

그들은 무엇으로 자신을 살게 할 수 있는지 알지 못했다. 찾아보면 혹은 부딪혀보면 달랐을 테지만 그들은 그렇게 할 수 있다는 것조차도 알지 못했다. 그들에게는 달리 도망갈 곳도 없었는데, 도망간다고 해도 안전하리란 보장 또한 없었기 때문이었다. 그들은 그저 소심하게 끙끙거리다가, 심지어 미련도 없다는 듯 세상을 떠나버렸다. 이희락이 보기에 더할 수 없이 무력하고 한심한 방법으로……

부모가 살았던 것과 비슷하게 사는 자식이 있는가 하면, 부모가 살던 대로는 결코 살지 않는 자식이 있다. 이희락은 후자였다. 그는 자신에게 오히려 자연스러웠을 순응적인 태도를, 누구도 흉내낼 수 없는 '부드러운' 방식으로 거부했다. 그 부드러움은 쉽게 끊어지지 않는 끝없는 갈망을 뜻했고, 또한 큰 것을 잃어본 자가 사소해 보이는 하나만을 맹렬히 바라볼 때 생기는 순수한 애착을 의미했다. 그러므로 이희락의 부드러움은 사실상 누구도 부러뜨릴 수 없는 단단함과 다르지 않았다. 그의 부드러움은 극렬했고 집요했다. 그러니까 이희락이 물고기를 키우면, 물고기를 키울 수 없는 세상 따위는 알지도, 이해하지 못하는 그에 의해 온 집이 물고기나 물고기를 위한 것들로 가득 차곤 했던 것이다. 이희락에게는 안 되는 것도 있고, 못 하는 것도 있는 세상 따위는 존재하지 않았다.

너무 이른 나이에 세상을 떠난 이희락의 가족들은 자신들이 그에게 아무것도 남겨주지 못했다는 사실을 안타까워했다. 그들은 언제든 기회가 된다면 최소한 왜 자신들이 일찍 떠났는지에 대해 변명이라도 할 수 있게 되길 바랐다. 나는 이제 그들의 마음을 옮긴다.

아가, 이제 와서 미안하다고 하면, 네가 어떻게 생각할지 모르겠구나. 너에게 아무것도 해주지 못한 채 먼저 떠났고, 너와 함께 있는 동안에도 늘 악에 받쳐 매질만 해댔으니 말이다. 무엇보다 어미가 행복했던 모습을 네게 한 번도 보여주지 못한 게 가장 가슴 아프구나. 하지만 그때 나는 정말, 무엇을 할 수 있는지 알지 못했단다.

가난한 내가 대단한 가문의 종손이라는 너희 아버지에게 시집을 왔을 때, 놀라웠던 것은 사실 가문이 아니라 가난이었다. 가난한 내 친정보다도 더 가난한 네 아버지의 집. 몰락해도 양반집, 그것도 유서 깊은 양반집이래서 대단한 존경심을 품고 왔던 나는 어찌할 바를 몰랐다. 물론 그렇다고 해서 내 존경심이 단번에 무너졌던 것은 아니다. 그 집에는 분명 네 증조할머니의 표현대로, 짐승과 다를 바 없이 살았던 내 삶과는 다른 놀라운 게 있었으니까⋯⋯. 사실 모두 놀랄 만한 일들이었다.

시할머니와 시아버지, 시어머니가 모두 한 방에서 잔다는 사실이 놀라웠고, 특히 시할머니가 두 부부의 가운데서 잔다는 건 더 놀라운 일이었다. 막 결혼한 나와 네 아버지에게 방 하나를 내주기 위한 조처이기도 했지만, 시할머니는 손자를 봐야 할 나이의 사람들이 남부끄러운 짓을 해서는 안 된다고 주장하셨단다. 하루 종일 수를 놓거나 붓글씨를 쓰는 시할머니에게 아침마다 세숫물을 떠다 바치고, 요강을 비우며 하녀처럼 일하는 시어머니의 모습도 충격적이었다. 물론 그 모든 일이 곧 내 차지가 되었지만 말이다.

품위를 유지할 필요가 전혀 없는 비좁은 집이었지만, 시할머니는 늘 풀 먹인 한복을 입은 채 품위를 유지하기 위해 애를 쓰셨다. 그분은 따끔하게 몇 마디를 하는 것이 어른의 도리라고 생각하시는 듯 내가 눈에 띌 때마다 훈계를 하셨단다. 워낙 말씀이 어렵고 목소리가 낮아서 나는 거의 알아듣지 못했지만 말이다(나는 시할머니처럼 공부를 많이 하신 분을 이전에 본 적이 없었단다. 그분에겐 시어머니도 나도, 집안의 그 누구도 감히 도전할 수 없는 위엄이라는 게 있었다. 분명 나는 그분을 존경했단다). 나는 그저 내가 죄송할 만한 일을 했음에 틀림없다 여기며, 연신 허리를 구부려댔단다.

새벽에 노역을 나간 시아버지는 밤이 되어서야 지푸라기처럼 텅 비어 보이는 몰골을 하고서 돌아오시곤 했다. 머리에는 하얀 가루가 잔뜩 앉아 있었고, 손과 목덜미 등 드러난 곳은 모두 멍이 들어 불그죽죽했지. 하지만 시아버지는 다리 한 번 뻗어보지 못한 채, 돌아오자마자 꿇어앉아 야단을 들어야 했어. 시할머니의 말씀은 대개 "차라리 굶어 죽으면 죽었지."로 시작했단다. 선비가 제 입에 풀칠하는 게 아쉬워서 상놈이나 하는 짓을 해서는 안 된다, 너는 가문에 수치스러운 일을 했다…… 뭐 대충 그런 내용이었는데 그 역시 눈치로 겨우 짐작만 할 수 있는 어려운 말씀이었단다. 시할머니는 당신이 드시는 형편없는 음식이나마 시아버지의 노동 없이는 구할 수 없다는 사실을 전혀 알지 못한다는 듯, 엄하게 질책하셨어. 그러면 더 이상 앉아 있을 힘도 없어 보이는 시아버지가 머리를 조아리며, "심려 끼쳐드려 송구합니다, 어머니. 다시는 그러지 않겠습니다."라고 말했지. 하지만 시아버지는 다음 날이면 어김없이, 풀죽이라도 끓여 먹을 수 있는 돈 몇 푼을 벌기 위해 무거운 몸을 일으키지 않을 수 없으셨어.

시할머니가 깨시기 전에 휘청걸음으로 나간 시아버지가 저녁 무렵 돌아오셔서 또 머리를 조아리고 용서를 구하는 장면이 반복되었어. 다음 날도, 또 그 다음 날도 매번 비슷했지. 나는 불에 탄 꼬챙이처럼 까맣게 마른 시어른이 안쓰러웠지만, 이상하게 그 장면을 볼 때마다 웃음이 났어. 한번은 웃다가 네 할머니에게 뺨을 맞은 적도 있단다. 그래, 맞아 마땅했어. 시아버지가 시할머니께 혼이 나는 걸 보면서 어떻게 웃을 수가 있겠니? 하지만 나는 그 광경을 보거나 떠올릴 때마다 웃음을 멈출 수가 없었단다. 나도 내가 왜 그러는지 알 수가 없었어. 시아버지가 무릎을 꿇고 머리를 조아릴 때 발뒤꿈치에 난 양말 구멍이 보여서? 양쪽 엉덩이 부분이 거무스레한 시아버지의 바지가 우스워서? 모르겠다. 지금도 도무지 알 수가 없구나.

우리들은 가족을 먹여살리기 위해 애를 쓰시면서도, 바로 그 때문에 혼이 나는 네 할아버지를 도울 수가 없었단다. 우선 시할머니에게 감히 뭐라 말씀을 드릴 수 있는 사람이 없었어. 어른의 말씀에 토를 다는 것은 그 집안에선 엄격하게 금지되어 있었지. 게다가 글공부를 해야 하는 너희 아버지는 물론 우리 여자들 아무도 돈벌이를 위한 다른 일을 해서는 안 되었어. 선조의 덕에 누를 끼치지 않도록 여자들은 바깥으로 돌아서는 안 되었고, 네 아버지는 어떻게든 공부를 해야만 했단다.

우리는 좁은 우리에 갇힌 짐승들처럼, 작은 공간에서 미쳐가지 않을 수 없었어. 결국 약한 자가 더 약한 자를 물어뜯었고, 그 더 약한 자가 더 더 약한 자를 괴롭혔지. 시할머니는 시어머니를, 시어머니는 나를, 나는……. 그래, 나는 너를 제외하고 아무도 없었어.

어린 너를 두고 내가 그렇게 떠나버린 건 네 할머니가 펄펄 끓는 물을 실수인 척하고 내 손에 끼얹어서가 아니야. 네 증조할머니가 같은 소리를 몇 번이나 하게 만든다며 내게 들었던 회초리가 아파서도 아니야. 시집 온 지 여섯 달 만에 시아버지가 결국 공사판에서 심장마비로 돌아가신 후, 집안에 사람을 잘못 들여 그런 일이 났다고 시할머니, 시어머니가 한꺼번에 나를 몰아세워서도 아니야. 아니야, 아니란다. 너를 가졌다는 것을 아신 후로 시어머니가 네 아버지와 나 사이에서 주무시기 시작해서도 아니고, 공부하던 네 아버지가 알고 보니 장님에 가까울 만큼 시력이 좋지 않다는 것을 알게 되어서도 아니야. 부끄럽지만, 나는 말이다.

나는, 너무 배가 고파 살 수가 없었다. 살고 싶지 않았단다. 너를 낳고도 미역국 한번 양껏 먹어보지 못했어. 시골에서 자란 나는 반찬이 없어도, 깡보리밥이어도, 고봉으로 얹어 밥을 먹곤 했는데, 시집오고 내가 먹을 수 있었던 것은 내 생각엔 사람이 먹는 양이 아니었어. 정말 딱 새 모이만큼이었지. 그것도 천박하게 급히 먹는다고 야단을 들어가면서 말이야. 왜 차라리 일을 하러 나가거나 도망가지 않았느냐고? 글쎄, 내 아이가 자랄 양반 가문에 누를 끼치고 싶지 않아서? 여자는 절대 밖으로 돌면 안 된다고, 그러면 그 집안은 정말 망조가 드는 거라는 말을 귀에 못이 박히도록 들어서? 사실, 나도 정말 모르겠구나. 그냥 너무 굶다 보니 정신이 나갔던 것인지도 몰라. 세상에 배고픈 것보다 사람을 무기력하게 만드는 건 없단다. 적어도 못 배운 나는 그랬단다.

어쨌든 아가, 미안하다. 너무 늦었겠지만, 그래도 이 말만은 꼭 하고 싶었단다. 희락아, 실은 나도…… 나도 정말 살고 싶었단다.

그렇다. 이건 돌아가신 이희락의 어머니가 비참한 말년을 맞이한 이희락을 내려다보며 하늘에서 한 말이다. 죽은 사람이 어떻게 말을 하느냐고? 어째서 그럴 수 없다고 생각하는가?

당시 여덟 살에 불과했던 이희락은 어머니가 목을 매고 죽은 모습을 모조리 보았다. 하지만 그는 소리조차 지르지 않았다. 그가 알고 있는 어머니는 늘 부지깽이나 빗자루를 들고 자신을 때리는 사람이었다. 이희락은 어머니를 증오했다. 부엌 천장 도리에 목을 매단, 파래진 혀를 빼문 어머니의 모습은 슬프게 느껴지지도, 으스스해 보이지도 않았다. 마치 오물이 묻은 빨래가 널려 있을 뿐인 것처럼, 혹은 상해가는 감자나 양파가 망째로 걸려 있을 뿐인 것처럼 자신과 그다지 상관없는 사물로 보였다. 그러나 그 마지막 모습은 이희락이 봐온 어머니의 모습 중, 가장 혐오스러운 것이었다. 그 순간부터 영원히, 이희락에게 어머니는 아무것도 아닌 사람이 되고 말았다. 그리고 곧 아버지마저 그렇게 되었다.

나 역시 모르겠구나. 내가 무엇을 잘못했는지, 어떻게 했어야만 하는 것인지. 나는 다만 사는 것보다 죽는 것이 훨씬 쉬웠을 뿐이다. 너의 할아버지, 곧 내 아버지가 돌아가시자, 할머니는 내가 정신을 더욱 바짝 차려야 한다며 채근을 하셨다. 하지만 난 그 지긋지긋한 공부라는 것을 도저히 더 계속할 수 없었다. 두꺼운 안경을 꼈어도, 글자들은 날마다 뭉텅이로 여러 개씩 날아가버렸다. 어느 순간에는 백지 외에는 아무것도 보이지 않았지. 공무원이든 경찰이든, 그 어떤 것도 될 수 없다는 것을, 누구보다 나 자신이 잘 알고 있었다.

해방도 되었고, 전쟁도 끝났지만 살기는 더욱 힘들어졌다. 나는 시력이 갈수록 떨어지고 있었다. 글자는커녕 책을 찾기도 어려울 지경이 되었지. 결국 할머니의 말씀을 무시하고 일을 하러 나갔지만, 며칠을 버티지 못했다. 나는 내 아버지만큼의 체력도 없어서 허드레 공사판 일도 할 수가 없었단다.

네 어머니가 그렇게 죽고 나자, 나는 아무것도 하고 싶지가 않았다. 네 어머니는 배운 게 없는 사람이었지만, 나는 네 어머니를 좋아했다. 그렇게 싱싱한 모습으로 우리 집에 들어섰던 그녀가 나날이 습기를 잃은 채 말라가는 모습을 보는 것은 곤욕스러웠다. 나중에는 손만 대도 바스러질 것처럼 껍데기만 남은 모습이었지. 단 한 번이라도 그녀가 배부르게 밥 먹는 모습을 보고 싶었는데……. 나는 아무것도 해주지 못했구나.

바다가 나의 유일한 도피처였다. 빛과 어두움의 경계가 선명한 바다는 내가 유일하게 또렷이 볼 수 있는 신의 피조물이었다. 바다는 망상조차 허락하지 않는 세상을 순식간에 덮어버리곤 했다. 어떤 구차한 변명도 담지 않은, 순수한 노래를 불렀다. 갈매기, 바람, 구름, 그리고 현실에서는 볼 일이 없을 것만 같은 아주 멀리 있는 작은 배. 거기서는 내가 사는 집이 더 이상 생각나지 않았다. 네 할머니들과 어린 네가 살비듬을 떨어뜨리며 생을 갉아먹고 있는 비좁은 그 집 말이다. 그래, 무능한 나는 도망가는 것 외에 다른 어떤 것도 할 수가 없었단다.

거침없는 파도가 단호하게 바위를 때리는 소리를, 너도 들어본 적이 있는지 모르겠구나. 나는 그 소리를 위안 삼아 내 인생도 그렇게 깔끔하게 끝을 내야 한다고 생각했다. 신문과 라디오에서 7년 만에 가장 큰 태풍이 올 거라고 연일 떠들어댔다. 나는 아버지가 그랬던 것처럼, 할머니가 깨시기 전에 창고 구석에 숨겨둔 낚싯대를 들고 집을 나섰다. 변변한 생선 한 마리도 제대로 집에 가져다 준 적이 없다는 사실을 떠올리자 가슴이 아팠단다. 하지만 그럼에도 불구하고 아무것도 할 수 없었기에, 아파하는 것도 사치라고 생각했다.

나가면서 잠시, 잠든 너를 보았다. 증조할머니의 엄한 회초리를 참아가며 한문을 익히던 네 모습 외에, 사실 별반 기억나는 게 없었다. 너는 배가 고프다고 칭얼대거나 장난감을 사달라며 떼를 쓴 적이 없었지. 우리 모두가 그랬던 것처럼, 어린 너마저 유령처럼 그 집을 오가고 있었던 건지도 모르겠구나.

나는 파도가 높아지기 시작한 바닷가에서, 바다와 가장 가까운 바위 위에 앉아 낚싯대를 드리웠다. 누군가가 쓰다 버린 그 낚싯대에는 애초부터 바늘도 낚싯줄도, 납으로 만든 추도 없었단다. 그러나 생에 처음으로 약간의 자신감이 생겼다. 인생을 낚을 수 없다 하더라도 죽음을 낚을 수는 있으리라는 믿음이 있었기 때문이다. 그 순간의 나는 나 자신이 만족스러웠다.

사십 평생 처음으로, 다른 어떤 것도 보지 않고 오직 내게만 온 신경을 집중한 강한 힘을 보았다. 녀석은 다른 살아 있는 새나 살아 있지 않은 바위에는 관심도 없다는 듯 오직 나만을 향해 달려들었지. 웃길지 모르지만, 그 순간 나는 자신감으로 충만했다. 나는 나를 날려버리는 것만이 유일한 목표라는 듯 광포하게 휘몰아치는 바람을 의연하게 마주했다. 거대한 바가지로 누군가가 물을 퍼붓기라도 하는 것처럼 한꺼번에 쏟아지는 빗방울도 시원하게 맞았다. 그것은 쪽방에서 보이지도 않는 글을 읽는 시늉만 했던 내 초라한 몰골을 단번에 씻어주었다. 나는, 뼈만 남은 앙상한 무릎을 구부린 채 할머니의 질타를 받던 내 아버지처럼 살지 않을 자유를 얻었다. 그 순간이야말로 나는, 진정한 인간이었던 것이다.

희락아, 내가 너에게 미안해해야 하는 것이냐? 나는 방법을 몰랐다. 사실 지금도 모르겠다. 다른 어떤 선택을 할 수 있었는지…… . 어쨌거나 나는 네가 나처럼 살지 않아서 다행이라 생각한다. 네가 진심으로 그 모든 것을 사랑했는지, 아니면 그저 너 자신을 사랑하지 않기 위해 그 모든 것을 사랑하는 척한 것인지는 잘 모르겠다. 인생다운 인생을 살아보지도 않은 내가 그런 것까지 알 수는 없구나.

이희락의 아버지가 죽고 나서 그의 할머니도 시름시름 앓다 죽었다. 지독한 가난과 자신의 시어머니로부터 기인한 오랜 화병이 원인이 되었을 수도, 혹은 남편과 아들을 연이어 잃었다는 상실감 때문이었을 수도 있었다. 어쩌면 며느리를 자살하게 만들었다는 죄책감이 크게 작용했을지도 모른다. 어쨌든 그녀는 여전히 품위를 잃지 않으려는 이희락의 증조할머니에게서 변변한 간호 한번 받지 못하고 세상을 떴다.

아흔에 이른 증조할머니는 어린 희락을 끌고 문중이 있는 시골을 찾았다. 종친들은 그녀의 부탁을 거절할 수 없었다. 노쇠했으나 여전히 꼿꼿한 늙은 여인은 자신까지 누가 될 수는 없다며 후줄근한 한복 자락을 부여잡고 홀로 길을 떠났다. 이후 그녀의 소식은 어디에서도 들리지 않았다.

이희락을 떠났던 모든 가족들은 어쩌면 너무 고지식했던 것인지도 모른다. 스스로 만든 경계니만큼 스스로 그 경계에 작은 구멍이나마 만들 수 있다는 사실을 알지 못한 그들은, 나의 외할머니처럼 우회하는 방법을 찾지 못했다. 가족 모두가 그를 떠났을 때, 그의 나이는 겨우 열한 살이었다.

내가 처음부터 작가가 되기로 결심했던 것은 아니다. 대부분의 손자들이 그러한 것처럼 나 역시 할머니의 말을 심각하게 받아들이지 않았다. 그러면서 가지 말라던 그 길들에 오히려 더 호기심을 느끼기도 했다. 하지만 나는 결국 외할머니의 말을 충실히 따른 셈이 되었다. 공부를 할 수 있는 환경이 아니었다고 하면 변명이 되겠지만, 어쨌거나 공부를 할 수 있는 절대적인 시간이 모자랐던 것이 사실이다. 어린 시절, 나는 늘 바빴다.

작가가 되기 전, 여러 직업을 전전했다. 삶의 바닥을 체험하는 일부터 삶으로부터 기만당하고 삶을 위협하기도 하는 일에 이르기까지, 할 수 있는 일은 무엇이든 해보았다. 작가가 되기 위해 그랬던 것은 아닐 것이다. 그저 내 앞에 펼쳐진 길이 나를 그렇게 이끌었을 뿐이다.

지금 나는 돌아가신 외할머니의 응원에 힘입어, 여러 장의 방석과 쿠션으로 틀어져버린 허리를 살짝 달래고 다이아몬드보다 딱딱해진 어깨를 주물러대며, 이 글을 쓰고 있다. 이미 자라처럼 기울어진 목 따위, 볼 때마다 혹시 다른 병은 아닌가 하고 의심하는, 선혈을 뿜는 치질 따위를 모두 무시하고서 말이다. 아직 이 글을 끝내지 못하는 이유는 이제 정말 제대로, 이희락의 아들에 관한 이야기를 해야 하기 때문이다. 떠나간 자들이 있는가 하면 남겨진 자들도 있다. 언제나 남겨진 자들의 몫이 더 큰 법이다.

신의 길

천지를 창조하기 전, 신은 흑암, 혼돈, 공허라는 세 벗과 함께 있었다. 신과 벗들은 아무것도 보이지 않는 곳에서 고요한 산책을 하곤 했다. 벗들은 신의 창조에 대해 근심이 많았다.

한 점의 얼룩도 없이 완전무결하게 검은 흑암이 신의 계획을 통곡으로 만류했다.

도대체 왜 자청해서 일을 벌이시려는 거죠? 저는 이대로도 충분히 좋은데…….

흑암은 신이 무엇을 구상하고 있는지 알고 있었다. 자신과 정확히 반대되면서 동류인 짝, 빛을 만들려는 것이었다. 흑암은 윤기 흐르는 검은 머리를 흔들며 괴로워했다.

빛은 모든 것을 망쳐버리고 말 거예요. 암흑 자체로 아름다운 것들에게 공연히 흠을 낼지도 몰라요.

신은 말없이 흑암을 어루만져주었다. 흑암은 신이 구상하는 처음은 알 수 있었지만 그 끝은 알지 못했다. 다만 자신들의 신 역시 마냥 가벼운 마음은 아니라는 것을 느낄 수 있을 뿐이었다.

감정의 기복이 심한 혼돈이 축 처져 있는 흑암을 등 떠밀며 신께로 나아왔다. 그의 주변에서 소란한 파장이 일었고 순식간에 동요와 불안이 솟아났다.

전 당신이 하려는 일에 찬성해요. 우리 모두는 당신이 만든 만물에 깃들어 그 세상이 어떻게 전개되어가는지 볼 수 있겠죠. 재미있을 것 같지 않아요?

혼돈의 입가에 잔인한 미소가 번져나갔다. 그는 불의와 정의, 선의와 악의, 기쁨과 슬픔, 진실과 거짓 등이 어떻게 맞닿아 있는지 잘 알고 있었다. 형태의 귀퉁이 한 부분, 의미의 작은 토씨 하나만 틀어도 그것들은 쉽게 변질되어버릴 터였다.

하지만 시니컬했던 혼돈은 자신이 신을 얼마나 사랑하고 있는지 깨달았다. 그는 의기양양하던 태도를 버리고 갑자기 의기소침해져서는 걱정스레 신에게 말했다.

지금이라도 계획을 접어버리세요. 우리들로 이미 완벽하지 않나요?

신은 이번에도 아무 대답을 하지 않았다. 혼돈은 그의 눈에 어린 단호함을 읽었다. 어쩔 수 없는 일이다. 신은 종류가 다른 완벽함을 만들고 싶은 것이다. 그의 고집은 곧 그의 본질이므로 아무도 꺾을 수가 없다. 혼돈은 가학과 피학이 섞인 묘한 표정을 지으며 물러났다.

신은 이제 공허가 찾아오길 기다렸다. 그가 차분하고 끈질기다는 것을 알기에 신은 조급해하지 않았다. 마침내 끝도 시작도 없는 길에서부터 걸어왔다는 듯 피곤해 보이는 공허가 신을 불렀다.

왜 저희들을 모두 없애버리시고 그것들을 만드시지 않는 겁니까?

신은 쓸쓸한 미소를 지었다. 공허는 그 질문 자체가 이미 아무짝에도 쓸모없는 것임을 잘 알고 있었지만 집중력을 잃지 않고 다시 물었다.

흑암과 혼돈이라도 떼어내버리세요. 저만 있어도 충분히 새로운 세상을 지켜낼 수 있을 겁니다.

공허는 '아니면 흑암과 혼돈을 두고 저만 없애시든지요.'라고 말하려다, 신이 이미 자신의 대사를 알고 있다는 사실을 느끼고는 입을 닫았다. 처연하고 건조한 부동의 시간이 흘렀다.

마침내 신이 자신의 일을 시작하기 위해 일어섰다. 그는 세 벗을 돌아보며 빙그레 웃었다. 그 웃음에는 세 벗과 완벽히 다르면서도 다른 차원에서 동일한, 놀라운 세상을 만들 준비가 되어 있다는 자신감이 흘렀다.

그리고 아둔한 세월이 흘렀다. 어느 면에서 적절한 세월이기도 했다. 신은 이제 자신이 만든 세계와 세계를 넘어서는 다른 곳을 두루 오가고 있었다. 예상대로 흑암과 혼돈과 공허는 뜨거운 커피에 녹아드는 설탕처럼 세상 구석구석으로 스며들었다. 명암이 조금 변했을 뿐인 흑암과 형태에 약간의 변화만 가해진 혼돈, 그리고 순수하게 압축되었을 뿐인 공허가 가끔씩 신의 길에 나타나곤 했다.

조금 하얘진 것 같기도 해요.

흑암이 말했다.

전 아무 짓도 하지 않았어요.

혼돈이 말했다.

창조 전이나 후나 다를 게 뭐예요?

공허가 말했다.

신은 자신의 본질인 고집을 꺾지 않으며 다만 그윽한 미소로 그들을 응대할 뿐이었다.

'세계의 창조에는 필연적으로 신의 결핍이 포함되어 있다.'고 어느 철학자가 말한 바 있다. 신이 완전하다면 왜 또다시 다른 어떤 것을 만들 필요가 있었겠는가 하는 질문인 셈이다(어떤 사람들은 바로 이 부분이 신의 딜레마라고 말한다). 그래서 창조 전부터 신과 함께 있었던 흑암과 혼돈, 공허는 묻는다. 왜 자신들로 만족하지 않았던 것이냐고. 세계는 그 질문에 대한 답을 아직 찾지 못했다.

출구를 찾기 위해 애를 쓴 다른 철학자는 이렇게 생각했다. 시간이 극단적으로 응축된 어떤 순간에 틈의 틈을 통해 전혀 다른 차원으로의 도약이 가능할 것이라고. 그러나 철학자는 한 가지 전제 조건을 달았다. 그러한 도약은 모든 것을 무화시키는 철저한 불능의 상태, 아무 것도 아닌 것의 상태일 때에만 가능하다는 것이었다.

인간에 대해, 삶에 대해 신중하게 접근하고자 하는 사람들은 고개를 가로저었다. 노예이면서 동시에 누구보다 자유로운 인간이라는 게 가당키나 하겠는가(가끔 자신이 그러하다고 주장하는 사람들이 등장하지만, 믿을 수 없는 경우가 대부분이다)? 아무것도 할 수 없는 자가 어찌 모든 것을 할 수 있겠는가? 포기가 빠른 사람들은 바로 그 지점이야말로 가장 고유한 신의 영역이라고 주장했다. 하지만 포기하는 데에 미련이 많은 자들은 조금 다른 답을 제시했다. 어떤 인간들이 이러한 신의 행위를, 똑같이 재현할 수는 없어도 '모방'하는 데 성공했다는 것이다. 날아가던 새마저 달려들 정도로 진짜 같은 포도송이를 그린 화가 제욱시스. 그가 우쭐대며 경쟁자 파라시오스의 그림을 보기 위해 베일을 걷으려 했으나, 베일 자체가 그림이었다는 이야기. 횡단과 잉여의 세계.

작가로서 나는 욕심을 부렸다. 이희락의 진심이 폐허가 된 바로 그 자리에서 완전무결해진 진심이라는 것을 얻어낼 수 있지 않을까 기대했던 것이다. 반면교사로든 동병상련으로든, 나를 괴롭히던 이희락의 진심으로부터 자유로워질 것이라는 생각도 했다. 그러나 알다시피 진심은 실체가 없다(그것은 실체가 없음에도 불구하고 끝까지 내 주변에서 자신의 건재함을 과시하며 나를 괴롭혔다). 게다가 그 진심이라는 것은 어느 순간에는 이희락의 것이지만 또 어느 순간에는 완벽히 내 것이기도 했다. 나는 틈의 틈에서 해체를 이뤄내지 못하고, 틈의 또 다른 틈에 함몰되어버리곤 했다. 오랜 사투의 시간이었다. 우회로를 발견하지 못한 자들처럼, 죽는 게 더 쉽겠다는 생각도 했다.

그러나 나는 마침내 방법을 찾았다. 이희락의 아들이 그러기로 결심했기 때문이다. 그는 먼저, 아무것도 할 수 없는 자신을 온전히 받아들였다.

남겨진 자의 길

이희락의 아들은 이희락의 아내와 마찬가지로 두들겨 맞고 짓밟히며 성장했다. 폭력에 시달리며 큰 아이들이 대개 그렇듯, 그는 공부를 잘하지 못했으며 다른 어떤 일에도 자신감을 갖지 못했다. 글을 잘 쓴다는 칭찬을 가끔 받기는 했지만, 학교 백일장 대회 등에서 수상을 한 적은 없었다(뭐니뭐니해도 청소년의 글은 꿈과 희망이 넘쳐야 하는 법인데, 그의 글은 지나치게 어두웠기 때문이다). 그는 그의 어머니와 마찬가지로, 상황을 주변에 알리지 않았다. 머리에 피가 마르기 전에는 그렇게 사는 게 부당한지 아닌지를 알지 못해 그랬고, 피가 마르고서는 자존심 때문에 그랬다. 그의 본 모습을 알 길이 없는 친구들은 모두 그를 부러워했다. 가끔 신문에 나기도 하고, 기사 딸린 차를 타고 다니며, 고상한 취미 생활로 집을 멋있게 가꾸는 아버지, 무엇보다 세상에 둘도 없는 호인처럼 거침없이 남을 돕곤 하는 아버지를 둔 그였으니까.

최악의 사태는 이희락이 교육감 선거에 패한 후에 일어났다. 당장 두 다리를 뻗고 잘 곳이 없어졌던 것이다. 빨간 딱지가 온 가구에 붙나 싶더니, 집이 순식간에 경매로 넘어갔다. 옷가지도 제대로 챙기지 못하고 나온 이희락의 아들은 난감했다. 사실 그럴듯한 학벌도, 기술도 없는 그가 사회에서 처음으로 한 일이 아버지의 선거를 돕는 것이었다. 하지만 선거는 패했고, 집은 사라졌다. 그는 다른 어떤 일을 해야 할지 알 수 없었다. 이미 제대를 한 군대로 다시 돌아갈 수도 없는 노릇이었다. 한동안은 친구들의 집을 전전했다. 불운한 그를 동정하면서도 남의 불행을 통해 위안을 얻는 평범한 사람들의 한계를 벗지 못하는 친구들이 역겨웠지만, 내색을 할 형편이 아니었다. 외가 쪽 친척에게 가고 싶지는 않았다. 선거 후 삼촌네나 이모네 모두 자신의 아버지에 더해, 어머니로부터도 시달림을 받고 있다는 것을 알고 있었기 때문이었다.

그 무렵에는 사실 이희락보다 최진희가 더 친척들을 괴롭혔다. 최진희는 가까스로 이혼 서류를 받아내긴 했지만, 무일푼이 되었다는 것을 알고 패닉 상태에 빠졌다. 그녀는 누군가와 싸우지 않고는 잠들 수 없었으므로, 친구며 친지들에게 싸움을 걸며 이 집 저 집을 전전하고 있었다.

최진희는 심지어 이순영도 찾아갔다. 왜 애초에 이희락이 그런 인간임을 자신에게 알리지 않았느냐고 따지듯 묻기도 했다. 이순영은 최진희의 넋두리를 조용히 들어주다가 일침을 가했다.

자네가 그런 소문을 퍼뜨리지만 않았어도, 일이 이 지경이 되지는 않았을 거네.

무슨 소문이요?

이순영은 최진희가 모르는 척을 하는 게 아니라 정말 모른다는 사실을 간파했다. 천성이 선한 그녀는 잠시 망설였다. 굳이 알릴 필요가 있을까? 그러나 이순영은 이희락을 향한 최진희의 비난을 얼마간이라도 최진희 자신에게로 향하게 하고 싶었다. 어쨌거나 그 순간까지도 이희락은, 그녀에게 아들과 같은 존재였던 것이다.

자네가 여자 사건을 떠벌여서, 선거 막판에 표심이 완전히 돌아섰다는 얘기가 있네.

뭐라구요?

최진희는 미친 사람처럼 웃었다. 그렇게 오래 참고, 그렇게 묵묵히 견뎠는데, 어디서 그런 말도 안 되는……. 그러나 최진희는 순간적으로 자신의 생각을 중단시켰다. 고은미가 왔다 가고, 수족관을 깨뜨리고, 그리고 그 후에……. 최진희는 기억을 떠올리기 위해 애를 썼다. 잡다한 모든 것을 넣었으나 정작 지갑을 챙기지 않은 가방을 들고 나왔을 때처럼 불안했다. 분명 무슨 일인가가 있었다. 하지만 선명하지 않았다. 그녀는 무조건 우겨보기로 했다.

내가 아무리 화가 나기로서니, 그 시점에서 누구에게 얘기를 해요?

최진희는 그렇게 악다구니를 썼지만 이미 그 순간, 자신의 실수를 깨닫고 있었다. 고은미가 찾아왔던 날, 그녀는 지나가다 우연히 수족관이 깨진 것을 보고 무슨 일이 있나 싶어 들렀다는 이웃 여자에게 얘기를 하고 말았던 것이다. 격분해 있던 최진희는 사람 좋아 보이는 그녀에게 고은미가 찾아온 경위를 모두 털어놓았다. 수족관을 깬 데 대해, 게다가 그 장면을 세탁소 아저씨가 보았다는 사실 때문에, 어떻게든 자신을 변명하고 싶었던 것이다. 그녀는 그 이웃 여자가 성당에 열심히 다니는 사람이므로, 꼭 비밀을 지켜달라는 자신의 부탁을 들어주리라 믿었다.

이순영은 다소 모질게 말을 이어갔다.

실수로 내뱉은 건지는 몰라도, 그게 돌고 돌아 선거에 치명타가 되었다고 하더군.

최진희는 엄청나게 분노했다. 선거 패배를 얼마간 최진희의 탓으로 돌려 그녀를 진정시키고자 했던 이순영의 의도는 완전히 빗나가고 말았다. 최진희는 길길이 날뛰었다.

결국 죗값을 받은 거네요. 내가 뭐 없는 말을 했나?

최진희는 억울하다며 한참을 더 울부짖었고, 이순영은 간신히 그녀를 달래 돌려보낼 수밖에 없었다. 최진희는 자신의 실수를 인정하지 않았다.

이희락의 아들은 아버지가 선거에서 패하고 알거지가 되었다는 사실을 알 만한 사람은 다 아는 곳에 남아 있고 싶지 않았다. 또 수시로 아들을 붙잡고 분을 터뜨리는 어머니 가까이에 머무르고 싶지도 않았다. 실패와 좌절을 경험한 젊은이들이 흔히 그러듯, 그는 무턱대고 서울로 가고 싶었다. 하지만 그야말로 땡전 한 푼 없이 생면부지의 땅으로 선뜻 갈 수가 없었다. 그는 다락방이라도 구할 수 있는 돈을 모으기 위해 인근의 큰 도시로 떠났다.

이희락의 아들은 할 수 있는 모든 일을 다 했다. 자전거를 수리했고 (대리점의 주인은 자전거를 고치는 것도 기술인데 공짜로 기술을 가르쳐준 게 어디냐며, 처음에 약속했던 월급을 주지 않았다. 이희락의 아들은 가장 비싼 자전거 한 대를 발로 차서 넘어뜨리고는 그곳을 나왔다), 배달을 했으며 빌딩의 유리창을 닦았다. 그는 닥치는 대로 일을 하면서 푼돈이나마 아끼려고 애를 썼다. 어쨌거나 돈이 없으면 이불에서 쉰내가 나는 여관에서나마 잘 수가 없었고, 길거리에서 파는 김밥 한 줄도 사 먹을 수가 없었기 때문이다. 그러나 그는 곧 자신이 버는 돈 몇 푼으로는 결코 인생이 바뀌지 않으리라는 사실을 깨달았다.

이희락의 아들은 보수가 후한 술집에 취직을 했다. 일을 마친 후 새벽녘에 문을 닫고 다시 오후에 문을 열 때까지 그곳에서 씻고 먹고 잘 수 있는 조건이었다. 그는 술 냄새인지, 오줌 냄새인지를 구분할 수 없는 쾌쾌한 지하 가게에서 눈을 뜨고 쟁반을 날랐으며 다시 눈을 감았다. 몇 개월이 흘렀는지 알 수 없었다.

해를 볼 수 없는 많은 날들, 취객들의 시비, 숨을 쉴 수 없게 만드는 악취……. 그러나 무엇보다 그를 힘들게 했던 것은 빨간 나비넥타이였다. 웨이터라는 신분을 결코 망각할 수 없게 만드는 우스꽝스러운 나비넥타이가 하루에도 몇 번씩 그를 죽고 싶게 만들었다. 굽신거려! 그렇게 끝날 거야! 넌 영원한 낙오자다! 넥타이는 시종일관 그를 조롱했다.

하지만 이희락의 아들은 포기하지 않았다. 불운을 몰아내기 위해 감당할 수 있는 모든 것을 감당하고자 했다. '젊어서 고생은 사서도 한다.'는 말을 신뢰하지는 않았지만, 어쨌거나 고생한 보람이 있으리라 생각했다. 사실 희망이 없어 보이지도 않았다. 가게 주인이 그의 이름으로 만든 통장을 보여주며 격려를 했을 때만 해도, 사는 재미가 느껴졌으니 말이다. 이희락의 아들은 아직은 포기보다 기대를 더 잘하는 '젊은이'였으므로, 과거의 불행이 슬그머니 꼬리를 감추었다 믿었다. 그는 자신이 부여잡고 있는 게 허황된 착각이 아니라 건실한 희망이라 생각했다. 새 출발이 가능하다 여겼다. 정확히 그들을 만나게 되기 전까지는 말이다.

이희락의 선거 캠프에서 함께 일했던 작자들이 다 모여, 하필 그곳에 나타날 줄은 몰랐다. 늦은 밤에 술집을 찾은 그들은 만취해 있었다. 이희락의 아들은 그들이 캠프에서도 늘 뭉쳐 다니며 다 이긴 선거라는 둥, 압승이 될 거라는 둥 큰소리만 쳐댄 것을 기억하고 있었다. 선거운동 당시 이희락은 "패기 어린 청년들이야!"라며 그들이 원하는 활동비를 시원시원하게 내주었다. 하지만 이희락의 아들은 그들이 결코 그 돈을, 써야 할 곳에 쓰지 않는다는 것을 알고 있었다. 그들은 선거철이면 모여드는 구질구질한 파리 떼에 지나지 않았다.

대놓고 더러움을 과시하는 작자도 있었다. 이희락의 아들은 자신과 동갑인 이호선이 떠벌리는 말 때문에 한두 번 곤란해진 게 아니었다. "당신 아버지 덕에 내 군대 생활 진짜 편했다니까? 반 년 만에 끝났어, 반 년 만에. 우리 아버지가 이번에 신세 확실히 갚으라고 신신

당부하셨지.” 이호선은 아예 면제로 빼줬으면 더 좋았을 거라며 큰 소리로 웃곤 했다. 이희락의 아들은 맞장구를 칠 수도 없고, 떠드는 입을 막을 수도 없어서 당황하곤 했다. 그런 사실을 대놓고 사람들 앞에서 말하는 저의를 알 수가 없었다. 이호선은 비아냥거리며 묻기도 했다. “정작 당신은 3년 내내 비린내 맡아가며 배 탔다며? 해군도 빽만 있으면 지상 근무로 빠질 수도 있다더만……. 역시 청렴하신 국장님 아드님은 뭐가 달라도 다른가 봐.” 사실이었다. 이희락의 아들은 3년 내내 뙤약볕으로부터, 또 살을 에는 바닷바람으로부터 조금도 벗어날 수가 없었다. 평소 육해공군 장성들 모두가 자신의 친구라던 이희락은 ‘누구나 하는 군 생활로 칭얼댈 거 없다.’며 아들의 청원을 외면했다. 이희락의 아들은 말린 명태처럼 누렇게 얼굴이 뜬 채 제대를 하고서도 아주 오래 땅 멀미에 시달려야 했다.

이호선뿐만이 아니었다. 청년 봉사자라며 몰려다니는 그들 모두 동네 꼬마들을 상대로 푼돈이나 뺏는 양아치와 다를 바가 없었다. 빨간 넥타이를 매고 있는 이희락의 아들이 자신이 일하는 곳에서 그들을 만난 것은, 그가 떨쳐내고자 애썼으나 결국 떨쳐내지 못한, 어쩌면 영원히 떨쳐내지 못할 불운의 증거였다. 그가 양주와 과일 안주를 들고 룸에 들어갔을 때 그들 중 하나가 먼저 그를 알아보고 말을 걸었다.

어? 여기서 일하네.

여자들을 하나씩 끼고 앉아 있던 그들이 일제히 이희락의 아들을 바라보았다. 모두 다섯 명이었다.

요즘 어떻게 지내나 했더니……. 야, 나비넥타이 잘 어울린다.

이호선이 바나나 한 쪽을 베어 물며 말했다. 그의 얼굴은 '심심하던 차에 잘 되었다.'는 속마음을 숨김없이 드러내고 있었다. 이희락의 아들은 말없이 쟁반에 있는 것들을 내려놓았다.

끈 떨어진 정치가 아들인데 고자세일 거 없잖아? 아는 척 좀 하자고.

다른 치가 여자에게 두르고 있던 팔을 빼더니 술잔을 내밀며 말했다.

함께 고생했는데, 술이나 한잔 따라보지.

패거리 모두가 서로에게 질 수 없다는 듯 한마디씩 떠들기 시작했다.

사실 우리도 그때, 손해가 막심했어.

그랬지. 우리가 받기로 돼 있던 응분의 대가를 받지 못했잖아.

쪽 팔렸어. 열나게 일만 하고 우스운 꼴 됐으니까 말이야.

이희락의 아들은 대꾸 없이 빈 쟁반을 들고 돌아섰다. 그는 분노 때문에 자신이 있는 곳이 어디인지, 자기가 지금 무슨 일을 하는지조차 가늠할 수 없었다. 음침한 조명이 없는 곳, 밀폐되지 않은 곳, 술 냄새도 지린내도 없는 쾌적한 곳으로 가고 싶다는 맹렬한 욕구만이 그를 움직이게 만들었다.

떨리는 손을 문손잡이에 가까스로 뻗은 순간이었다. 담배 냄새를 역하게 풍기는 누군가가 그의 어깨를 잡아끌었다.

형님이 말을 하면 듣는 시늉이라도 해야 할 거 아냐?

이희락의 아들은 더 참을 수가 없었다. 그는 테이블로 뛰어 올라가 한 사람의 얼굴을 제대로 걷어찼고, 이어 잡히는 물건들을 되는대로 쥐고서 휘둘러댔다. 병이 깨지고, 과일들이 솟구쳤다. 그러나 어찌 된 일인지 그 후의 일은 잘 기억이 나지 않았다. 이희락의 아들은 나중에 자신의 몸 상태를 보고서야 군대에서보다 더 심한 구타를 당했으리라 짐작했을 뿐이었다.

주인은 그에게 주려고 모아두었던 그간의 월급에 자신의 돈까지 보태 합의금으로 썼다며 큰소리를 쳤다. '내가 사람이 좋아 종업원 사고 친 것도 수습을 하고 다닌다.'며 너스레를 떠는 것까지는 참고 들어줄 만 했다. 하지만 그가 기물 파손에 대한 보상 차원에서 몇 개월은 무상으로 일해야 할 것이라고 으름장을 놓자, 이희락의 아들은 미련 없이 그곳을 떠나기로 결심했다.

주인이 없는 틈을 타 술집을 나서면서, 그는 의식을 행하듯 빨간 나비넥타이를 태웠다. 윤이 나던 붉은 천이 검게 오그라드는 것을 보면서, 이희락의 아들은 자신이 이후 다시는 목을 죄는 어떤 것도 착용하지 않으리라 다짐했다(실제로 그는 평생 목이 올라오는 어떤 옷도 입지 않았으며, 아무리 날씨가 추워도 목도리 같은 것을 두르지 않았다).

이희락의 아들은 막막했다. 무일푼인 데다, 갈 수 있는 다른 어떤 곳도 생각나지 않았다. 살고 싶지 않았지만 죽을 수도 없었다. 그는 아버지가 있는 연수원으로 휘적휘적 걸어 들어갔다.

이희락은 아들에게 연장을 던져주었다. 이희락의 아들은 아버지가 자신을 밭 가는 소 이상으로 부려먹으리라는 것을 알고 있었다. 하지만 달리 방법이 없다고 생각했다. 언제나 막막했고 항상 실패했는데, 얼마나 더 떨어지겠냐 싶은 오기도 발동했다. 체념하니 차라리 속은

편했다. 더 이상 자신의 삶을 위해 애쓰고 싶지 않았다.

그는 어릴 때부터 이희락의 취미 생활에 관련된 모든 일에 참여했으므로 잡다한 일에는 이골이 나 있었다. 소년이었던 그는 습한 온실 안에서 머리가 핑핑 돌 때까지 분재에 물을 주었고 마당에 깔린 개똥을 주웠으며 잔디를 깎았고 또 잡초를 뽑았다. 동네의 연탄재를 날라 오는 일, 다시 그것들을 부수는 일, 역겨운 냄새가 나는 수족관을 청소하는 일, 실내에 있는 거대한 화분을 욕실로 날라 물을 주고 다시 옮기는 일, 수석의 광을 내는 일, 구두를 닦고 차를 닦는 일 등도 모두 그의 차지였다. 친구들과 노느라 새 모이 주는 것이나 물고기 밥 주는 것을 잊은 날에는 종아리에 피가 맺히도록 회초리를 맞았으며, 낚시터에 같이 가지 않겠다고 했을 때는 다짜고짜 뺨을 맞기도 했다. 연수원에서 이희락의 아들은 그와 비슷한 모든 일들을 다시 시작했다.

1년이 지났고, 2년이 지났다. 이희락의 아들은 이희락의 연수원에서 아무런 희망도 보지 못했다. 예상치 못한 바가 아니었다. 남들이 하는 대로만 운영을 해도 쉽게 흑자로 돌아설 수 있는 연수원이었지만, 이희락은 남들처럼 운영하지 않았다. 언제나 그래왔던 것처럼, 아들의 아버지는 자신이 원하는 것을 좇아 자신의 길을 가느라 다른 것을 보지 않았다. 꾸준히 빚이 늘었다. 이희락의 아들은 별다른 신용이랄 게 없는 자신이 신용 대출을 그렇게 계속 받을 수 있다는 사실에 놀랐다. 이희락은 멈추지 않았고, 그의 아들은 더 이상 불량할 수도 없는 신용불량자가 되었다.

아들은 결국 또다시 아버지를 떠나야 하리라 생각했다. 그는 그렇게 쇠약해진 몸으로도 자신에게 대빗자루나 쇠스랑을 치켜드는 아버지를 볼 때마다 다짐했다(물론 이희락의 아들은 더 이상 자신의 아버지로부터 두들겨 맞지는 않았다. 이제 아들은 아버지보다 힘이 셌으므로, 원한다면 언제든 아버지의 손에 든 것들을 **빼앗아** 멀리 던져버리거나 도망을 갈 수 있었다). 오늘은 나가야지. 내일은 꼭 나갈 거야.

이희락의 아들이 마침내 연수원을 떠날 수 있었던 것은 '아름다운 사람'을 통해 스승을 만났기 때문이었다. 물론 두 사람은, 버드나무 우거진 숲길을 거닐다 그럴듯해 보이는 우물가에서 만나지는 않았다. 그는 인터넷 채팅방을 통해 스승을 만났다. 이희락의 아들은 '아름다운 사람'이라는 상호명이 썩 마음에 들었다. 게다가 사업장은 서울에 있었다. 그는 아름답지 못한 곳을 떠나 아름다운 사람에게로 갔다.

스승은 자신의 상황이 매우 곤란해진 바로 그 시점에 연락을 한 이희락의 아들을 인연으로 받아들였다. 스승은 제자의 사정을 감안해 사업장을 제자의 잠자리로 제공해주었고 일정량의 수수료만을 챙기기로 했다. 이희락의 아들은 스승의 기대를 넘어서서 사업을 번창시켰다.

아름다운 사람의 일은 험하지 않았다. 다양한 이유를 가진 여인들이 '여성 전용 마사지'를 찾았다. 소위 마중물이 바닥났으므로 더 이상 일을 계속 할 수 없다는 스승은 자신이 알고 있는 모든 비법을 전수해주었다.

가장 중요한 것은, 그들이 사랑받고 있다는 느낌을 갖게 하는 거야.

진심으로 일하지 않으면 결코 전달될 수 없는 거지.

스승은 이희락의 아들에게 여자는 악기라거나 갈지 않은 보석이라거나 하는 흔한 말을 하지 않았다.

여자는 담배다.

애연가였던 그는 여자란 가끔 냄새도 맡고 가볍게 물고 쓰다듬기도 해야 하며, 종국에는 깊게 빨아들이고 숨결과 함께 내뱉어야 하는 존재라고 강조하곤 했다. 무엇보다 진심으로 담배를 사랑하는 게 가장 중요하다는 말도 잊지 않았다.

바람 부는 날에는 특별히 더 긴장해야 해.

스승은 방심하고 있다가는 바람이 다 뺏어가는 수가 있다며 담배를 바람과 적절히 나눠 피우는 요령을 터득해야 한다고도 말했다.

담배를 무는 남자만큼이나 바람도 여자에게는 필요한 존재야. 그 바람을 막으려 해서는 불도 붙일 수가 없게 돼.

그러니 원래 담배를 피우지 않았던 그가 담배를 피우기 시작한 것은 어디까지나 스승의 가르침 때문이었다. 그는 담배가 바람에 재를 날리며 창조적인 여러 모양의 연기를 피워 올리는 것을 보면서 가르침을 되새기곤 했다. 스승이 비유한 바를 알 것 같았다.

이희락의 아들은 전심을 다했다. 텔레비전에서도 본 적이 없는 거구의 여인이나 장애로 다리를 쓸 수 없는 여인, 환갑을 넘기고도 젊은 날의 감각을 놓기 싫어하는 여인, 남편을 간절히 붙잡고 싶어 하거나 혹은 남편에게 복수하고 싶어 하는 여인, 그리고 단순히 자신을 학대하거나 다른 누군가를 괴롭히고 싶어 하는 여인 등 '아름다운 사람'을 필요로 하는 누구에게나 그가 할 수 있는 최상의 서비스를 제공했다. 그는 자신의 고객 모두를 진심으로 사랑한다 믿었다.

그는 즐거웠다. 여인들을 사랑하고 여인들로부터 사랑받는 동안 모든 것을 잊을 수 있었다. 사업은 나날이 확장되었다. 그가 원한다면 가지 못할 곳이 없었고, 하지 못할 것이 없었다. 그는 자신의 진심이나 그녀들의 진심으로 인해, 행여 다른 사람의 진심이 뭉개질 수 있다는 생각은 결코 하지 않았다. 그는 결코, 자신이 아버지를 닮아가고 있다고는 생각지 않았다.

굳이 누가 세어주지 않아도 제가 알아서 나이를 먹는 넉살 좋은 세월이 흘렀다. 이희락의 아들은 제 욕심만을 채우려 하지 않는 아름다운 스승의 정당한 대우로 인해 많은 돈을 모았다. 어쩌면 그는 아버지가 있는 연수원으로 다시 돌아가지 않을 수도 있었다. 한 아름다운 여자의 집에 숨어 있었던 그녀의 남편을 만나지 않았더라면 말이다.

고자가 된 게 그 사람 때문인 거야?

어디에 있었는지 의식하지도 못했던 이희락의 진심이 홀연 모습을 드러내고 내게 묻는다. 언제나처럼 자신의 욕구에 충실한 그는 점잖게 호기심을 숨기려는 제스처조차 취하지 않는다. 연민도 번민도 없는 이희락의 진심을, 나는 물끄러미 바라본다. 오래 자다 온 것인지 먼 곳을 떠돌다 온 것인지, 만들어진 지 600년이 넘었다는 『직지심체요절』에서나 날 법한 냄새가 그에게서 난다. 더 이상 그가 밉게 보이지도, 화가 나지도 않는다. 이제 나는, 그를 어떻게 다뤄야 하는지 알고 있기 때문이다. 나, 이제 이 이야기를 독차지하기로 한 나는, 먼지 같은 이희락의 진심을 훅 불어 날려버린다. 담배 연기처럼, 그는 서서히 사라져간다.

이희락의 아들은 생각했다. 우연은, 한눈을 파는 척 고개를 돌리고 있지만 집요하게 자신이 목표한 것을 추적하는 운명의 다른 이름일 뿐이라고. 우연과 운명과 진심이 범벅이 되어 엉긴 자리에서 그는 생각에 생각을 거듭했다.

결국 고객이었던 여자의 남편이라는 자가 몹쓸 짓을 한 것이냐고? 그럴 수도⋯⋯.

그렇지 않을 수도 있다(계속 그 부분이 궁금하다면 먼지처럼 사라진 이희락의 진심을 따라가야 할 것이다). 어쨌든 이희락의 아들은 모든 것을 겪은 후 자신이 할 일보다 하지 않을 일에 대해 생각했을 뿐이다(그는 이제 패배감에 젖지 않고도 그것에 대해 숙고할 수 있었다). 그는 아무것도 하지 않을 수 있는 곳으로, 자신을 철저히 무화시킬 수 있는 곳으로, 아버지의 곁을 택했다. 아들은 '아름다운 사람'으로 인해 아버지를 떠났으나, 그 '아름다운 사람'으로 인해 다시 아버지에게 돌아가지 않을 수 없다는 사실을 받아들였다.

이희락의 아들이 아직 소년이었을 때, 그의 아버지는 아들에게 늘 무뚝뚝하게 대하곤 했다. 잡아라. 놓아라. 씻어라. 챙겨라. 이희락이 아들에게 던지는 거의 모든 말은 짧은 명령문이었다. 하지만 가끔 그가 인사불성으로 취할 때면 많은 말을 쏟아내기도 했다. 그는 잠든 지 오래된 아들을 깨워 달빛 환한 마당으로 불러내곤 했다. 아버지는 밤잠 없는 동네의 누군가가 죄다 들을 수도 있는 큰 소리로 아들의 이름을 외쳤다. 그러나 그는 그렇게 아들을 불러놓고, 지각 있는 어떤 아버지들처럼 자신이 걸어온 길이나 걸어갈 길에 대한 진솔한 이야기를 들려주지 않았다. 사람이 있고, 아픔이 있으나 반드시 사랑도 함께 있다는 식의 몽상적인 이야기도 하지 않았다.

그는 자신이 곧 하게 될, 그리하여 그 어느 때보다 커다란 가치를 가지게 될 새로운 취미 생활에 관해 주억거렸다. 곧 도전할 계획이거나 진심으로 하고 싶은 활쏘기, 사냥, 동물의 박제, 파충류 수집, 연극인 후원 사업, 체육 진흥 사업 등에 관해 끝도 없이 수다를 떨었다(이희락은 결코 수다스러운 인간이 아니었지만, 오직 그때만큼은 죽을 때까지 말만 할 수도 있을 것 같은 기세가 되곤 했다). 아들은 차가운 밤공기에 몸을 떨며 아버지가 배설물처럼 쏟아내는 것들을 묵묵히 견뎠다. 그는 많은 말들을 머릿속에 떠올렸지만 한마디도 입 밖으로 꺼내지는 않았다.

인생을 가능한 한 낙관적으로 돌아보고자 했던 어떤 시기에, 이희락의 아들은 혹시 아버지가 진정 하고 싶었던 이야기가 따로 있었던 게 아닐까 하고 생각한 적이 있다. "아들아, 진심으로 사랑한다."라든가 "다 너를 위해 그렇게 했다."는 식의 말(그렇게라도 생각하지 않으면 살 수가 없었던 시절이 있었다. 아버지의 선거를 도왔을 무렵, 어리석게도 그는 분명 그런 생각을 했다).

　하지만 다시 돌아와 이희락을 정면으로 마주한 그의 아들은 더 이상 착각하지 않았다. 그는 아버지에게서 들을 수 있는 말이라는 게 처음부터 존재하지 않았다는 것을 깨달았다. 이제 아들은 아버지를 무섭게 여기지도, 안타깝게 여기지도 않았다. 다만 이희락을 똑바로 바라보았을 뿐이었다. 그는 이희락의 진심이라는 것을 완벽하게 들여다볼 수 있으나 아무것도 할 수 없고, 어쩌면 할 필요도 없는 곳에서 남겨진 자의 몫을 차지했다.

막다른 길

마지막 꿈이 이희락을 찾아갔다.

달이 해를 대신하자 찬란했던 빛들이 시들었다. 하지만 어둠이 장악한 순간, 당연하게 존재해야 할 것이 실종되어버린 순간에도 이희락은 포기하지 않았다. 그에게는, 2등으로 뒤따라오는 말이 보이지 않을 정도로 빨리 달렸다는 전 경기 전승의 명마 이클립스가 있었기 때문이다. 이희락을 태운 말은 바람신이 무안할 정도로 빨리 달렸다. 세상을 구성하는 미지근한 소망과 소박한 감동, 느려터진 온정이 말발굽에 짓밟혔다. 심드렁한 달이 이희락과 말을 내려다보고 있었다.

이클립스는 어느새, 유연한 댄서처럼 날렵하게 몸을 날리기로 유명한 메를린으로 바뀌어 있었다. 성난 투우를 환상적으로 따돌릴 줄 아는 이 영리한 말을 타게 된 이희락은 기쁨으로 심장이 터질 것만 같았다. 그 자신이 메를린이 되어, 난해하나 흥겨운 스텝을 밟고 있는 것처럼 여겨졌다. 메를린은 어쭙잖은 도덕과 보잘것없는 배려 따위를 우아하게 밟아 터뜨리며 미련한 황소를 화나게 만들었다. 투우가 돌진하는 순간, 메를린은 가볍게 솟구쳐 올랐다.

그러나 정작 공중으로 솟구친 것은 이희락 자신이었다. 높은 곳에서 보니, 여전히 세상에 남겨져 있는 많은 것들이 보였다. 앞으로도 영원히 그를 미치게 할 살아 있는 것들과 여전히 그를 유혹하는 살아 있지 않은 것들, 그리고 언제나 쉽게 다룰 수 있었던 약한 것들이 그를 불러대고 있었다. 이희락은 슬퍼하지도 후회하지도 않았다. 그러나 계속 태평스레 즐거워할 수도 없었다. 솟구쳤던 몸이 곧 바닥에 떨어졌고, 수천수만의 말들에게 깔렸기 때문이다.

세상의 벗인 흑암과 혼돈과 공허가 그를 덮자, 말들의 울음소리만이 평원에 가득했다. 이희락을 대신해 그의 마지막 꿈이 중얼거렸다. 진심으로 사랑했다, 진심으로. 어쩌면, 진심이 아닐 수 없었을 뿐이다.

씨름으로 돌아가보자.

어떤 이들은 씨름에서는 뭐니뭐니해도 동물적 본능을 가진 선수의 '몸'이 가장 중요하다고 생각한다. 훈련을 통해 길러진 게 아니라 말 그대로 상대의 근육과 피에 즉각적으로 반응하는 선수의 '몸' 말이다. 그러므로 그들은 타고난 순발력을 지닌 선수를 발굴하러 뛰어다니는 것이, 둔한 선수를 밤낮으로 훈련시키는 것보다 아흔아홉 배쯤 낫다고 생각한다(요즘 사람들은 백 배라고 큰소리치며 장담하던 예전 사람들보다 더 영악하다).

그러나 다른 이들은 씨름에서만큼은 타고난 운동신경보다 빠른 머리 회전, 즉 지략이 절대적인 비중을 차지한다고 주장한다. 상대의 공격을 재빨리 파악하여 그에 맞는 방어 전략을 세움과 동시에 공격에 들어가고, 공격에 들어감과 동시에 또한 상대의 방어까지 예측해야 하는 두뇌 싸움이 씨름이기 때문이라는 것이다.

드물게는, 요즘처럼 훈련을 잘 받아서 비슷비슷한 실력을 갖춘 선수들에게 가장 큰 영향을 끼치는 것이 결국 타고난 신체 조건에 조응하는 환경이라는 사람들이 있다. 그들은 경기장의 온도, 습도, 장비, 관객, 심판 등 제반 여건들이 어떤 선수에게는 유리하게, 또 어떤 선수에게는 불리하게 작용할 수 있다고 본다. 누군가의 샅바가 다른 누군가의 샅바보다 더 미끄러울 일은 드물겠지만, 적어도 미세한 온도 차에 의해 땀을 더 흘리거나 덜 흘리는 선수의 손이라는 게 있을 수 있다는 것이다.

나로서는, 씨름 선수에게 가장 필요한 것이 물고 늘어지는 근성, 마지막까지도 포기하지 않는 지구력이라 말하고 싶다. 참고 참고 또 참는, 혹은 두 손 꼭 쥐고 세상 끝까지 달리는 애니메이션 주인공들이 가진 끈기 같은 것 말이다.

물론 근성, 지구력, 끈기 같은 단어들은 요즘처럼 '길고 가늘게' 살기를 지향하는 시대에는 지나치게 무난한 것일 수도 있다. 그러나 사방이 막힌 캄캄한 통로에서 가급적 아무런 생각도 하지 않으려 애쓰며(이 경우, 생각 따위가 정말 도움이 되지 않으므로) 달려본 이들은 알 것이다. 지속되는 모든 것이 1초 1초의 단절, 즉 매 순간마다의 죽음으로만 가능한 경우에 그 평범한 속성들이 얼마나 위대한 힘을 발휘하는지를.

씨름의 묘미는 일시적으로 누군가에게 유리하거나 불리해 보일지라도 최종 승패를 가늠키가 어렵다는 데 있다. 체중이나 신장에 현격한 차이가 있어도 전혀 다른 결과가 나오기도 하는 게 바로 씨름이다. 어쩌면 그런 예측할 수 없는 결과를 두고 누군가는 인간의 손을 떠난 운수, 사소한 행운일 뿐이라고 할지도 모르겠다. 하지만 나는 그렇게 말하고 싶지 않다. 승패는 사소한 운까지도 포기하지 않으려는 간절함에 의해 판가름이 난다. 상대적인 것이 아니라 처연히 홀로인, 절대적인 간절함 말이다.

나는 그러한 간절함으로 이희락의 진심과 사투를 벌이며 여기까지 왔다. 골반뼈가 튀어나오고서도 신과 씨름하기를 그치지 않았다는 성경의 야곱처럼, 나 역시 끝까지 이희락을 놓지 않았다. 마지막 한 판에서 나는 그에게 뒤집기를 시도했고, 우리는 둘 다 얼굴을 공중으로 향한 채 허리가 기역자로 꺾여 있었다. 나도 죽고 그도 죽는 상황, 순수하게 무기력한 시간이었다. 사실 상대를 든 쪽도 상대에게 들린 쪽도 달리 할 수 있는 게 없었다. 싸움은 더 이상 그와 나 사이에서 벌어지는 게 아니었다. 그것은 지구의 중력을 상대해야만 하는 무모한 저항이었다.

다시 이희락의 아들에 관한 이야기.

탄탈로스는 신들의 잔치에 초대받았다는 사실에 너무나 감격하여 감사의 표시로 아들인 펠로프스를 죽이고 요리하여 신들에게 바쳤다. 어떤 이는 그렇게 '진심으로' 사랑했던 자신의 아들, 아내, 부모, 형제, 그리고 부하나 백성들을 또 다른 진심의 상대인 신들을 위해 삶아버리기도 한다. 이희락의 아들 역시 끓는 물에 삶겨질 수 있었다. 하지만 그는 자신만의 고유한 방식으로(그나마 그가 가장 잘 할 수 있는 방식으로) 명재경각의 상황을 모면했다. 어쩌면 그의 외할머니처럼 우회로를 발견한 것인지도 몰랐다. 이희락의 아들은 그렇게, 진심에 관한 글을 써나갔다.

그렇다. 이 이야기는 나 자신을 위해 쓴 것이다. 내 어머니의 머리를 벽에 짓이기고 여린 내 살에 벌건 손자국을 냈던 내 아버지를 가감 없이 바라보기 위해서였다. 가린다고 없어지지 않을 흉터에 선을 더하고 색을 입혀, 같지만 동시에 다르기도 한 어떤 것을 만들기 위해서였다. 또한, 어쩌면 내가 오기를 은근히 기다리고 있었을지 모를 그의 진심과 마지막으로 한판 거하게 붙어보기 위해서였다.

나는 모래알을 튀기며 땀을 흘리며 또 내게 소중했던 것들을 잃어가며, 이희락, 내 아버지의 진심과 씨름을 했다. 내게는 타고난 몸도, 뛰어난 지략도, 유리한 환경 같은 것도 없었다. 나는 아이러니하게도 내 아버지로부터 물려받았을지 모를 그 집요한 근성 외에는 아무것도 가진 게 없었다.

공중에 떠 있는 짧은 순간, 그와 나는 뒤섞여버릴 것처럼 바싹 몸을 붙인 채 서로의 숨결을 느끼고 있었다. 마지막에 그가 무슨 생각을 했는지는 모르겠다. 내게 온몸이 들려진 잠깐 동안, 그 역시 나와 같은 곳을 보았던 것은 분명하다. 하지만 우리가 본 허공은 결코 같은 허공이 아니었을 것이다.

바닥에 떨어지기 직전, 갑자기 그가 통쾌하다는 듯, 한판 잘 놀았다는 듯 낄낄거리며 웃었다. 그가 웃는 동안 어이없게도 나는 울었다. 결국 누군가가 이기고 누군가가 져야만 할 것인가?

나는 이미, 답을 모르지 않았다. 사실 그와 나의 씨름에는 처음부터 심판이 없었다. 경기를 촬영하는 카메라나 미세한 찰나를 복원할 수 있는 비디오 장비도 없었다. 애초부터 승패를 가를 조치는 아무것도 취해져 있지 않았던 것이다. 내가 목표로 한 것은 경기 자체가 아니었다. 경기를 절단 내는 또 다른 경기, 나는 그것을 부여잡았다. 나는 더 이상 그에게 엉겨 있을 필요가 없다고 느낀 시점에서 그를 지워버렸다. 먼지를 불듯 훅 불어, 그를 날려버렸던 것이다.

이제 나는 지름 10미터의 모래 경기장 위에 홀로 누워 있다. 환호성을 올리는 군중도 없고, 황소 트로피도 준비되지 않은 곳에서 나는 조용히 이희락을, 이희락이라는 이름의 아버지를, 그리고 나를 들여다보고 있다.

내가 무엇을 했던가? 나는 그가 따로 부탁하지 않았음에도 불구하고 내 돈을 들여 연수원의 장비들을 보충했다. 고장 난 난방 장치를 손보았으며 깨진 유리창을 갈아 끼웠다. 캠프파이어에 쓰일 나뭇가지를 주워 모았고 쌓인 눈을 삽으로 퍼냈다. 할 일은 넘쳐났다. 나는 내가 누구인지에 대한 생각을 멈추고 하고 있는 일에만 열중했다.

눈 더미에 파묻힌 것은 순식간이었다. 나는 난로 바로 옆에 있었다. 어처구니없이 많은 생명이 죽었지만 운 좋게도 나는, 살아남았다.

병원에 있는 동안, 고열에 시달렸다. 차가운 눈, 뜨거운 난로, 차가운 허공, 뜨거운 모래……. 열은 쉽게 떨어지지 않았다. 눈앞의 영상들이 자꾸 엉키고 있었다. 나는 내가 반복해서 꾼 꿈과 고대했던 어떤 장면, 그리고 실제로 본 사건 등을 구분해낼 수 없었다. 누군가가 말하는 소리를 들었다. 이 친구 아버지, 가망이 없답니다. 씨름은 끝이 났다. 어쩌면 오래전부터 예감했던, 아니 처음부터 알고 있었을지 모를, 더 이상 갈 곳이 없음으로 인해 다른 길이 열리는……. 해체의 장이었다. 열이 내리기 시작했다.

하지만 어쩌면, 그런 일은 일어나지 않았을 수도 있다. 그날 나는, 눈 더미에 파묻혔던 게 아니다. 나는 숙소의 난방을 점검하겠다며 강당을 나선 아버지를 따라 나섰다. 그가 눈 위에 만든 발자국이 선명하게 나를 끌었다. 마사의 문은 저절로 닫히지 않았을지도 모른다.

실제로 벌어졌던 일을 알고 싶은가? 아름다운 사람을 통해 만난 아름다운 여인의 남편이 내게 무슨 짓을 했는지, 아이들을 포함한 서른네 명의 사람들이 죽어버린 그곳에서 내가 무엇을 했는지가 정말 궁금한가 말이다.

진실을 이야기하자면, 그날 무너진 것은 강당이 아니라 마사였다. 열 마리 말들 중 반 이상이 죽어나갔어도 사람은 아무도 죽지 않았다. 이희락은 손가락 하나도 다치지 않았다.

아니다. 사실 그날 무너진 것은 강당이 맞다. 그날 죽은 사람의 수는 34명이 아니라 43명이었다. 학생들이 대부분이었다. 누군가가 조명 기구를 받쳐놓은 사다리를 건드렸고, 장비가 떨어지면서 난로에 부딪혔다. 옮겨 붙은 불 때문에 출입구가 막혔다. 비좁은 유리창으로 몰려든 사람들에 의해 약한 벽이 충격을 받았고, 이어 건물 전체가 무너져 내렸다.

그렇다. 아니다. 그렇다. 아니다. 사실 어떤 이야기든 가능하다. 나는 심지어 이희락을 다시 살려내, 천리마를 타고 평원을 달리게 만들 수도 있다. 이야기는 끝이 없을 것이다.

드러난 이야기가 중요한가? 그렇지 않을 것이다. 모든 '드러난' 이야기는 '숨겨진' 이야기를 위해 존재한다.

이전에 나는 안다는 것과 모른다는 것의 경계가 매우 흐린데, 행인지 불행인지 그 앎과 모름을 구분할 필요가 없는 경우가 대부분이라는 말을 한 적이 있다. 그러나 때때로 우리는 별 필요가 없음에도 불구하고 불안해서, 억울해서, 위로받고 싶어서, 확인하고 싶어서 그 경계를 들여다보곤 한다.

나는 어쩌면 알지 못했음을 과감히 시인하고 자신을 죽이면서까지 그 무지의 대가를 감당하는 위대한 사람의 이야기를 썼어야 했을지도 모른다. 사실, '알지 못하였노라'라는 말을 늦게라도 부끄럽게 여길 줄 아는 소수의 사람들만이 뒤틀려버린 사태를 바로잡을 수 있다. 지혜로운 그들은 타고난 선량함을 얼마간 포기해야만 하는 상황을, 고통을 감내하며 받아들인다(반드시 커다란 고통이 따른다). 그들은 자신의 존재 자체와 유사한 비중을 가지는 그 선량함이, 또다시 아는 것과 모르는 것의 경계를 모호하게 만들 수 있음을 잊지 않는다. 다시는 '알지 못하였노라'라는 말을 쉽게 내뱉지 않으려는 그들의 노력은 처절하다. 눈알을 뽑아서라도 매듭의 시작과 끝을 보려하고, 귀를 찢어서라도 소리를 들으려 한다(그러나 또한 그럼에도 불구하고, 뽑힌 눈알과 찢긴 귀가 진심을 보증하지는 않는다. 그것들은 단지 '드러난' 것들일 뿐이다). 그 험난한 시간들을 미치거나 자학하지 않고 견딜 수 있는 사람은 소수다. 어쩌면 역사는, 운 좋게 살아남은 그들 소수에 의해, 열 보쯤 뒤로 물러난 걸음을 간신히 한 보쯤 앞으로 옮길 수 있는 것인지도 모른다.

하지만 나는 '알지 못하였음'을 부끄럽게 여기는 자가 아니라 알든 모르든 상관없는, 매사에 진심이므로 자식을 끓는 물에 던져버릴 수도 있는 내 아버지에 관한 이야기를 해야만 했다. '알지 못하였노라'라는 말로 '모르지 아니하였노라'라는 말을 슬쩍 가리면서도, 여전히 진심이었노라 주장하는 한 인간과 씨름을 했어야만 했다. 실은 공포 때문이었는지 모른다. 아버지와 내가 언제든 '술에 물 탄 듯 물에 술 탄 듯' 섞일 수 있다는 공포 말이다.

진심이다. 어쩌면, 진심이 아닐 수 없었을 뿐이다.

그렇게 말하는 사람이 이희락 하나만이 아니라는 사실이 나를 떨리게 한다.

그러니, 진심

■

　이따금씩 시선에 담는 것만으로도 마음을 데는 단어들이 있다. 그것이 지닌 깊이와 너비를 충분히 알면서도 어쩐지 지루하다거나 낯간지럽다 여기게 되는. 그럴 때 의심해보아야 하는 것은 단어 자체가 아니라 세계의 기척과 마음의 기색일 것이다. 이를테면 '진심' 같은 말이 돌출되어 쓰일 때 모종의 불편함이 느껴졌다면 차라리, 혹독한 거짓의 말들로 점철되어 도통 진심이라고는 없어 보이는 이즈음의 세계나 그 안에서 피로를 견디다 허름해진 저마다의 마음을 들여다보아야 한다. 이때의 '진심'은 기꺼이 세계와 마음의 애틋한 거울이 되어준다. 어렵고 단단한 그 단어를 간절하게 붙든 소설에 진입하려 이야기를 꺼냈다. 『어쩌면, 진심입니다』의 일이 그와 같다.

　해설자의 직권을 남용해, 조금 결 다른 진심을 소설의 문 삼아야겠다. 작가 심아진에 관한 이야기이다. 그가 「차 마시는 시간을 위하여」(『21세기문학』)를 발표하며 소설 쪽으로 길을 낸 것은 1999년이었다. 첫 소설집 『숨을 쉬다』(홍영사, 2011)가 12년 만에, 두 번째 소설

집『그만, 뛰어내리다』(문이당, 2013)가 뒤이어 세상에 도착했다. 그리고『여우』(실크로드, 2016)를 거쳐 이제 첫 번째 장편『어쩌면, 진심입니다』(푸른사상사, 2017)인 것이다.

그 길이 문단의 자기장 근처에 있었던 것 같지는 않다. 홀로 꾸준히 소설이 벼려온 짧지 않은 세월 안에서 빛과 그늘이 교차했을 것이다. 대꾸를 기대하지 않는 노크는 자주 제 주인을 고독하게 한다. 그래서인지 끊어질 듯 이어져온 시간들 가운데 더러 공백이 ― 자발적인 쉼표인지 혹은 불가피한 여백인지 알 수 없지만 ― 보인다. 소설가의 운명을 놓지 않아야만 건널 수 있는 빈칸이다. 다작의 작가라 할 수야 없지만, 이렇다 할 지지대 없이 거의 스무 해를 벼려온 작가의 마음이야 짐작하고도 남겠다. 그의 관심은 오로지, 끊임없이 쓰는 행위 자체에만 있었을 것이다. 창작 기간이 곧 진정성을 담보하는 것은 아니다. 단, 진정성 없이 그 시간을 감당할 수 없다는 것만은 자명하다.

해서 이 소설이, 진심이라는 단어가 꺼려지는 세계에 진심을 앞세워 당도했을 때 우려 속에 두 가지를 떠올렸다. 이 작가이기에 그렇게 할 수 있었다는 생각, 그 용기를 독자들이 여유 있게 받아들여주기를 바라는 마음. 그다지 중립적이지 못한 관점에서 소설을 읽었음을 이렇게 고백한다. 그리고 믿는다.

모든 가치가 낡아지고 흐려지는 시대에도 변하지 않는 하나의 명제가 있다. 진심을 감당하려는 자의 진심이 수치스러울 리 없다.

■

    거칠게 줄이자면 이 소설은 아버지 이희락의 진심과 사투하며 그 삶을 진실되게 쓰려는 아들의 글, '이희락전(傳)'이다. 서사의 진행이나 인물 간 갈등을 통해 주인공의 성격이 형성되는 일반적인 이야기와 다르게, 전 안에서는 이미 결정된 주인공(전의 대상)의 성격이 서사의 향방을 정해가는 경우가 많다. 말하자면 이것은 '본격적 인간 탐구의 형식'이어서 전통적이지만 시공을 뛰어넘어 유효하다. 여기서도 도무지 종잡을 수 없는 이희락의 생애를 갈무리하기 위해 도입되었음은 물론이다. 덧붙여 아들인 작가에 의해 아버지의 과거와 현재가 재구성되는 과정을 보여주므로 일종의 메타소설적 성격 또한 지니고 있다. 이희락의 진심은 그 과정에서 끊임없이 아들과 길항하며 아들의 집필을 돕거나 또 방해한다. 아버지의 진심과 아들이 공동 필자인 셈이다. 거듭 적자면 아버지가 아니라 아버지의 '진심'이라 했다. 이 단어는 작중에서 넉살 좋은 존재로 의인화되어 소설 속 작가에게, 때론 소설 밖 독자에게 대화를 시도한다. 소설이 이채로웠다면, 혹 생경했다면 이 '진심'의 형상 때문일 것이다.

>   그러나 나, 이희락의 진심은 이제 말장난은 그만둬야겠다고 생각한다. 알고 싶은 게 많은 작가를 만족시키기 위해서거나 털어놓으라는 그의 위협에 굴복해서가 아니다(도대체 뭘 솔직하게 다 말하라는 건지 알 수가 없다). 나는 나대로 할 이야기가 있다. (68쪽)

사람 행세를 하는 진심은 이희락의 몸으로부터 떨어져 나와 있다.

육체가 뇌사 상태에 이르렀기 때문이다. 아들이 직접 작가가 되어 아버지의 삶에 접근해보기로 한 이유도 거기 있을 것이다. 진심이 배회 중이라는 것, 아들이 작가 노릇을 한다는 것은 가장 마지막에야 언급되며 일종의 반전으로 작용한다. 꽤 길게 등장해서 가끔 동어 반복적으로 보이기도 하는 진심과 작가의 싸움이, 아버지의 삶을 뼈아프게 복기하려는 아들의 마음에서 비롯되었다는 진실은 끈기를 갖고 거기까지 도달한 독자에게 어떤 애잔한 감정을 안겨준다. 그런데 막 그 정서적 동요가 시작되려 할 때 소설이 다소 급하게 끝나버리는 느낌이 있다. 탁월한 점이자 아쉬운 점이다.

아들과 아버지의 진심이 벌이는 고투를, 그 진심이 정말 진심인지 혹은 진심을 무늬 삼은 진심 아닌 것인지 의심하는 과정이라고 다시 옮겨도 될 것 같다. 확대해 말하자면 세상에 온전한 진심이라는 것이 있겠느냐는 본질적 의문이기도 하겠고, 축소해 말하자면 아버지의 마음에 자신의 자리가 조금이라도 있는지 묻는 아들의 아픈 질문이기도 하겠다. 소설의 제목에서 '진심'이라는 굳건한 단어 앞에 '어쩌면'이라는 불안한 수사가 놓인 까닭이, 그나마도 두 단어가 쉼표로 나뉘어져 있어 사이를 건너려면 의혹의 숨을 깊이 들이쉬어야 하는 까닭이 거기에 있다.

■

그렇게 의심하고 물어야만 알 수 있는 것이 이희락이라는 존재의 진심이다. 그는 겉과 속 사이에 속수무책의 간극을 지녔지만 여간해서는 그 사실을 들키지 않았다. 그런 채로 욕망 안에서 평생을 소모했다. 사랑한다는 말을 꽤나 남발했고, 많은 이들을 아끼는 듯 보였으며, 그것이 그의 한때를 칭송받게 하였다. 그러나 그렇게 말해진 사랑은 실상 대부분 치장된 욕망이었다.

욕망도, 사랑도 쉬이 정의하기는 어렵다. 다만 둘의 질감이 확실히 다르다는 것을 알려주는 근거가 있는데 다름 아닌 관계의 모습이다. 욕망 안에서 나와 당신은, 차라리 나와 내 것에 가깝다. 나는 당신을 본질 그대로 인정하려 들기보다 소유하고 싶어 한다. 욕망이 결핍에서 태어난 까닭이다. 나는 나의 부족을 채워주는 상대를 갈망하며 내가 바라는 대로 좌지우지할 수 있는, 기꺼이 소유물이 되어줄 수 있는 누군가를 찾아 헤맨다. 허나 어떤 결락을 충분히 메꿔줄 수 있는 존재란 없으니 욕망이란 얼마나 헛된가.

이희락의 삶은 이 욕망의 메커니즘과 정확히 맞물려 있다. 그는 비참한 방식으로 부모와 헤어졌고 살아남아야 한다는 것을 지상 과제 삼으며 외면과 내면을 달리 키웠다. 이 상실이 그를 지독한 욕망 쪽으로 밀어붙인다. 욕망의 반대급부에 놓인 사랑이 자기만족을 위해 상대를 훼손시키지 않음으로써 오래 지속될 수 있는 것과 다르게, 욕망은 계속 다른 욕망으로 대체된다. 이희락의 진심이 주장하는 사랑이 새, 물고기, 말에 대한 소유욕으로 자리를 바꿔 갈 뿐 끝내 정주하지 못하는 것처럼. 상대가 자기를 있는 자기 자체로 '봐주길' 바라는, 가령 아내인 최진희가 바란 사랑의 관계는 애초부터 그에게 불가능한 것이었을 것이다.

결혼을 하고서 이희락이 관심을 보인 것은 새 기르기였다. 날 수 있는 모든 것에 애정을 느낀다는 듯 그는 이런저런 새들을 사들이기 시작했다(실제로 그는 그로부터 거의 15년 후에 직접 만든 행글라이더를 타고 섬진강 백사장 위를 유유히 날게 된다). 사랑새 한 쌍, 백문조 한 쌍, 흑문조 한 쌍, 카나리아 한 쌍, 십자매, 금란조……

(…)

이희락도 새를 잃은 후 얼마간 우울해졌지.

그 인간이 도대체 언제 우울해졌다는 거야?

그는 자신의 옆에 있던 것들을 잃을 때마다 정말 큰 슬픔에 잠겼어. 그가 얼마나 그것들을 사랑했는데! (80~82쪽)

그러니까 이희락의 진심이 말한 '사랑했어'라는 말은 '욕망했어'라는 말의 가장된 형태일 뿐이다. 그것이 너무 절실해서 아이로니컬하다. 사람은 종종 그 두 가지를 굳게 착각함으로써 자신을 비극 속으로 몰아넣곤 한다. 이희락이 꼭 그런, 나쁘고 아픈 존재였다.

그의 사랑이 욕망을 민낯 삼고 있음을 보여주는 일화가 소설에서 내내 변주된다. 주변 인물들이 하나의 사건에 대해 각각의 시점으로 증언하면서 그런 이희락의 전 생애가 순서 없이 꾸려진다. 이것은 온전한 선 대신 조각조각 튄 파편으로 존재하는 기억의 생리를, 때로 사실보다 루머가 먼저 도착해 사실로 통하는 길을 영영 막아버릴 수 있다는 진리를 서사화한 것이라고 할 수도 있을 것이다.

아버지의 그늘진 욕망이 명멸하다 종내 폭주하는 과정을 아들은 놀랍고 착잡한 심정으로 지켜본다. 그러다 마음 한구석으로는 진심이 아닐 것이라 믿었던 그의 마음이 욕망을 향한 필사적인 진심이었다는 것을 깨닫는다. 애초 이희락의 마음에는 사랑이 끼어들 자리가 없었다. 아들에 대한 사랑도 마찬가지였을 것이다. 더할 나위 없는 비극이다. 그렇게 비극일 뿐인가.

■

이 소설이 담아낸 것은, 분명 출구 없는 욕망에 유폐된 이희락의 고통스러운 생애사이다. 그러나 그저 그것을 갈무리하기 위해 작가가 공들여 지면을 채운 것은 아닐 것이다. 아들─작가라는 결말이 그것을 증명한다. '전'이란 말 그대로 '유전(遺傳)'을 위한 기록이다. 누군가의 삶을 타인에게 전해 귀감으로, 때로 반면교사로 남기는 것이 이 같은 글의 미덕이다. '이희락전'의 목적도 크게 다르지 않을 것이다.

아들은 아버지로부터 유전된, 학대에서 비롯된 결핍과 결핍을 채우려는 무한한 욕망 안에 영원히 갇힐 수도 있었다. 그러나 아버지의 생애를 기록하며 아버지가 지닌 욕망의 인과율을 탐문하고 결국 "아버지와 내가 언제든 '술에 물 탄 듯 물에 술 탄 듯' 섞일 수 있다는 공포(309쪽)"로부터 가까스로 이탈한다. 그의 글은 그것을 위해 보관된 기록이다.

　　안다는 것과 모른다는 것 사이의 막은 매우 얇다. 실은 막이라는 것 자체가 없다고 해도 과언이 아니다. 가끔 어리석은 사람들이 두 영역에 실제적인 금을 그었다고 자신하기도 하지만, 그것은 그들의 착각인 경우가 대부분이다. 사실은 언제나 다른 새로운 사실로 전복되며, 누구도 긴 매듭의 끝과 시작을 한꺼번에 볼 수는 없기 때문이다.(178쪽)

하지만 나는 '알지 못하였음'을 부끄럽게 여기는 자가 아니라 알든 모르든 상관없는, 매사에 진심이므로 자식을 끓는 물에 던져버릴 수도 있는 내 아버지에 관한 이야기를 해야만 했다. '알지 못하였노라'라는 말로 '모르지 아니하였노라'라는 말을 슬쩍 가리면서도, 여전히 진심이었노라 주장하는 한 인간과 씨름을 했어야만 했다.
(…) 그렇게 말하는 사람이 이희락 하나만이 아니라는 사실이 나를 떨리게 한다.(309~310쪽)

옮긴 부분에서 아들-작가는 단언한다. 스스로에 관해 "안다는 것과 모른다는 것 사이의 막은 매우 얇"고, 알면서도 "나는 정녕 그 일을 알지 못하였노라!"(180쪽)고 눙치는 자들 때문에 아버지를 이야기해야 했노라고. 그리고 그런 자가 이희락 하나가 아니라 두렵다고. 이것은 소설을 소설 밖으로 번지게 하려는 말, 우리에게 유전시키려는 의지이다.

그것이 이야기 자체가 지니고 있는 유일무이한 마법임을 알리려는 듯 작가는 이희락의 욕망이 사실 우리가 지닌—혹은 사랑으로 오해하고 있는 욕망과 다르지 않다는 것을 수차례 강조한다. 섬뜩해 보이는 이희락의 생애가 사위의 존재들에게 무척 '보통의' 것으로 여겨졌다는 사실도 그 중 하나다.

이 과정이 전적으로 완벽하지는 않아 보인다. 이를테면 많은 것을 말하고자 해서인지 얼마간 가쁘고 다급해 보이는 서술이 그렇다. 물론 이 또한 소설과 독자에 대한 깊은 애정에서 길어 올려졌을 것이다. 단, 모든 문학작품은 적당한 행간이 생각을 고를 수 있는 쉼표로 작동할 때 덜 부담되게 더 친절하게 다가온다―소설에 비교적 여러번 등장하는 지시적(이희락의 존재가 우리와 다르지 않다는) 문장들이나 사변적 진술들이 오히려 독자가 자기 걸음을 만들어가는 것을 약간은 저지할 수도 있을 것 같다.

그럼에도 이야기의 힘을 믿고 믿음을 쌓아 다지며 외로운 싸움을 해온 심아진 작가가, 우리 삶의 행로를 따갑게 되짚어볼 수 있는 다감한 소설을 써냈다는 사실에는 변함이 없다. 소설가가 소설을 운명 삼는 이유라면 한 가지로 환원하기 어렵겠지만, 이 작가에게라면 이 또한 하나의 까닭일 것이라고 애정을 담아 넘겨짚어본다.

작가의 진심은 이제 어디를 향해 형형한 눈빛을 보낼 것인가. 그의 다음 좌표에 대해서라면 우리는 약간은 편파적인 마음으로 큰 기대를 걸어봐도 좋을 것이다. 혹은 이렇게 믿기로 하자.

모든 가치가 낡아지고 흐려지는 시대에도 변하지 않는 하나의 명제가 있다. 진심을 감당하려는 소설의 진심이 아름답지 않을 리 없다.

전소영 | 문학평론가

어쩌면,
진심입니다